Ronso Kaigai
MYSTERY
216

月光殺人事件

Valentine Williams

The Clue of the Rising Moon

ヴァレンタイン・ウィリアムズ

福井久美子［訳］

論創社

The Clue of the Rising Moon

1935

by Valentine Williams

目次

主要登場人物

ピーター・ブレイクニー……劇作家。この小説の語り手
トレヴァー・ディーン……スコットランドヤードの刑事
ヴィクター・ハヴァーズリー……クンマー酒造所の経営者
グラジエラ・ハヴァーズリー……ヴィクターの妻
フリッツ・ウォーターズ……グラジエラの友人
バーバラ・インガーソル……ハヴァーズリーの秘書
チャールズ・ラムズデン……キャンプ場の経営者
イーディス・ラムズデン……チャールズの妻
セーラ・カラザーズ……イーディスの姪
デイヴ・ジャーヴィス……セーラの婚約者
オスカー・ブレイスガードル……元医師
ジャネット・ライダー……ブレイスガードルの友人
ハンク・ウェルズ……保安官
フレッド・グッド……州警察の巡査
エド・ウォートン……無法者

月光殺人事件

第一章

その出来事はそもそもヴィクターのせいだったのだが、彼はその責任を夫人になすりつけずにはいられなかった。その日の午後、ヴィクター・ハヴァーズリーと夫人のグラジエラ、セーラ・カラザーズ、それとぼくの四人で、乗馬に出かけたのだ。広い未舗装道をたどって、キャンプ場から三キロほど離れた地点まで来ると、ラムズデン家の敷地に沿ってカーブを描いている州道との交差点に出た。そこで湖沿いの乗馬道を通ってキャンプ場に戻る代わりに、そのまままっすぐ進もうと主張したのはヴィクターだったのだ。自分は豚のように太っているから、運動しなければならないのだと言って。アスファルト道路を横切って、初めて来た道に入っていくと、ヴィクターはすぐに馬を速足で走らせ始めた。その後をぼくたち三人が馬の足音を響かせながら追う――アンディ号に乗ったセーラ、ジェスター号のぼく、ホタル号のグラジエラだ。ホタル号はラムズデン家の当主チャールズ・ラムズデンの愛馬だが、この美しい栗毛の牝馬に乗ることを許されているのはグラジエラだけだ。

ヴィクターが乗るブラックプリンス号はスピードを上げて、ぐんぐんみんなを引き離す。と、突然ブラックプリンス号が後脚で立ち上がった。驚いたアンディ号が飛びのき、馬の背からセーラが投げ出された。セーラは膝を打ち付けたものの、すぐに立ち上がった。ぼくのジェスター号は警察馬みたいに静かに立っていたので、ぼくはアンディ号の手綱をつかんだ。視野の隅で、ブラックプリンス号が後脚を上げて飛び上がるのが見えた。ぼくの背後ではホタル号がおびえて鼻を鳴らし、グラジエラの「どうどう。大丈夫よ」となだめる声が聞こえた。

セーラは大丈夫だと言って、ぼくの手からアンディ号の手綱をつかんだ。ヴィクターが怒鳴り声を上げる。「この野郎。死にたいのか。あんな茂みから突然出てくるなんて、どういうつもりだ？」

ぼくはジェスター号に回れ右させた。短気そうな男が小道に立っている。骨張った顔に無精ひげをはやし、もつれた髪、シャツにズボンというでたちで、手にはバケツを持っている。「でたらめ言うんじゃねえ」男はどなり返した。「ここはおまえの道じゃないだろうが」

ヴィクターは返事もせずに、ブラックプリンス号をくるりと反転させると、こっちに戻って来た。馬が急に動いたため、男は道路脇に飛びのいたが、そうでなかったら馬に踏まれていたかもしれない。男が恐ろしい剣幕で道に戻って来たので、ぼくはジェスター号の横っ腹をかかとで蹴って、男の方を向けさせた。

「カッカするなよ、兄弟」ぼくは言った。

男は切れ長の黒い目でぼくをにらみつけ、歯を剥き出しにしてすごんだ。「あいつは何様のつもりだ？　あんな風に人を馬で蹴散らすなんて」

「放っておこう」ぼくは男をなだめた。「あいつはあのご婦人の手当をしたいんだよ。あんたが馬を驚かせたせいで、彼女は馬から投げ出されたからね。さあ、もう行けよ」

男はぼくをにらみつけていたが、転がっていたバケツを手にすると、何も言わずに小道を横切って林のなかへ歩き去った。

ヴィクター・ハヴァーズリーは馬から下りると、セーラを抱き寄せ、本当に大丈夫かと訊ねた。ぼくはグラジエラをチラリと見た。ところが彼女は鐙《あぶみ》（鞍の両脇にさげてある足をふみかける馬具）を調整していて、二人に気づかない。ぼくはヴィクターに注意した。「知らない人を相手にするときはもっと注意しろよ、ヴィック。手強い相手だったぞ」

　ヴィクターは小ばかにしたような笑い声を上げた。その笑い方はいつもぼくをイライラさせる。

「手強いだと？　どういう意味だ？」

「あいつは無法者だ」

　ヴィクターはセーラの肩にまわしていた腕をほどくと、まるで銃で撃たれたみたいに慌ててこちらを振り返った。「無法者？」眉をひそめて、ぼくの言葉を繰り返した。「まさか。ピート、冗談だろ」

「冗談なわけないだろ。あいつは足を前に踏み出しながら、左の脇の下に手をやった。気づかなかったのか。ああいった輩はあそこに銃を隠し持っているんだよ。おそらくコートを着ていると勘違いして、つい手をやったのだろう」

　ヴィクター・ハヴァーズリーは、もはやセーラどころではない様子だ。呆然とした目つきで妻のグラジエラを見つめている。

「ばかなこと言わないでよ、ピート。無法者がアディロンダック山地で何をしようというの？　こんな辺鄙な場所で？」とグラジエラ。

　ぼくは肩をすくめた。「ジェイク・ハーパーのところで夏を過ごす滞在客じゃないかな」

　ヴィクターは何も言わなかった。代わりに妻のグラジエラが口を開いた。「ジェイク・ハーパーって？」

　以前、村の保安官ハンク・ウェルズからジェイクの話を聞いたことがある。くたびれた感じの粗野な農夫で、相当な悪党だそうだ。禁酒法時代には、カナダとの国境付近で酒の密輸に関わっていたらしい。ハンクによると、森にあるジェイクのあばら屋、すなわちここの裏側は、怪しげな訪問客のたまり場だそうだ。ぼくがその話をすると、ハヴァーズリーは顔を真っ赤にして妻を振り返った。「そんな話は聞いてないぞ?」顔を真っ赤にして問いつめる。「チャールズ・ラムズデンはどうして警告してくれなかったんだ?」

グラジエラは肩をすくめた。「まさか私たちが敷地の外に出るとは思ってなかったんでしょう。私だって、敷地から出たことに気づかなかったもの。いずれにせよ、こんな遠くまで来なくても、ウルフ・レイクには乗馬を楽しめる場所がたくさんあるじゃない」

一生懸命馬に乗ろうとするセーラに手を貸そうともせず、ハヴァーズリーは自分の馬によじ登って鞍にまたがった。「きみはおれを本気で気遣っているのか? 本気なら知っていて当然の情報だろうに」厳しい口調で毒づく。「おれに運動しろとうるさく言うくせに、いざおれが運動すると……」ふと、ハヴァーズリーは口をつぐんだ。「あの男はどうしてここにいたのか。あいつは無法者だろ? 雇われの殺し屋じゃないか……」

グラジエラは、ハヴァーズリーを落ち着かせようと、手袋をした手で彼の袖をつかんだ。「何を言うの、ヴィック。まさか真に受けてないでしょうね? きっとただの浮浪者よ。ピートは大げさに言いたがるんだから。だから作家になったのよ。ね、ピート?」

グラジエラは、夫の肩越しにぼくに目配せした。その意図を読み取ったぼくは、すぐに助け船を出した。「そうだな、確かにちょっと想像力をふくらませすぎたかもしれない」そして声を立てて笑った。「戯曲を書くときの悪い癖だな。つい芝居っぽく大げさに話したくなってしまって。それに、ハンクの話を鵜呑みにする必要はない。保安官の目には、よそ者はみんな村人のモラルを乱す輩に見えるのさ」

しかしヴィクターの機嫌は直らない。「何とでも言えるだろうよ」辛辣な口調に戻っている。「大げさかどうかはともかく、おれが危険にさらされるとは思わなかったんだろ。きみが恍惚とした表情で一日中ぼんやりしていた理由がわかったよ」

日に焼けた彼女の頰に赤みがさして、小声で抗議する。「やめて、ヴィック」だが、ヴィクターはブラックプリンス号の脇腹を突くと、来た道を駆け足で戻った。ぼくは馬から下りて、セーラが馬に乗るのを手助けした。それからどんどん遠のいていくヴィクターの後ろ姿を好奇心の目で見つめた。彼は何かに怯えているようだ。突然あんな嫌みを言ったのは、恐怖心を隠したかったのだろう。だが、それが何かはわからない。ハヴァーズリーがノイローゼから回復しつつあるのは確かだ――いや、彼のためにあいまいな表現を使ったが、実はアルコール依存症だ。だが、今はウィスキーをかなり控えているそうだ。ごろつきと遭遇したからといって、あんなに取り乱す必要があるのか？　グラジエラが恍惚とした表情で一日中ぼんやりしていたとはどういう意味だろう？

セーラが馬に乗ると、アンディ号は待ちかねたように、ブラックプリンス号の後を追って弾丸のように駆け出した。ホタル号もその後に続きたそうに小躍りしたが、グラジエラは後を追おうとはせずに、ぼくが馬に乗るのを待っていた。ぼくたちは一緒に帰途に就いた。

第二章

ぼくはヴィクター・ハヴァーズリーをたいした人物だとは思っていない。だが、彼に嫉妬しているのは確かだ。富でも何でも持っているうえに、グラジエラを妻にしたからだ。年齢はぼくと同じ四十五歳。だが、ぼくが肺病患いの貧乏作家なのに対して、ヴィクターは裕福で精力的で、イリノイ州にある酒造所の経営もうまくいっている。戦争が終わって以降ぼくはついていなかったが、ヴィクターときたら——まったく運のいい奴め。チャールズ・ラムズデンの話では、ヴィックの財産はもともとは義父のものだったという。彼の母親は、酒造所の経営者のヘルマン・クンマーと二度目の結婚をした。クンマーが亡くなるとその事業を引き継いだが、その母が亡くなると、今度はその会社の社長だったヴィックがクンマーの莫大な遺産を受け継いだのだ。

グラジエラのことを思うたびに、ぼくはヴィックの経済力がうらやましくなる——ぼくにヴィックの年収の百分の一でもあれば、グラジエラのような女性を幸せにできるだろうに。何度そう思ったことか。その日の午後、森のなかを馬に乗って駆け戻りながら、グラジエラと打ち解けて話すのはこれが初めてだと気づいた。この二週間の間に一緒に乗馬をしたり、泳いだり、ブリッジをやったりして遊んだというのに。厳密に言うと、ぼくは招待客ではない。ラムズデンが所有する湖畔の掘っ立て小屋を借りているのだ。週に数回、ラムズデン家に昼食や夕食に呼ばれるときを除いて、ぼくはいつもその小屋で眠り、執筆し、食事を取る。朝は戯曲を書き、昼食の後ぶらぶらとラムズデン家の母屋へ行って、みんなに合流する。とはいえ、ぼくはグラジエラと二人きりにはなれない運命らしかった——彼女はパーティでは引っ張りだこで、彼女とは大勢のなかでしか話せそうにないと思ったほどだ。

ぼくは人の外見を描写されても何とも思わない。だからグラジエラの容貌を描こうとは思わないが、あえて表現するなら明るい金髪とつややかな肌に、はかなくきらきら輝くような雰囲気を持つ女性だ。ガラス工芸家ラリックがデザインするガラス細工のようなイメージとでも言おうか。美しさという観点だけで言うなら、鹿のような瞳と赤褐色の髪、魅力的な容姿を持つセーラの方が美人だと思う。セーラは、二十八歳のグラジエラよりも二、三歳ほど年上だ。セーラの方がずっと洗練されていて、活発で、今時のニューヨーカーといった感じだ。良家の出身だったが、世界恐慌によって一族が多大な損失を被ったため、今や彼女はマディソン・アヴェニューで小さな店を営む友人を手伝っている。

他方でグラジエラには独特の気品があり、その姿勢と身のこなしは美しくて優雅だ。カメオのように際立って見える。グラジエラと会った人は、その容姿よりも、彼女の独特な魅力を思い出すのではないか——今となっても、彼女の静かな瞳の色をうまく描写できない。あの魅力を具体的には説明できないが、誰だって彼女と話したくて仕方がなくなるだろう。グラジエラが到着したあの夜、母屋の大きな居間で初めて彼女を見た瞬間から、ぼくは今までに出会ったどの女性よりも彼女を好きになった。

国道を渡った後、ぼくは彼女に追いついて馬を寄せた。「ヴィックはどうかしたのかい？」

グラジエラは夢から覚めたみたいにはっと驚いた。「彼は病人なのよ。春にノイローゼになって、まだ回復しきっていないの。かかりつけ医からも、すぐに転地療養させないと、病状がどうなろうと責任は取れないと言われたわ。ああ、そうだ」グラジエラは笑みを浮かべてぼくを見た。「さっきは話を合わせてくれてありがとう」

「ヴィックは死ぬほど怯えていたね。どうしたんだろう?」

グラジエラは肩をすくめた。「ヴィックはかなりの資産家でしょう? だから見知らぬ他人にピリピリするのよ。私たちが住むシカゴ近郊は治安が悪いから、つい警戒してしまうのだと思う」

「かもしれない。だとしても、あんなふうにあなたを怒鳴りつけるなんて」

グラジエラは、ホタル号の毛づやの良い尻に鞭を軽く振り下ろし、ちょっと肩をすくめた。

「あなたはまだ若い」ぼくはなおも食い下がった。「あなたには幸せになる権利がある。どうしてあんなかんしゃく持ちに我慢してるんだい?」

彼女は「もう慣れっこだから」と言わんばかりに肩をすくめてみせた。

「ぼくには口出しする権利はないよ。でもね、グラジエラ。ぼくはあなたが好きだし、あなたが人生を台無しにするのを見たくない。あなたとヴィックでは、どう見たって釣り合わないじゃないか」

グラジエラは澄ました顔で首をかしげた。「そうは思わないわ。いずれにせよ、私は彼に満足してるわ。ヴィックには私が必要なのよ。ほら、彼はあまやかされて育ったじゃない。一人っ子のうえに、幼少の頃に父親を亡くしたから。お母さまはクンマー氏と再婚して大金持ちになり、ヴィックをさんざんあまやかした。時々彼がかわいそうになるのよ――少年みたいな人だから、誰かが世話を焼いてあげないと……」

「ああ、せいぜいスリッパでお尻を叩いてやってくれよ。いつか誰かが、あなたの少年のあごに一発お見舞いするだろうよ」

グラジエラは目を見開いた。「冗談でしょう？」そう言ってぼくの顔をまじまじと見つめる。

「ああ、ぼくはね。でもデイヴ・ジャーヴィスは本気だよ。ヴィックがセーラを追いまわすのを快く思ってないからね。セーラはデイヴの婚約者なんだから」

グラジエラはホッとしたような表情を浮かべた。「ああ、デイヴのことね」その口調には小ばかにしたような響きがあった。

「デイヴをあまく見てはいけないよ。気分屋で怒りっぽいし――眉間にしわを寄せる様子を見ればわかるだろう。そのうちにかっとなるかもしれない。ヴィックは月夜にセーラを連れ出してボートを漕いでるじゃないか……」

グラジエラは物思いにふけりながら、馬の首に止まっていたアブを手袋をはめた手でぴしゃりと叩いた。「本当に。ヴィックは軽率だと思うわ」グラジエラは小声でつぶやいた。「でも、二人の仲を疑ってはだめよ。何もないんだから。セーラはちょっとのぼせているのでしょう。たいしたことじゃないわ」

「だとしても、デイヴには不愉快だろうよ。ウォール街で活躍しているようだが、こと経済力ではヴィックに太刀打ちできないからね。まったくみじめでかわいそうな男だよ」

「どうしてセーラに言わないのかしら？」

「デイヴとセーラは話し合ったみたいだよ。だからと言って、現実から目をそらしてはいけないよ、グラジエラ。きみがヴィックに注意してやらないと」

グラジエラはうつむいて、そっとつぶやいた。「それでどうなるの？　セーラをあきらめても、どうせ他の女を追いかけるだけじゃない。男性の心は変えられないわ」

「ヴィックと別れればいいんだよ」

だが彼女は首を振った。「言うのは簡単だけど、私には無理よ。特に今は、病気の彼には私が必要なのよ。おまけに私が出ていった後に彼がどうなるか、考えるだけでぞっとするわ。私があるのはヴィックのおかげなのよ。結婚したとき、私は一文無しで、彼はとっても気前が良かった」グラジエラは少し間をおいた。「知ってると思うけど、私は彼の秘書だったのよ」

初めて聞く話だ。だが、グラジエラを見れば、彼女が社長室をさっそうと歩く姿や、てきぱきと冷静にヴィックと彼のスケジュールを管理する姿を容易に想像できた。

「それは知らなかったな」

グラジエラはうなずいた。「でしょうね」それからくすくす笑った。「だからインガーソルさんに嫌われるのかしらね……」

「だとしてもだよ。我慢ができなくなったら、婚姻関係を解消する権利があるんだよ。子どももいないことだし」

グラジエラの瞳が陰った。「それも問題なのよ」ささやくような声だ。「もし子どもがいたら……」

そして口をつぐんだ。

ぼくは急に喉が乾くのを感じた。彼女が不憫でならない。「あなたのいいところを教えてあげようか、グラジエラ？」

グラジエラは悲しそうに笑みを浮かべた。「教えてもらったら、元気が出そうね」

「気立てがいいから。それに勇敢で……」

グラジエラは首を振った。「そうでもないわ。死にたくなるほど絶望的な気持ちになることもあるし」

その声からにじみ出る激しい感情に、ぼくはショックを受けた。このみじめな結婚生活で彼女は計り知れないほど不幸な思いをしているのだろうか。

「そんなにひどくふさぎ込むのかい?」

グラジエラは目をそらしてうなずいた。そしてためらいがちに続けた。「結婚を続けているのは、頼みの綱があるからよ。いざというときの頼みの綱が……」それから、これ以上訊くなと牽制するかのように振り返ってぼくの手首に手を重ねた。「私の話はやめましょう。あなたはどうなの。イーディスから聞いたけど、戦争中あなたは毒ガスを浴びて大変だったそうね。その話が聞きたいわ」

ぼくは自分の体験を話した。十六年間も陸軍病院に入退院を繰り返したことはさして珍しくもないし、楽しい話でもないので、手短に語った。するとグラジエラは演劇のことを聞きたがった。それでぼくは戯曲の第一幕を書き上げて、それを元にバーレット・マンというブロードウェープロデューサーから五百ドルの前金をもらったことや、チャールズ・ラムズデンの妻イーディスが、戯曲を書き終えるまで、湖畔の小屋を月十ドルで貸してくれると申し出てくれたことなどを話した。

「言うまでもなく、家賃を払うのはぼくのプライドを守るためだ。彼女はすばらしい女性だよ。芝居が成功したら、すべてイーディスのおかげだ」

「きっと成功するわよ」グラジエラが断言した。「私にも読ませてくれるわよね?」

「もっとおもしろい企画があるんだよ。ラムズデンの娘シンシアが、キャンプのメンバーでぼくの戯曲の第一幕を演じてはどうかって提案してくれたんだ。そうだな、あなたにはヒロインのダフネを演じてもらおうかな。すてきなレディーの役だよ」

グラジエラはパッと顔を輝かせた。「まあ。いつやるの？」

「今夜。夕食の後で」

だが、グラジエラの返事はなかった。見ると、彼女は前方をじっと見ている。小道の向こうで一人の男が帽子を振っていた。グラジエラは鐙《あぶみ》の上に立ち上がって、うれしそうに腕を振った。その目はきらきらと輝いて、まるで別人のようだ。「フリッツ！」大声で叫ぶと、こちらへと歩いて来る人影に向かって馬を全力疾走させた。

グラジエラの後を追ったぼくは、二人が出会う場面を目撃することとなった。男は彼女の手を取り、両手で握りしめた。長身の日焼けした男で、グレーのツイード服を着ている。グラジエラはぼくに背を向けていたが、鞍から乗り出すその体が喜びに満ちあふれているのがわかる。その姿を見ているうちに、ふとヴィクター・ハヴァーズリーが皮肉を口走ったことを思い出した——「きみが恍惚とした表情で一日中ぼんやりしていた理由がわかったよ」

この男がその理由なのだろうか？　そういえば昼食の後、馬の準備が整うのを待っている間に、ディッキー・ラムズデンが運転手に、今日の午後着の列車でニューヨークからハヴァーズリー家の友人が到着するから、車で迎えに行くよう指示していたっけ。では、この男が彼女の頼みの綱なのか？グラジエラの紅潮した顔や、ぼくに彼を紹介したときのはにかんだ様子から、ぼくなりに答えを出した。どちらかというと不細工な顔立ちで、低い声で話す口数の少ない男だった。名前はフリッツ・ウォーターズ。今は鞍の後ろに片腕を置いて、グラジエラと並ぶようにして歩いている。二人は話に夢中で、グラジエラは笑顔を振りまいている。二人ともぼくの存在など忘れてしまっていたので、ぼくはジェスター号に早駆けさせて家路を急いだ。

第三章

ぼくは日記を開いて、フリッツ・ウォーターズがウルフ・レイクに到着した日付を確認してみた。八月十八日の土曜日。この日付は重要だ。今から振り返ると、この時すでにこれから起きる出来事が形を成しつつあったし、この日の午後にトレヴァー・ディーンと出会ったからでもある。この男は、これから起きるむごたらしい事件で重要な役割を果たすことになる。五時前に乗馬から帰宅したぼくは、着替えもせずにモーターボートに乗って、湖の反対側にある村へ週に一度の買い物に出かけた。ハンク・ウェルズの店に着くと、村の貸し出し図書館でもあるくたびれたミステリー小説が並んだ二段の棚の前で、白いセーターに短パン姿の青年が本をいじっていた。青年はウェルズ夫人に話しかけていたが、そのアクセントからイギリス人だとわかった。

「辞書の一種なんですが、わかりませんか？」と青年が訊ねた。

大柄で母親らしい風貌のミニー・ウェルズは首をかしげた。「ここには小説しかないんだよ。先月本屋がここに辞書を売りに来たけど、うちは買わなかったからねぇ」そこで夫人はぼくに気づいた。「ああ、この人も作家なんだよ。この人なら何か知っているかもしれない」

青年はくるりと振り返ってこちらを見た。黄褐色のぼさぼさの髪の下からのぞく、べっ甲縁のめがねが印象的だ。

「作家だって？」青年の元気のいい声が響き渡った。「ひょっとして『ロジェ類語辞典』を持ってませんか？」

　ぼくはうなずいた。「持ってるけど」

「貸してもらえませんか？　ちょうど今論文のようなものを書いていて、類義語で困ってて……」

「構わないよ。ただし、ウルフ・レイクまで取りに来てもらわなければならないけどね」

　青年は深く息を吸い込んだ。「やっぱり今日はついてる。お祝いしたいぐらいだ。ディーンといいます。トレヴァー・ディーン。あなたは？」

「ピーター・ブレイクニーだ」

　ぼくたちは握手を交わした。「一つお訊きしてもいいですか、ブレイクニーさん。『ビール』という言葉を聞くと心がざわつきますか？」

「もちろんさ」ぼくはそう返事すると、二人で隣の食堂へ向かった。ビールを飲みながら、ディーンがロンドンに住んでいること、アメリカ人の妻がいること、ケンブリッジ大学で学士号を取得したことなどがわかった。本を書き終えるために、一カ月前から村にあるシーダー荘という下宿屋に滞在しているそうだ。その間妻は、ロングアイランドで病気の親戚を看病しているのだという。ディーンは本の内容を話さなかったし、ぼくも訊かなかった。おそらく科学的な分野だろうと推測した。めがねとぼさぼさ頭、几帳面そうな話し方からすると、頭が良くて鋭い若手の大学教師といったところか。

　しかもディーンは、滞在中はハンクから古いモーターボートを借りているのだという。村人以外に知り合いはいないようだし、礼儀正しい青年だったので、翌日の午後に遊びに来ないかと誘った。ラムズデン夫妻に紹介するから、一緒にテニスやブリッジをやろう、と。

しかしディーンは即座に尻込みした。「ご親切にどうも」若々しい顔が赤らむ。「でも、ぼくはどうもアメリカ人が苦手でして。もっとも、あなたはとても愛想が良くて丁重な方ですが」

ぼくは声を立てて笑った。「ぼくだってアメリカ人だよ。しかもきみはビールをおごってくれたじゃないか」

「あなたは別ですよ。めかし込んで社交的に振る舞う必要がなければ、ちょくちょくお宅に伺って雑談したいぐらいです。なにしろあなたは作家、つまり人間ってことですからね。それにイギリス人を知っているときた」

「なぜそう思うんだい？」ぼくは戸惑いつつ訊ねた。

「戦争中、あなたは英軍と共に戦ったんですよね？」

ぼくは戸惑った。ウルフ・レイクには、戦争中にぼくが軍隊にいたことを知る人はいないと思っていたのに。ましてや村人が知っているとは思えない。

「ああ、その通りだ。でも、どうしてそれを知ってるんだい？ きみはまだ若いから、戦争を体験していないはずだろ？」

ディーンは笑い声を上げた。「当時ぼくはまだ学生でしたよ」それからめがね越しに、いたずらっぽい目でぼくをちらりと見た。「毒ガスにやられたんですよね？ 場所をあててみましょうか？ サン＝カンタン運河です。あたりですか？」

ぼくはディーンをまじまじと見つめた。「ああ」

「九月。確か一九一八年九月二十八日ですね？」

「正確には二十九日。サン＝カンタンでの激戦の翌日だ。だが、一体どうして……」

ディーンは含み笑いをした。「いかにも戦争帰りという格好ですからね。それは米軍の軍服ですよね」ディーンは、ぼくが着ている色あせたカーキ色のシャツを指さした。「さっきも、ぼくがさしあげた煙草に火をつけたときに咳き込んでいた。あれは毒ガスで肺を痛めた人がする咳です。独特の咳き込み方ですからね。あなたの仕事では煙を吸うことはありませんし」

ぼくはうなずいた。「確かにぼくは毒ガスを吸った。だが、どうして日付まで知ってるんだ？」

ディーンはにやりと笑った。「毒ガスに巻かれた経験を持ち、ベルトにアンザック軍団（オーストラリアとニュージーランドの志願兵により組織された軍団。第一次世界大戦中、西部戦線などにおいて英軍の指揮下に入って戦った）のバッジをつけているアメリカ人歩兵を見かけると、ぼくはあの有名なサン＝カンタンの戦いを思い出すんですよ。オーストラリア兵士たちが、米軍の二十七師団と競うようにして突撃していった、あの戦いをね」

ぼくは思わず腰に手をやった。そういえば、戦時中に着用した古い革ベルトを身につけていたのだった。ベルトについているアンザック軍団のバッジは、ヒンデンブルク線での激戦を生き延びた記念に、オーストラリア人の准大尉と交換して手に入れたものだ。

「英軍、オーストラリア軍、米軍の三カ国が連携して一致団結したそうですね」

ぼくは声を上げて笑った。「きみは観察力が鋭いね。おまけに戦場にいたわけでもないのに、戦争に関する知識が豊富なようだ」

「父がフランスのソンムで亡くなったんです」ディーンは控えめに言った。「それで、あの戦争に関する本を手当たり次第に読みました。観察眼が鋭いのは、人間を研究するのが好きだからですよ。本よりも人間の方がずっとおもしろいですからね」ディーンは話を中断すると、ビールの残りをグラスに注ぎ入れた。「そういえば、ハヴァーズリーという男性がキャンプ場に滞在しているそうですね？」

「ああ」

「大金持ちだと聞きましたよ」

「そうらしいな」

ディーンは年季の入ったブライヤーパイプを取り出すと、油布の巾着に入った刻み煙草を詰めた。

「先日の午後、ここで釣り針を買ってましたよ。あの人はどこが悪いんですか?」

ぼくは笑い声を上げた。「金持ちすぎるんだろう」

「でしょうね。それに酒もたくさん飲む。まだ若いのに目の下がたるんでいる。でも、そのことじゃないんです。あの人は何を恐れているんですか?」

「恐れている?」ぼくはぎこちない口調で繰り返した。今日の午後のヴィクターの動揺ぶりを思い出したのだ。「彼はノイローゼの治療中なんだよ。とはいえ……」

ディーンはマッチをすってパイプに火をつけた。「それも気づきました。反応の仕方が普通と違ってましたからね。でも、そういう意味じゃないんです。あの人の目をよく見たことがありますか?」

「さあ、どうだったかな……」

「いつか見てみてください。奇妙な目をしてますから。あの人は隠そうとしてますが、死の恐怖に怯えているようです。あなたも死刑を宣告された人に会ったことがあれば、その意味がわかるでしょう。まったく。あの人を見ると、こっちまで神経過敏になりそうだ」ディーンは煙草の煙を吐き出した。

ぼくは肩をすくめた。「きみの言う通りだとしても、キャンプ場では誰もそのことに気づいていないだろうね。でも、ただきみが大げさに――」

その時、店主の息子が店内をのぞき込んで、ぼくの買い物をボートに運び入れたと報告した。それを機にディーンは立ち上がった。ぼくは翌日の午後に遊びにおいでと誘ったが、このイギリス人はまたしても断った。そして、あなたが夜十時頃に家にいるなら、辞書を借りに伺うので、その際に一杯やりましょうと言った。

第四章

その日の晩は、ラムズデン夫妻から夕食に招かれていた。夕食の後で芝居をやることになっていたのだ。村から帰ったぼくは、フランネルのシャツに着替えてブルーのコートをはおると、七時十五分頃にラムズデン家へ向かった。

ごく一般的なサマーキャンプ場と同様に、ラムズデンのキャンプ場にもたくさんの棟が並んでいる。光沢のある木材でできた母屋はシャレー風の建物で、森林を背景にそびえ立っている。目の前の庭から湖が一望できる。裏手には車庫と納屋、母屋の前面左側には林があり、木々の隙間から何軒かの屋根が見える。たとえば、未婚男性客のために用意された「バチェラーバンガロー」。それからラムズデンの友人が借りている「イエローロッジ」や、セーラ・カラザーズとその女友だちが泊まっている「ホワイトバンガロー」。敷地を下った湖のそばにはボート小屋がある。ぼくの小屋はその反対側、つまり母屋から一番右端の湖のそばにあった。

ぼくの小屋の裏手を通る小道は、庭先の門へと通じている。小道はこの門のそばで分岐していて、左に折れる道を通って林のなかを進むと猟師小屋にたどり着く。この美しいウルフ・レイクを発見したのは、エベン・ヒックスという名のアディロンダック族の老いた猟師だった。一八五〇年代か六〇年代に、この男はキャンプ場から少し離れた林のなかに丸太小屋を建てた。その後、ラムズデンがこの土地を買った際に、廃墟と化したその小屋を見つけ、修理してできるだけ元の状態に戻した。そのおかげでこの丸太小屋は、内外共にクーリエ・アンド・アイヴズの版画を彷彿とさせるような牧歌的な雰囲気を醸し出している。さらにラムズデンは電気の使用を禁止したため、今も石油ランプが使われている。この丸太小屋は、冬になって母屋が閉まると、猟師小屋として利用される。仕事をたくさん抱えるヴィクター・ハヴァーズリーは、若者の騒々しい声が聞こえない静かな場所で働きたくなると、チャールズに頼んで猟師小屋を使わせてもらっている。三方向を林に囲まれたその小屋を見たとき、ぼくはその不気味で陰気な雰囲気に驚いたものだ。しかしヴィクターは気に入っているようだ。その小屋で一人で、または秘書のインガーソル嬢と働いている。インガーソル嬢というのは、彼と一緒にここへやって来た地味な風貌の秘書のことだ。

林方向と庭園方向へと分かれる分岐路に近づいたところで、猟師小屋から来たのか、林へと続く小道からデイヴ・ジャーヴィスがあたふたした様子で現れた。そのまま門をくぐって庭園に入っていく。

「何を急いでるんだ、デイヴ?」とぼくは呼びかけたが、その声が耳に届かなかったのか、デイヴは滞在先であるバチェラーバンガローへと足早に去って行った。夕食を知らせる銅鑼《どら》の音が鳴ったので、急いで着替えに戻ったのかもしれない。

ウルフ・レイクがもっとも美しくなる時間帯は、日の出と日の入りの頃だ。うっそうとした森に囲まれた湖が、一枚のガラスのように透明になり、涼しい風がバルサム樹や松の木の香りを運んでくる。あの輝くような夏の思い出のなかでもっとも幸せだと感じたのは、夕食前にみんなでテラスに集まったときのことだ。チャールズが軽快な音を立てながらカクテルシェーカーを振り、若者たちがいたずらして遊び、空が夕日で真っ赤に染まる。日光と風にさらされて小麦色の肌をしたみんなは、健康そのもので実にのんきなものだった。ラムズデン夫妻はそろって感じがよくて寛大で、何かと世話を焼いてくれた。おまけに子どもたちを溺愛していた――ディッキーはプリンストン大学の二年生、シンシアは学校を卒業して自宅に戻ってきていた。この小さな家庭から漂う幸福感は、客人たちにも波及するように思われた。

ヴィクター・ハヴァーズリーとデイヴ・ジャーヴィスを除いた全員が、テラスに集まっていた。ぼくがウルフ・レイクに到着したばかりの頃は、週末になるたびに短期滞在客がやって来た。だが本格的に夏になって休暇シーズンが始まると、長期滞在客が増えた。ハヴァーズリー夫妻とその秘書インガーソル嬢は夏の間だけ、老齢のライダー嬢はしばらくイエローロッジに滞在する予定だ。チャールズ・ラムズデンの釣り仲間であるブレイスガードル医師は、ずっととどまりそうに思われた。セーラ・カラザーズはイーディス・ラムズデンの姪で、一カ月滞在する予定。セーラの婚約者のデイヴ・ジャーヴィスは、先週土曜に到着して、二週間の休暇を過ごす予定だ。残りは、ディッキーの大学の友人でがっしりした体格のバスター・レイトン、レイトンの従妹でディッキーのガールフレンドのマートル・フレッチャー、それから到着したばかりのフリッツ・ウォーターズだ。

ぼくたちはまだ気づいていなかったが、この幸せそうな集団には、やがて起きる悲劇が暗い影を落としていた。かつてニュージャージー州で望遠鏡越しに見た日食を思い出す。太陽が黒い円盤によってじわじわと覆い隠されるにつれて、午後の陽光がゆっくりとうすいサフラン色に変わっていった。だが自然と違って、運命が予兆を伴うことはめったにない。あの晩も取り立てて変わったことはなく、あえて言うなら、いつもよりも明るい雰囲気が漂っていたと思う。鮮やかな緑のドレスをまとったセーラは、マートル、ディッキー、バスターと椅子をきしませながら遊んでいたが、若い娘たちは靴下もはかずに堂々と脚をむきだしにしている。ブレイスガードル医師は、日焼けしたいぼだらけの顔をくしゃくしゃにしながら、ウォーターズとおしゃべりしている。イエローロッジに滞在しているライダー嬢も母屋でみんなと夕食を取り、今はハンモックに座ってイーディス・ラムズデンに編み物を教えている。

ブレイスガードル医師はぼくを呼び止めて、自分はどんな役を演じるのかと訊ねた。

「ねえ、ピーター。私はヒロインをやらせてもらえるんでしょ?」セーラがあまったるい声で訊いてきた。

ぼくは、すでにグラジエラにヒロイン役を頼んだことを話した。「でもね、きみには重要な役を用意したんだよ。芝居の最初に登場する、生意気なネイリストの役だ。頭が良くてすごくドライな――」

「そいつはいいや」バスターがげらげら笑う。「グリーンポイントの辛口セイディみたいだ!」そしてみんなはブルックリンなまりを駆使してセーラをからかった。

「主役は?」チャールズ・ラムズデンが、ぼくにマティーニを手渡しながら言った。

「主人公は若者ではないんだ。だからあなたかヴィックがいいかと……」

ラムズデンの子どもたちが大声を上げてからかった。「冗談でしょ。パパが演技なんてできっこないじゃない。情熱的な話なの?」とシンシア。

「かなりね」

「グラジエラとのキスシーンはあるの?」

「もちろんだよ」

「ならヴィックはだめね。主役が実の奥さんとラブシーンしたらしらけちゃうわ。あなたが自分で演じればいいのに？」

ぼくは学生のように顔を赤らめた。「いや、それは。それにぼくは聞き役にまわりたいし」

「なら、あの人に演じてもらえば？」シンシアがウォーターズに向かって頭をぐいと動かした。「こめかみに少し白いものが混じっているし、うってつけじゃないの」

夕食を知らせる銅鑼が鳴った。インガーソル嬢が母屋から出て来た。「ハヴァーズリーさんは手紙に署名しているところです。ラムズデンさん、先に夕食を始めていてください」

イーディスが立ち上がった。「グラジエラはどこ？　デイヴは？」

「デイヴは今夜は辞退するそうです」セーラが不機嫌そうに言った。

イーディスはそっとため息をついた。「あなたたち、またけんかしているの？　すぐに行ってデイヴを連れて来なさい。わかった、セーラ？」

「でも、イーディス叔母さん……」

「さっさと行きなさい。さあ！」

シンシアのおかげで、ぼくはちょっとしたいたずらを思いついた。芝居のなかでは、主人公のスティーブンが既婚者であるヒロインのダフネと恋に落ち、二人が抱き合う場面で幕が下りる。グラジエラの「頼みの綱」がウォーターズなら、ラブシーンでうっかり本性をさらすかもしれない。

ぼくはウォーターズに歩み寄った。「主役を演じてくれないか？」

ウォーターズは笑みを浮かべて首を振った。「演技だなんて……」

シンシアがぼくたちの後ろでダンスした。「ナンセンスよ。どっちにしてもみんなアマチュアなんだし。あなたが演じればいいじゃない」

ウォーターズは肩をすくめ、「仕方がないな」と上機嫌そうな口調で言った。

その表情がふっと変わるのをぼくは見逃さなかった。まるで暗い部屋に明かりが灯ったみたいだ。グラジエラがロッジから出てきたからだ。ぼくの推測が正しければ、グラジエラはウォーターズと恋仲になるヒロインの役を辞退するだろう。だが、シンシアが提案したところ、グラジエラはウォーターズにやさしく笑みを浮かべた。「まあ、フリッツ。おもしろそうね」

そこへ、セーラが恋人のデイヴと一緒に現れた。デイヴはすねたような顔をしていたが、セーラの後から黙ってついてきた。そのすぐ後にヴィクターが到着したので、みんなで夕食の席に着いた。


芝居のリハーサルが気まずい結果に終わったのは、ぼくのせいだった。森のなかでグラジエラをあざけるヴィクターを目撃したときに、ヴィクターがフリッツ・ウォーターズに激しく嫉妬していることに気づくべきだった。ところがぼくはこの実験をやる気満々だったし、いずれにせよヴィクターは、夕食が済むとすぐに手紙の残りを片付けに戻った。ヴィクターがリハーサルが終わる前に戻って来るなんて、予想もしていなかった。

だが、ぼくの予想は外れた。そして運命のいたずらか、彼が戻って来たのはちょうどウォーターズとグラジエラが情熱的なラブシーンを演じている時だった。この場面に全力を注いでいたぼくは、観客がどれだけ引き込まれるか知りたかった。二人とも素人で台本を読みながらだったものの、二人の演技は真摯で、人の心を動かす何かがあった。特にウォーターズは際立っていて、彼の独擅場とも呼べる場面となった。ウォーターズはそのすばらしい声で、友人の妻に愛を打ち明ける長ゼリフを情感たっぷりに読み上げた。広い居間は水を打ったように静まり返り、みんなが彼のセリフに聞き入った。ヴィクターが部屋に入って来たのに気づいたのは、ぼくだけだったかもしれない。ドアの近くに座っていたので、ワイヤ製の網戸がきぃと音を立て彼が入って来るのがわかったのだ。

ヴィクターは酔っぱらっているときの常で、青白い顔をしていた――ぼくは芝居に集中していたが、ぼくの目は細部を見逃さなかった。彼はドアのそばにずっと立っていたように思う。それからぼくは芝居に少しじりじりして、彼のことを忘れてしまった。というのも、長ゼリフが終わっていよいよクライマックスを迎えようとしていたが、素人にありがちなことに、メインの二人がもたついていたからだ。二人はぼくの想定通りにこの場面をシンプルに演じた。それからト書きに従って、二人はチェスターフィールドソファに並んで座った。今や主人公はヒロインの背に腕をまわして引き寄せ、彼女の頬に自分の頬を押しつけた。「きみが気づいてくれていれば、ずっと前からこうしてきみを抱きしめられたのに」と主人公が言い、「ああ、スティーブン、愛しい人。歳月を無駄にしてしまったわ」とヒロインが答えた。「無駄じゃないさ。こうしてきみが戻って来たのだから」そう言うと、主人公はヒロインの顔をやさしく自分の方に向けた。

ト書きでは、そこで主人公がヒロインにキスをし、ヒロインは「スティーブン」と言って主人公の腕に飛び込んで幕が下りるという流れだ。ランプの明かりに照らされたグラジエラの顔は穏やかで美しく、キスを待ちわびるかのように顔を傾けている。ところがウォーターズがためらったため、魔法が解けてしまった。マートルはくすくす笑いだし、マートルの椅子の肘掛けに座っていたディッキーは、「どうしてキスしないのさ?」と大声で言った。その瞬間、ヴィクターがずかずかと前に歩み出た。

「いいかげんにしろ、フリッツ・ウォーターズ。妻を離せ！」と怒鳴ると、ヴィクターはグラジエラの手首をつかんでウォーターズから引き離した。それからウォーターズの方を向いて罵詈雑言を浴びせかけたが、ぼくは彼が何を言ったのか正確には憶えていない。あまりにひどい暴言を聞くと、人間は本能的に忘れようとするのだろう。おまけにぼくは、ヴィクターの怒鳴り声を真っ赤な顔で目を見開いて聞いている若者たちの方が気になった。だが、ヴィクターの怒鳴り声は長くは続かなかった。チャールズ・ラムズデンが彼をなだめる間に、イーディスは急いでグラジエラを二階に連れて行き、ブレイスガードル医師とぼくは若者たちを玄関へと追い出したからだ。ぼくたちが玄関にいると、顔を引きつらせて怒ったような目つきをしたウォーターズが、ぼくたちを通り過ぎて闇夜のなかへ消えた。

すべてはぼくが悪いと自覚しつつ、ラムズデン夫妻に謝るのは翌日の朝にすることにした。ぼくはブレイスガードル医師におやすみを言うと、掘っ立て小屋へ戻った。

とりあえず、ぼくの実験は成功といえるだろう。あの二人は愛し合っていて、ヴィクターがそのことに気づいていることが判明したのだから。

第五章

翌日の日曜日は、早朝から訪問客があった。グラジエラだった。水着のうえにあや織りの白い外套をはおり、頭にはつばの広い帽子を被り、足にはサンダルを履いている。

「お邪魔してもいいかしら?」グラジエラはぼくのタイプライターに目を落としながら言った。

ぼくは休憩を取る口実なら何だって大歓迎だよと言って、煙草を差し出した。

グラジエラはベッドに腰を下ろして、ほっそりした脚を組んだ。「昨夜のことを謝りに来たの」気後れしたような口調だ。

「いいよ、きみのせいじゃない。悪いのはむしろぼくの方だよ」

グラジエラは首を振った。「特に問題はないと思ったのに。ヴィックがあんなに心が狭くて、あんなに不作法な人だったなんて。もっとも、私も気づくべきだったのね。フリッツ・ウォーターズは友だちよ。でもヴィックは私の友だちが嫌いなのよ。おまけにフリッツに嫉妬している。私を思いやっているからではなく、フリッツを妬んでいるんだわ。フリッツはとてもいい人よ。率直で志が高くて、ヴィックが面目を失うほどにね」そう言うと、グラジエラは横目でちらりとこちらを見た。「よけいなことを言ったかしら」

「きみの気持ちは理解できるよ」

グラジエラはうつむいた。「だといいのだけれど。昨夜ラムズデン夫妻を訪れて、もうここにはいられないと申し上げたのよ。二人はとてもやさしくて、聞き入れてくれなかったけれど」

「そりゃあそうだよ。ヴィックは酔っ払ってむしゃくしゃしてたんだよ」

グラジエラは困惑した表情を浮かべた。「子どもたちは私をどう思ったかしら？」

ぼくは声を立てて笑った。「いいかい、グラジエラ。禁酒法時代に育った子どもは、酔っ払ったヴィックの醜態を見て、やっぱりお酒は良くないなと納得するだけさ」

「みんな、フリッツを私の愛人だと思ったでしょうね」

グラジエラに見つめられているのを感じ、ぼくは肩をすぼめた。「さあ。ぼくであれ、他の誰であれ、きみはそんなことを説明する必要はないんだから」

グラジエラはため息をついた。「私、フリッツが大好きなの。昨春、彼がシカゴに何カ月か滞在したとき、週末にうちに遊びに来ていたの。ちょうどヴィックとぎくしゃくしていた時だったのだけど、フリッツはとても親切で、理解力があって。女性はプラトニックな男友だちですら持てないのかしら……」

グラジエラとフリッツが出会ったときに、二人がパッと顔を輝かせたのを思い出した。本当にプラトニックなのかと首をかしげずにはいられない。もちろん、そんなことは言えるはずもないが。「すぐに収まるよ。フリッツはいつまで滞在する予定なんだい？」

「週末だけよ」

「ヴィックはラムズデン夫妻に謝るつもりなんだろ？」

「もう謝ったわ」

「フリッツにも謝るんだろうか?」

グラジエラの目がくもった。「それが問題なのよ。フリッツを嫌っているから。おまけにフリッツもヴィックを軽蔑しているし」グラジエラはため息をつくと、身を乗り出してテーブルの灰皿に煙草の灰を落とした。

彼女が身を乗り出した際に、外套がするりと滑り落ちてあざの残った肩が露わになった。腕のつけ根にも変色した大きなあざがある。ぼくはそのあざを指さして、表情をくもらせた。「こんな朝早くに泳ぎに行くのは、それを誰かに見られたくないからかい?」

グラジエラはしぶしぶ首を振ると、ずり落ちた外套を肩にかけようとした。「ばかなことを言わないで、ピート。昨日プールに飛び込んだときに、飛び込み板にぶつけただけよ」

ぼくは彼女の外套を奪い取った。「嘘をつくなよ、グラジエラ」

グラジエラの顔が真っ赤になった。「部屋の鍵をなくしたのよ。昨夜みんなが寝静まった後に、ヴィックが戻って来たの。謝りにね。でも私が話したくないと拒否したものだから、彼が……」グラジエラはそこで話を中断すると、唇をかんだ。

ぼくは外套から手を離した。グラジエラがぼくのベッドに腰を下ろすと外套は床に落ちたが、彼女はそれを取り上げようともせず、目の前の床をじっと見つめたまま、身動きひとつしなかった。

ぼくは度を失って大声を上げた。「ちくしょう。言いたいことはまだある。これが初めてじゃないんだろ?」

「酔っているときだけよ」グラジエラはすまなさそうに答えた。「全然飲んでなかったのに。この三カ月ほどの話よ。病気になったときにお酒をやめたのに、また飲み始めてしまって」

「かわいそうに。もう耐えられない。あいつの首をへし折ってやろうか」

「ブレイクニーさん、そこにハヴァーズリー夫人はいらっしゃいますか?」外からインガーソル嬢の声が聞こえてくると、グラジエラは外套を引っ張り上げてはおった。

慌てて立ち上がろうとするグラジエラを、ぼくが押し止めた。そこへインガーソル嬢が網戸を開けて入ってきた。

「お邪魔します。声が聞こえたものですから」お上品ぶった調子で言うと、インガーソル嬢はグラジエラに顔を向けた。「ハヴァーズリーさんはまだベッドで休んでおられます。ひと泳ぎしたら、来てほしいとのことです」

グラジエラを見ると、いつもの落ち着いた様子を取り戻していた。

「わかったわ、インガーソルさん」グラジエラがそう言うと、秘書は帰って行った。そのあとは動こうともせず、手の甲で煙草をとんとんとたたいた。

「訊きたいことがある」とぼくは切り出した。「ヴィックに何があった? あいつは何を恐れているんだ?」

グラジエラは沈んだ表情でぼくを見た。「昨日、遠乗りしたときに気づいたの?」

「ああ。それ以外でもね」

グラジエラは首を振った。「私にもわからないの」

「ヴィックに訊ねたのかい?」

「もちろんよ。でも、訊くと彼はいつも怒り出すから……。だから我慢するしかないと思ってるのよ、ピート。夫は何か悩みがあるのよ。だからお酒を飲み始めたのだと思う。本当に哀れな人。誰にも見られていないと油断しているときの彼の目つきときたら……」

「その理由に心あたりはないのかい？」

「地元では、脅迫状がどうのという噂が立っていたわ。従業員の労働紛争がらみのね。ヴィックは否定していたけれど」

玄関で足音がしたので、ぼくは慌てて振り返った。パームビーチ・スーツを粋に着こなしたフリッツ・ウォーターズが、笑みを浮かべながら戸口に立っている。

「おはよう」とフリッツがさわやかに言った。「遅れてごめんよ、グラジエラ。あの秘書がうろついていたものだから」

グラジエラはうろたえながら、慌てて立ち上がった。「彼女、さっきまでここにいたのよ。見つからなかったわよね、フリッツ？」

フリッツはいとおしそうな目でグラジエラを見つめながら、首を振った。「大丈夫だよ」

グラジエラはぼくに振り返った。「ピート、彼と二人だけで話したいことがあるの。それで彼にここに来てと伝えておいたの――あなたは気にしないと思ったから。あ、待って。ここにいてちょうだい」ぼくがドアに向かおうとすると、グラジエラが引き止めた。「フリッツ」グラジエラは彼に向き直った。「昨夜のことは忘れてちょうだい。私に任せてくれれば、まるく収めるから」

フリッツの目が険しくなった。毅然とした態度でグラジエラを見つめている。

「フリッツ」グラジエラは動揺して声を上げた。「落ち着いて。せっかくの週末をだいなしにしないで」

フリッツは熊のように首を振った。「夕べが最後だ」厳しい口調だ。「これ以上我慢できない。それはきみも同じだろう。ここに来たのはヴィックとかたをつけるためだと言ったじゃないか、グラジエラ。ぼくはやるよ。絶対にね」

「それでどうなるの？」グラジエラは泣きださんばかりだ。「夫にどこかへ連れて行かれて、二度とあなたに会えなくなったら……」

「別れればいいじゃないか。ぼくなら待ってるよ。ずっとだって待ってる」

「今は無理よ。かわいそうに、ヴィックは病気で怯えているのよ。ああ、フリッツ。少しはわかってほしいの。私につらい決断を迫らないで」

「あいつにそんな価値はないよ。きみの良さもわかっていないんだから――一度もわかった試しがないじゃないか。あんな野蛮な男に縛り付けられているきみを見捨てて、ぼくが一人で生きていけると思うのかい？」

ぼくはすぐにも部屋を出て行くべきだと思ったが、二人の熱を帯びた会話に引き込まれてしまい、根が生えたみたいにその場から動けなくなった。

グラジエラはフリッツのコートの下襟をつかんだ。「私は我慢できるわ、フリッツ。時々あなたに会えれば……」

フリッツは大きな頭を振った。「だめだよ、グラジエラ。きみみたいな善良な人は隠し事には向かない。いいかげんに現実を見よう。踏ん切りをつけるんだ」

「本当にせっかちね」グラジエラは小声でつぶやいたが、その口調から愛情がにじみ出ている。「お願いよ、フリッツ。少し時間をちょうだい」

そこへぼくが割って入った。「どうしてそんなにあいつをかばうんだ？」そう言うと、グラジエラに止める隙を与えずに、彼女の外套をはぎ取った。グラジエラはきゃっと叫び声を上げると、肩のあざを隠そうとして胸の前で腕を組んだ。まるで裸を隠そうとするかのようなしぐさだ。ぼくはその腕をつかんだ。「これを見ろよ。昨夜ヴィックにやられたんだ」

ウォーターズは怒りで顔を赤らめると、下唇を突き出して歯ぎしりした。「卑劣な奴だ。ただでは済まさないぞ」

グラジエラは両手で顔を覆い、ウォーターズの胸に倒れ込んだ。ウォーターズがこれ以上ないほどのやさしさで彼女を両腕で抱きしめるのを見て、ぼくは——ぼくはこっそり部屋を出た。気を利かせたと言いたいところだが、実際はナイフで刺されたぐらいの痛みを感じていた。彼女にとってぼくはどうでもいい人間なのだとわかってしまったからだ。ぼくはよろよろと陽のあたる外へと出た。

小屋のすぐ外にインガーソル嬢がいた。階段の一番上の段で、こちらを向いて立っていた。立ち聞きしていたに違いない。ゴム底のフラットシューズを履いている。インガーソル嬢を小屋から遠ざけようと、ぼくは彼女のそばを通り過ぎ、芝生エリアを通って水辺へと向かった。

「ブレイクニーさん」インガーソル嬢がぼくの後を追って来た。「ラムズデンさんを見ませんでしたか?」

ぼくは小屋をチラリと見た。グラジエラとウォーターズはまだ出て来ない。ぼくは首を振った。

「教会に行ったんじゃないか。彼がどうかしたのか?」

「保安官から電話があって」

「ハンク・ウェルズが?　何の用件だって?」

「あなた方が昨日森で見かけたという怪しい男について、お聞きしたいそうです」

ぼくは身を乗り出した。ヴィックにそそのかされて、チャールズ・ラムズデンがあのホームレスのことを保安官に訴えたのだろう。「州警察がジェイク・ハーパーのところへ来たそうです。でもジェイクはそんな男は知らないって。警察は、男が立ち去ったと考えているそうですが……」

「あいつの正体は特定できたのかな？」

「ハヴァーズリーさんの話では、ユタ警察はエド・ウォートンという男に違いないと踏んでるそうです。ニューヨークの無法者ですって。ニューヨーク州のユーティカに潜んでいたけれど、木曜日に警察が男の家に踏み込んだところ、もぬけの殻だったとのことです」

「ニューヨークの無法者だって？　これでハヴァーズリーも一安心だな。シカゴに住むギャングじゃないかと疑っていたみたいだから」

インガーソル嬢はその件には触れず、取り澄ました態度でこう言い添えた。「ラムズデンさんに会ったら、その話を伝えていただけますか。私はハヴァーズリーさんのところに戻らないと。今朝はまだ起きてきませんの」

インガーソル嬢が立ち去ると、ぼくは桟橋まで歩いた。そこで時間をつぶしていると、グラジエラとウォーターズが庭園を歩いて行くのが見えた。ぼくは小屋に戻ると、タイプライターに向かった。

第六章

その晩ぼくは、ラムズデン夫妻から夕食の後にブリッジをやろうと誘われた。広い居間に到着したとき、時計の針はすでに八時半をまわっていたが、夏で日照時間が長かったため、外はまだ明るかった。みんなは夕食を終えて、あちこちで輪になってコーヒーを飲みながら歓談している。すべてはいたって平和に見える。グラジエラは約束通り、昨夜のゴタゴタを収めたようだ。

ぼくはまずグラジエラを見た。イーディス・ラムズデンとライダー嬢が大きなパズルを作っているそばで、黒いディナードレスを優雅に着こなしたグラジエラが、上からパズルをのぞき込んでいる。その背後では、珍しく上機嫌そうなヴィクターと、チャールズ・ラムズデンがともに葉巻をくわえながらたたずんでいる。はなやかな青いドレスをまとったセーラがテーブルに腕を置くと、ヴィクターはパズルを指さしてセーラをからかった。若者たちはいつものようにやかましくしゃべっている。みんなが議論していたのは——今となっては憶えているだけの理由があるのだが——セーラが身につけていたミイラのビーズのネックレスのことだった。バスター・レイトンはそれを不吉だと言い張った。ぼくはウォーターズを探した。彼は大きな暖炉の前で一人パイプをくゆらせながら、ぼんやりとたたずんでいた。

ヴィクターがぼくに気づいて、こちらにやって来た。ぼくと和解したいのだろう。彼は陽気な口調で、今日は一日どこへ行っていたのかと訊ね、ぼくは芝居を書いていたと答えた。ヴィクターは笑みを浮かべてうなずいた。

「おれもだよ。夕食までベッドで休んでいたが、午後はずっとインガーソルさんに口述筆記をやってもらった。彼女の仕事はまだ終わってないがね」ヴィックは天井を見上げた。上階からタイプライターをたたく音がかすかに聞こえてくる。「分厚い書類を片付けなくてはならなくてね。そろそろ小屋に戻って続きをやらないと。手強い書類で、もう一週間もかかりっきりだ。ずいぶん時間を取られてしまった」ヴィックはふと口をつぐむと、葉巻の先をじっと見つめた。「そういえば、昨夜はきみの芝居を中断させてしまって、申し訳なかった。何と謝ればいいのか――ちょっと酔っ払っていたものだから」

ぼくはすっかり居心地が悪くなった。「気にするなよ、ヴィック」

「馬鹿なまねをして悪かった。これ以上言い訳のしようがないよ」ヴィックはぼくの腕に手を置いた。

「怒ってないよな、ピート?」

ヴィックはすっかり上機嫌だった。今や虫も殺さないような顔をしている。一方ぼくは、グラジエラのあざが脳裏にちらついて仕方がなかった。「これで終わりにしよう」ヴィックに冷たく言い放つと、ぼくを待つチャールズとグラジエラのところへ行って、ブリッジに加わった。

ヴィックは何も気づかなかった。カモの背から水が流れ落ちるように、ヴィックから暴力的な感情が流れ出てしまったのかもしれない。

次にヴィックを見たとき、彼はセーラの腰に手をまわし、その背中に覆い被さるようにしてテーブルのパズルをのぞき込んでいた。運良く、セーラの婚約者のデイヴは居間にはいなかった。もうすぐ列車で餌が届くとのことで、運転手のところに話をしに行っていたのだ。ヴィックは長居はしなかった。おやすみとみんなに手を振ると、今夜は遅くなりそうだとグラジエラに伝えて、仕事に戻った。

いつもぼくたちと一緒にブリッジをやるのは、ヴィックかイーディスだ。だが、イーディスがパズルを続けたいと言ったため、グラジエラは気乗りしなさそうなフリッツ・ウォーターズを四回目のゲームに強引に引き込んだ。若者たちはぞろぞろと連れだって湖に向かった。セーラは母親に手紙を書かなければと言いつつ、残ってパズルに取り組んでいた。

その時、ブレイスガードル医師が手をこすりながらテラスから入ってきた。「私の強力なライバルさんよ」とライダー嬢に話しかける。「夜の対局に向けて準備は万端かい？」

ブレイスガードル医師はいつもチェスの前にこうやって話しかける。彼とライダー嬢は毎晩夕食の後、雨が降らない限りテラスでチェスをしているのだ。

明るく行動的な性格に、小柄な体としわの多い顔立ちをしたライダー嬢は、ふんと鼻を鳴らした。「これまでのスコアはどうなってたかしらね、オスカー・ブレイスガードル？」やや甲高い声で彼女が訊ねた。

「二十八対十七で私が勝ってるよ」

「見てらっしゃい」ライダー嬢は立ち上がった。「今夜、あんたをたたきのめしてやるから」

「ほう。あんたのような美人さんに負かされるのも悪くないね」

二人は愉快な組み合わせで、互いをからかってはみんなを大笑いさせていた。

「さあ行きましょうか、無法者さん」ライダー嬢は声を上げて笑うと、二人はチェスをしに居間を出て行った。

ぼくはグラジエラとペアを組み、チャールズとウォーターズのペアと対戦した。ウォーターズは上の空といった様子で、ブリッジにこだわりがあるチャールズは、その態度を見て不愉快そうにした。グラジエラですらこの若者にいらつき、彼がビッドするたびに、大丈夫なの？　と問いただした。イーディスはもう寝ると言って寝室へ行った。

そこへデイヴがひょっこり現れた。「セーラは？」セーラの居場所を知らないらしい。

ぼくはセーラがいないことに気づかなかったが、ウォーターズは違った。「五分ほど前に居間を出て行ったよ」

「セーラはホワイトバンガローに行ったんじゃないかしら、デイヴ」グラジエラが口をはさんだ。「手紙を書くって言ってたわよ」デイヴは再び出て行った。

結局、広い居間にぼくたちだけが残った。ブリッジは盛り上がりに欠けた。チャールズとウォーターズは言い争いをしていたが、勝負が一区切りついたとき、ライダー嬢が顔をのぞかせて冷たい水はないかと訊いた。ぼくは喜んで席を立つと、冷たい水を持って部屋を出た。その晩は暑かったせいか、チェス盤はテラスの角のところに置かれていた。そこには微風が吹き込んでくるからだ。テーブルの上につり下がったランプが、ブレイスガードル医師のはげ頭を明るく照らしている。医師はロダンの「考える人」みたいに握りこぶしの上にあごを乗せて、チェス盤をぼんやり見つめている。

「ちょっと聞いておくれよ」ライダー嬢が困ったような口調で言った。「この人ったら、毎回駒を動かすのに二十分もかかるんだよ」そう言うと、クスクスと笑った。「今夜は私が勝ちそうだから、焦ってるのさ」

暖炉の上にかかった壁時計が十一時五分前になったところで、若者たちが湖から帰ってきた。ぼくたちはちょうどブリッジの勝負がついたところだった。ウォーターズはやめたがっていた。「ぼくはもうへとへとだ」ウォーターズがこぼした。「山の空気はぼくには濃すぎるらしい。もう寝た方が良さそうだ」ウォーターズは飲み物を断り、おやすみと言って部屋から出て行った。

チャールズとぼくは瓶ビールを二人で分け合った。誰かがラジオをつけ、若者たちが曲に合わせて踊った。セーラがいつの間にか帰って来ていて、バスター・レイトンのがっしりした腕をつかんでぐるりとまわった。部屋は活気と物音であふれている。ほどなく、チェスをやっていた二人組がテラスから戻って来た。ライダー嬢は二回連続で勝ったと言って、医師が彼女のために薄いウィスキーの水割りをかき混ぜる間も、勝ち誇った表情を浮かべていた。ラジオは大音量でかかっている。若者たちが大声を上げたため、チャールズは息子に「静かにしなさい。母さんはもう寝てるんだぞ」と注意したが、みんなはお構いなしだった。

ビールを飲み終えたぼくは、そろそろ寝ることにした。その前にグラジエラを探したが、彼女はすでにいなくなっていた。その時、ふとトレヴァー・ディーンのことを思い出した。ディーンは確か十時ぐらいに一杯飲みに来ると言っていたが、すでに十一時を十分もまわっているではないか。ぼくは慌てて小屋へ戻った。

空に月はなく、外は冥界のように暗かった。湖畔の係船柱にモーターボートがつないであり、ぼくの小屋に明かりが灯っている。客人はすでに小屋にいるらしい。ディーンは長椅子に寝そべって、ぼくの類語辞典を熱心に読んでいた。謝るぼくをディーンはなだめた。

「あなたの家でくつろいでしまって」

「くつろいでくれないと、むしろ心苦しいよ」

ぼくはウィスキーを取り出すと、二人で本について語り合った。十二時四十分に、遠くの方からしぶきのような音と共にぞっとするような叫び声が聞こえてきた――時間を憶えているのは、ディーンが時計を見てそろそろ帰ると言ったからだ。

わざとらしい叫び声を聞いて、ディーンは起き上がった。「ネイティブ・アメリカンの反乱じゃないですよね？　まさかと思うけど？」

「月が出てきたから、若者たちがひと泳ぎしてるだけだよ」そう言うと、ぼくは窓の外をちらりと見た。

「ほら、月が出てきた」

ディーンは、軽く身震いすると再びクッションに身を横たえた。「月焼けするつもりなんですかね」何と物好きなと言わんばかりの口調だ。「ぼくは日焼けで十分ですよ」

それから五分ほど経ってからだろうか。煙草の煙がもくもくと立ちこめるなかで、ぼくたちが長話をしていると、ぼくの名を呼ぶディッキー・ラムズデンの声が聞こえた。「ピート！　ピート！」ディッキーのただならぬ口調に気づいたぼくは、慌ててドアを開けた。ドアの外には、上半身裸のディッキーとバスターが短パンから水を滴らせて立っていた。月は地平線を明るく照らし、陰がくっきりと色濃く見える。

ディッキーの顔は今にも泣き出さんばかりだ。その口からしゃがれ声がもれた。「ピート。ヴィックが猟師小屋で拳銃自殺したんだ」

第七章

ひんやりした風が吹きつけてくると、薄手の海水パンツしか身につけていない青年たちがぶるっと身を震わせた。ディッキーは歯をカチカチ鳴らせながらぼくの脇に駆け込み、あえぎながら言った。「ヴィックは机に向かってぐったりしてた。マートルが見つけたんだよ。ぼくたちは月光遊泳を楽しんでたんだけど、女の子たちが寒いからと湖から上がってしまって。もしヴィックがまだ起きていれば、お酒をもらえるかなと思って。ヴィックはいつも猟師小屋にスコッチの瓶を置いているからね。父さんはもう寝ちゃったし、寝る前にお酒をしまって鍵をかけちゃうからさ。ああ、ピート。恐ろしい光景だったよ。ヴィックはランプのそばに座ってて、ピクリとも動かなくて……」

心臓が冷たくなるような感覚に襲われた。何ということだ。

「一番ショックを受けたのはマートルだよ」ぼくのそばに立っていたバスターが言った。「みんなで急いで猟師小屋に向かったんだけど、最初に到着したのがマートルでさ。真っ先に小屋に入ったんだ。てっきりヴィックが眠っていると思ったらしい。でも、その手にピストルが握られているのを見て……」

「ぼく、ヴィックの手にさわったんだ」ディッキーが口をはさんだ。「そしたら銃が床に落ちた。今、父さんとブレイスガードル先生が猟師小屋に向かってる。父さんから、ピートを呼んで来いって頼まれたんだ」

小道を進んで森を抜けると、小屋の脇に出た。小屋の窓は内側に開いていて、カーテンがそよ風にゆれて屋内の明かりが見えた。空には星がまたたき、木立の隙間からのぞく月は、まるで空にかかった巨大なランプのように明るく道を照らしている。荒れた芝生の上に丸太でできた屋根の低い猟師小屋がぽつりと建っていた。フクロウがホーホーと鳴きながら飛んでいくと、静けさがますます際立った。岩がごろごろした坂道の先には、月光に照らされた湖が、融解した銀の舌先のように伸びている。

ぼくたちは小屋をぐるりとまわって正面側に出た。ドアの両側の窓はどちらも開いていて、ドアも全開だ。ぼくはコートを小屋に置いてきたことと、背中にシャツがべったりと張り付いていることに気づいた――これから待ち受ける恐ろしい光景に、文字通り冷や汗をかいているのだ。まったく。ぞっとする。

敷居をまたぐ前から、ヴィックが死んでいることがわかった。体がぐにゃりとして力がなかったからだ。ヴィックが机代わりに使っていたテーブルは、ドアに背を向ける形で椅子が置かれている。彼は湖が見えると気が散ると言っていたのだった。そのヴィックは背中を丸めて椅子に座り、書類の山に頭を埋め、右腕はだらりと椅子の横にたれている。明かりは、白いガラスのシェードがついた旧式の石油ランプだけだ。ランプは死者の頭から三十センチと離れていない机上に置いてあり、ヴィックが薄くなり始めた頭部を隠そうと後ろになでつけた金色の前髪の一本一本を浮き上がらせている。テーブルの下には熊の毛皮の敷物が敷いてあったが、その上で何かがキラリと光るのが見えた。表面がつや消し仕上げの自動拳銃だった。

額のはげ上がった頭は奇妙な角度にねじ曲がり、腫れた唇はグロテスクなまでに開き、ぞっとする表情を浮かべている。チャールズ・ラムズデンが痛ましそうにチラリと見るなか、ブレイスガードル医師は慌ただしく遺体を調べている。二人ともガウンを羽織っている。驚いたことに、グラジエラもいた。白い縁取りがついた白いネグリジェを着たグラジエラが、着物姿のイーディス・ラムズデンと並んで食器棚のそばに立ち、黙ってその光景を見つめている。その顔はナイトクリームで真っ白に塗られ、つややかな髪は首の辺りでゆるい輪状に巻かれている。首の後ろでくるりと巻かれた髪と、ゆったりとした白いネグリジェのせいで、古典的な悲劇のヒロインのように見える――ギリシャ悲劇のフェードルのよう、とでも言おうか。ブレイスガードル医師がチャールズ・ラムズデンを手招きしたが、グラジエラは身動きひとつしなかった。医師は死者の頭を持ち上げ、その右のこめかみの真ん中にできた小さな丸い穴を指さした。穴の周りは黒ずんでいる。

チャールズがうなり声を上げた。「ひどい。なんてひどいことを」小声でそう言うと、目をそむけた。

壁には西部開拓時代を彷彿とさせる色あいの時計がかかっていて、ガラスケースのなかの時計の針が機械的にカチカチと音を立てている。ブレイスガードル医師は時計を見て言った。「一時五分前か。私の見立てでは、死後二時間といったところだ。つまり十一時頃に亡くなったということだ」医師はまくり上げていた部屋着の袖を下ろし、両手を払った。「保安官が到着するまで、これ以上さわらないでおこう。保安官を呼んだんだろう?」

チャールズがうなずいた。「運転手に一番速いボートで向かわせた。そろそろ戻って来る頃だ」

ぼくは床に落ちているピストルを足で示した。「銃はどこで手に入れたのかな?」

「彼がテーブルの引き出しに入れて持ってたんだ。悪いのは私だ。銃など持たせるべきじゃなかった。

まさかこんなことになるとは」

　足音がして、インガーソル嬢がぼくたちに加わった。色あせたプリント柄のゆったりした服を着て髪を後ろに束ねていたため、すぐには誰かわからなかった。

「何かの間違いよ」インガーソル嬢はすっかり動転していた。「おかしいわ。絶対におかしい」彼女はラムズデンに振り返った。「自殺するような人ではないんですよ、ラムズデンさん。私は彼をよく知ってますから」

「疑う余地はないんだよ、インガーソルさん」ラムズデンはややむっとしたように返事をした。「ところで、きみは夕食後にヴィックと会ったのかい？」

　インガーソル嬢は首を振った。「報告書をまとめるまで邪魔しないでくれと言われたもので。私もタイプしなければならない書類をたくさん抱えていましたし。ご記憶かもしれませんが、私は階下で夕食を取らず、部屋で食事を取りました。そして、タイプ作業を終えた後すぐに就寝しました」

　そう言いながら、彼女はテーブルに近づいた。「見てください。ヴィクターは報告書をまとめていたんです」

　インクスタンドの上には、ところどころ鉛筆で訂正された二枚のタイプ用紙がもたせかけてある。死者の頭の下にあった一枚の紙がぼくの注意を引いた。ページ数が「三」と振られたその紙は、真ん中あたりで突然文章が終わっている。血が尾を引くように流れている紙面には、「連邦準備銀行が取りそうな処置について吟味したところ……」という文章が書かれていた。文はそこで終わっている。

　ぼくは紙を指さした。「まるで文章を書いている途中で、ピストル自殺を図ったみたいじゃないか」

「ああ、確かに」チャールズが興奮して大声を上げ、医師を振り返った。「オスカー。これをどう思う？」

ブレイスガードルは肩をすくめた。「自殺のほとんどは、突発的で抑えがたい衝動によるものだからね」

ラムズデンが鼻を鳴らした。「ヴィックは夕食のときは上機嫌だったじゃないか。憶えているかい、オスカー？　昨夜のあの気まずい雰囲気などみじんもなかった。イーディスと私に丁寧に謝罪したし」そこで彼はぼくを見た。「ピート、彼はきみにも謝らなければと言っていた」

「謝罪はもう済んだよ。夕食前にぼくのところに来たんだ」

「この話をしたのは」チャールズは改まった口調で言った。「昨夜われわれが目撃したあの出来事が、このショッキングな事態とは無関係だと確認したいからだ。他にも、きみたちが知らない事実がある。ヴィックから、誰にも言わないでくれと頼まれたことがあるんだ。彼はグラジエラには真実を知らせまいと決意してたんだよ」私たちが何度もチラリと目をやる死者に対する礼儀からか、チャールズは声をひそめた。

ここで初めてグラジエラが口を開いた。まるで銅像が突然命を吹き込まれたみたいだった。「真実？　真実って？」

ラムズデンは椅子にだらりと座っている男をじっと見つめた。「ヴィクター・ハヴァーズリーは、まさに死の淵へと追いつめられたんだよ」彼は眉をしかめながら言い放った。「東部に来た理由を知ってるかい、グラジエラ？　ヴィックは生命の危険にさらされていたからだ。きみもね」

グラジエラは愕然とした表情でラムズデンを見つめた。「そんな話、聞いてないわ」

「禁酒法が撤廃されてから、クンマー酒造所はギャングとトラブルになっていたんだよ。それまで酒を密造していたシカゴのごろつきどもは、酒造所を脅迫したり、トラックを乗っ取ったり、運転手を襲ったり、時には殺したりもした。ヴィックの尽力のおかげで、五人のリーダー格の連中が長期刑をくらった。それ以後、ヴィックはギャングから追われるようになった」

ぼくは、テーブルに力なく突っ伏している男に目を向けた。なるほど。遠乗りに行った際に、ヴィックが取り乱したのはそういう理由からか。あんなに怯えていたのも無理はない。ディーンが言った通りだ。ああ、そういえばディーンはどうしたんだろう？　すっかり忘れていた。まだぼくの小屋にいるに違いない。

チャールズは続けた。「ヴィックに対する脅しはやまなかった。脅迫電話はかかってくるし、玄関ドアの下から脅迫状も入れられた。彼がいつも怯えていたのはきみがいたからだよ。よく考えてみなさい、グラジエラ。自宅を二度ダイナマイトで爆破されそうになったが、警察が阻止してくれた。二度目の爆破未遂の後、ヴィックは闘うのをやめたんだ。精神的に参ってしまって、だからこんなことに……」

他人の心など知りようがないと、ぼくはしみじみ思った。あのヴィック・ハヴァーズリーにこんな騎士道的な一面があったとは。酒に酔って平気で妻に暴力を振るっていたあの男が、重い秘密を一人で抱えていたなんて。グラジエラも心を動かされたのか、悲しみと戸惑いの表情を浮かべたまま、チャールズを凝視している。

「そのことを知っていたら、私にも何かできたかもしれないのに」ブレイスガードル医師がめがねを拭きながらぶつぶつ言った。「激しい感情を抑え続けることは健康に悪いし、やがてはさまざまな精神障害を引き起こす。戦争で嫌と言うほど見たからね。チャールズ、きみの話から事情はわかったよ。

ヴィックは果敢に戦ったが、結局心が耐えられなくなったんだな」

グラジエラは激しい口調で言った。「どうして私に話してくれなかったの？　どうして？」

「きみを不安にさせたくなかったからだよ」チャールズが答えた。「ヴィックには欠点もあったが、心からきみを愛していた。私はきみに話すべきだと思ったし、彼にもそう伝えた。だが、ヴィックはがんとしてはねつけた」チャールズはグラジエラの肩に手をかけた。「さあ、今となってはどうすることもできない。イーディスに頼んで、きみを寝室まで送らせよう」そう言うと、チャールズはぼくたち全員を部屋から追い出し、ドアを閉めた。

小屋の前に無造作に生えている雑草が、月明かりに照らされてシルクのように光った。そこへ一つの人影が、森の開けたところから現れた。最初はディーンかと思ったが、よくよく見るとウォーターズだった。普段着を着ていて、靴は泥まみれだ。小屋の前で集まったぼくたちを見て、彼は立ち止まった。

グラジエラはインガーソル嬢に話しかけているところだった。「あなたは脅迫のことを知ってたの？」

秘書は黙ったままうなずいた。「ハヴァーズリーさんは私には何でも打ち明けてくださいましたから」そのぶしつけな言い方に、グラジエラの顔が上気した。

「ギャングは私たちを追ってここまで来たのかしら？」グラジエラが冷たく訊ねた。

インガーソル嬢は首を振った。「いいえ。ハヴァーズリー夫人」

グラジエラはもう何も言わなかった。

チャールズ・ラムズデンはブレイスガードル医師と議論していた。「だが、あなたの推測通りヴィックが十一時頃に自殺したとすると、誰も銃声を聞いていないのはどうしてなのだろう？　みんなまだ起きていたのに」チャールズは一同を見まわして、ディッキーに目をとめた。「おまえたちは湖にいたんだったな。何かしら音を聞かなかったか？」

「特に記憶はないよ、父さん。音がしたとしても、気づいたかどうか。たまに夜に銃声を耳にするからね。村人がうさぎを仕留めるときの銃声だけど」

「どっちにしたって、十一時には全員が家のなかだったよ」バスターが割って入った。

ここでぼくが口を開いた。「そうだよ、それで謎が解けるんじゃないか。誰も銃声を聞かなかった理由がわかった。十一時以降、若者たちがみんな居間に集まって、ラジオを大音量で流して騒いでたじゃないか。憶えているかい？　あれではそばで野戦砲を撃ったって、気づかなかっただろうよ」

「ああ、確かにそうだな、ピート」チャールズが大声を上げた。「だが私たちは？　私たちのように、居間にいなかった者も銃声を耳にしていないんだぞ？」

と、そこへしわがれ声が聞こえた。「私は銃声を聞いたよ」

月明かりの下で、ライダー嬢がご愛用の杖で体を支えながら、ぼくらの方を向いた。ラベンダー色の部屋着の上にツイードのコートを羽織り、白髪まじりの短い髪はブードワール・キャップ（髪型を整えるための室内用のキャップ）で覆われている。

「あなたが？」チャールズが驚きの声を上げた。「いつ？　どこで？」

「十一時五分ちょうどだよ」すぐに返事が返ってきた。「時計を見て、就寝時間をとっくに過ぎていると思ったものだから。オスカーと私がベランダから引き上げる直前だったわね」

「銃声は小屋の方から聞こえて来たのかい？」ラムズデンが訊ねた。

「森のどこかからだったよ。家のすぐそばから聞こえたような気がしたけど」

チャールズは振り返ってブレイスガードル医師を見た。「きみの推測はあたりだったな、オスカー。いや、ちょっと待てよ。きみはライダー嬢と一緒にテラスにいたんだろ。なのに銃声を聞いてないとは、どういうことだ?」

ライダー嬢はあざけるような笑い声を上げると、医師の代わりに答えた。「この人は、耳のそばで発砲されたって、気づかないでしょうよ。ちょうど詰まれたところだったしね」彼女はブレイスガードルの方を向いた。「あなたは強情だから認めないだろうけどね」彼女はチャールズをあざけるように頭を振った。「この人ったら、駒を動かす番になると考え込んでしまってね。サンフランシスコ地震が起きても気づかないでしょうよ」

ブレイスガードル医師はお手上げといった様子で笑った。「その点についてはきみが正しいよ、ジャネット」

ラムズデンは月にかざして腕時計を確認し、不機嫌そうにぶつぶつ言った。「ハンクはえらくのんびりしてるな。検視官にも知らせるべきかな、オスカー?」

「もちろんだ」とブレイスガードル医師が言った。

チャールズはぼくに顔を向けた。「ピート、きみに頼んでもいいかい? ニュートンズ・コーナーのギャバン医師を呼んでほしい。村の電話交換局から先方につなげてもらってくれ」

夜の遅い時間帯だったため、検視官の家につながるまでにたっぷり十五分もかかった。ミセス・ギャバンによると、医師はお産の立ち会いで留守とのことだった。だが、朝一番でギャバン医師をキャンプ場に向かわせると約束してくれた。母屋の電話は居間から離れた電話室にあった。電話室から出ると、毛布にくるまったディッキーとバスターが待っていた。明かりをつけて、砂糖入りのお湯割り《トディ》を飲んでいる。二人は保安官が到着したことと、ラムズデンとブレイスガードルが小屋に向かったと教えてくれた。グラジエラも向こうにいるという。

　二人からトディを勧められたが、ぼくは断り、月夜に照らされた外へ出た。森が開けたところで、ウォーターズと遭遇した。小屋から話し声が聞こえてくる。ウォーターズが、グラジエラもなかにいると教えてくれた。まさにその瞬間、グラジエラが小屋から出てきた。こわばった表情を浮かべている。

　ウォーターズが彼女の元へ駆けつけた。「グラジエラ。何かあったのかい？」

　グラジエラはようやく声を絞り出した。「信じられない話なの。ヴィックは自殺じゃないそうよ」

第八章

グラジエラはウォーターズに駆け寄ると——反射的に駆け寄ったように見えた——視線を彼からぼくに移した。

ウォーターズは眉をひそめたが、その表情から内面は読み取れなかった。「誰がそんなことを?」

「保安官が連れてきた男の人よ。本当にばかげた話よね」グラジエラはぼくを見た。「あなたもいたでしょ、ピート。ブレイスガードル先生の話を聞いていたわよね」

「あれは絶対に自殺だよ」ぼくは彼女に請け合った。

その時、小屋の開け放したドアからやや甲高い声が聞こえてきた。「先生、現時点ではぼくは動機は考慮してません」聞き取りやすいクリアな発音だ。「目で見て確認した証拠に基づいて話しているんです」

ああ、わかった。このイギリスアクセントには聞き覚えがある。トレヴァー・ディーンだ。一体どうやってここに来たんだ? と、彼がハンク・ウェルズと知り合いだったことを思い出した。ハンクからボートを借りたと言ってたっけ。何て奴だ。あの探偵的な才覚をぼくに披露するのは構わない。だが、ハンクをそそのかして痛ましい事件現場に入り込み、その観察眼を試そうなんて言語道断だ。腹が立ってきた。結局のところ、ディーンをラムズデンのキャンプ場に入れたのはこのぼくなのだから。

　ぼくは振り返ってウォーターズに話しかけた。「検視官のことで、ラムズデンに話がある。きみはグラジエラを家に送り届けて、彼女をきちんと休ませてくれないか。頼むよ」次にぼくはグラジエラに視線を向けた。「大丈夫だよ。ハンクが連れてきたのは、探偵気取りの変なアマチュアだ。さあ、もう家に帰ろう。また朝に会おう」グラジエラがウォーターズの腕に抱かれるようにして去って行くのをじっと見守った後、ぼくは小屋に入った。

　思った通り、ディーンだった。テーブルのそばに立っていたため、ディーンがしゃべりながら頭を動かすたびに、ランプを反射してめがねが光った。小さな小屋は人でひしめいている。身長が一メートル八十センチ以上あるハンク・ウェルズ保安官は特に目立っている。着古したブルーのセーターを着て、つぎはぎのある膝丈のズボンをはき、狩猟用ブーツの上からはグレーのニット長靴下が膝まで伸びている――いつもの格好だ。ハンクは、村のシーダー荘に滞在している二人の州警察官を連れてきていた。どちらもスローチハット（つばの広いフェルト製の帽子）、グレーの外套、黒いレザーのゲートルをかっこよく着こなしている。そのうちの一人、元海兵隊員でぼくの知り合いでもあるフレッド・グッド巡査は、ハンカチにくるまれた自動拳銃を持っていた。ディーンはというと、テーブルの向こう側にいるチャールズとブレイスガードルには目もくれず、テーブルに伏せていた遺体を起こし、もっぱら保安官に熱弁を振るっている。ランプに照らされた死者の顔は土色で締まりがなく、グロテスクで醜く見えた。

「多くの事件で実証済みなんですよ」ぼくが部屋に入ったとき、ディーンは熱弁を振るっているところだった。「自動拳銃で自分のこめかみを撃ち抜くなど、ほぼ不可能です。拳銃を逆さに構えて撃つ場合は別ですが。これはあくまでも自動拳銃の話であって、リボルバーはまた別の話ですよ。問題は反動です。ご存じのように、自動拳銃の場合は、弾丸が発射されたときに起きる反動によって次弾が尾筒の薬室に装塡される仕組みになっています。が、この反動によって銃身が上向くため、弾がそれて頭皮をかすめる可能性が高くなります。うまく撃ったとしても、弾は貫通して頭頂部から飛び出すでしょう。だが、この男を見てください。頭頂部には傷一つありません。弾は頭蓋骨内のどこかに食い込んでいると思われます」

そう言いながら死者の頭をそっとテーブルに置くと、ディーンは冷静な目で室内を見まわした。ランプの明かりがアーリー・アメリカン様式のインテリアを照らしている。丸太でできた壁には苔が生え、キャスター付きのベッドにはバッファローの毛皮が広げてある。石造りの暖炉には薪のせ台と焼き串が備え付けてあり、植民地時代の食器棚もある。ここに来るたびに、子どもの頃の愛読書『鹿殺し』に描かれていた、開拓者たちの小屋のカラー挿絵を思い出す。場違いなのは壁掛け電話ぐらいのものだ。電話は隅のドアのそばに掛かっていて、そのドアを抜けるとチャールズが建て増しした洗面所と台所へと続いている。

保安官は手の甲で鼻を拭うと、チャールズを見ながらゆっくりと話した。「発見されたとき、彼は銃を逆さに持ってはいなかった、と私は聞いたがね」

「ヴィックは普通に銃を握っていた。疑いようのない事実だ」ラムズデンが口をはさんだ。「息子に、彼が銃をどう握っていたかやって見せてもらったんだ。指を引き金にかけていたそうだ」

ブレイスガードル医師が、耳障りな音を立てて咳払いをした。「推理で時間を無駄にしている場合じゃないぞ。この哀れな男の死因について疑わしい点があれば、検死で明らかになるだろうよ。保安官、あんたも彼が脅迫されていたことを知っていたんだろう。私は彼の主治医ではないが、この二週間ずっと彼を観察していた。彼は非常に不安定な状態にあった。おまけに今夜知ったばかりだが、ヴィックは昨日無法者に遭遇したそうじゃないか。そのことが彼にすさまじいほどの衝撃を与えたのかもしれない」

「そうかもしれんな」保安官が鼻にかかった声で言った。

チャールズは白髪まじりの眉をひそめて口ごもった。「まさかウォートンという男がヴィックを殺したとでも？」

「わしは何もほのめかしてはおらん。ただ疑問を口にしただけだ」保安官はあくまで冷静だ。

「そんなばかげた推理の根拠があるのなら――」医師が食い下がった。

それを保安官がさえぎった。「死後何時間が経過しているんだ？」

ディーンはだらりと垂れた死者の手にふれた。「死後硬直はまだ起きていません。ですがランプは灯っているし、ここは比較的密閉されてますからね。気温による影響もありますし」

「ブレイスガードル先生の意見では、十一時頃に亡くなったとのことだ」チャールズがややかたくなな口調で言った。

ディーンはブレイスガードルをちらりと見た。「あなたは他の医師よりも自信がおありのようですね。このような診断は難しいものですが。もちろん、正確に診断できる医師がいることは私も存じておりますが」

ブレイスガードル医師は怒ったような表情を浮かべた。「あいにく私の推測はそう的外れでもなくてね。この哀れな男は、十一時五分ちょうどに自殺したんだよ。キャンプ場の滞在客の一人、ライダーさんが銃声を耳にしているのでね」めがねの位置を直してから、彼は挑むような目でイギリス人を見据えた。

ディーンはうなずくように頭を傾けた。「それはすばらしい。正解ですね、先生。十一時五分ですか。ぼくは銃声など耳にしませんでしたが」

「その時間にはきみはまだここに来てなかったんじゃないか?」とチャールズが訊ねた。

「いいえ、いましたとも」ディーンが愉快そうに答えた。「小屋でブレイクニーさんを待ってたんですよ。そうですよね?」

チャールズは冷たい目でぼくを見た。「なるほど」

「自動拳銃はかなりの騒音を発しますからね」とディーンが続けた。「それに、ブレイクニーさんの小屋はここからそう遠くありませんよね? だったらぼくの耳にも届いたはずです。といっても音の響き方は気まぐれです。戦争中にも、一部静寂に包まれていた地域があったそうです。ここは山のなかですからね」

もはや苛立ちを隠せなくなったブレイスガードル医師が、話に割って入った。「この議論をぐずぐずと続けても仕方がないと思うがね」それからチャールズを見て言った。「この紳士は別として、私も他のみんなも事実に疑いの余地はないと確信している。ともかく、検死の結果を待とうじゃないか。解剖は検視官がするんだろう?」そう言うと、今度は保安官を見た。

ハンクはうなずき、「そういえば」とチャールズに話しかけたあと、電話を指さした。「すぐにギャバン先生に電話しないと、困ったことになるんじゃないか?」

ここでぼくが口をはさんで、その件はもう対処済みだ、検視官は朝一番にキャンプ場に駆けつけてくれるだろうと伝えた。

「あいつのことだから、慌てて駆けつけることはなかろう」保安官が淡々と言った。

「検視官を待たなければならないのか？　ハンク、差し支えなければ、遺体を母屋に運びたいんだが」とチャールズ。

「ああ。お望みなら遺体を運んでくれ」保安官が穏やかに答えた。「部下に担架を持って来させる。フレッド、担架はまだボートのなかか？」

グッド巡査が足音を立てて担架を取りに出て行くと、ハンクは例によってのんびりした様子で死者の方に頭をぐいと動かすと、チャールズに訊ねた。「生存中のヴィックが最後に目撃されたのはいつなのだろう？」

「私も真っ先にその疑問が浮かんだ。で、きみが到着する前にみんなに訊いてみたんだが、九時頃にヴィックが母屋を出てここへ向かった後、彼を見た人は誰もいないことがわかった」

「で、それから発見されるまでの間に、小屋まで彼を訪ねた者は一人もいないと？」

「そのようだな」

そこへよく通る声が割って入った。「その点に疑問の余地はないと言うのですか？」ディーンだ。書き物机のそばに立って、むっつりした表情で散らかった書類をじっと見ている。

「私の知る限りでは、誰もいないね」とチャールズがややかたくなな態度で答えた。「哀れなハヴァーズリーを除くと、キャンプ場に滞在しているのは十三人だ。昨夜はブレイクニー、ハヴァーズリー夫人、ウォーターズさん、それに私の四人はブリッジをやっていた。私の二人の子どもは、フレッチャーとレイトンと一緒に湖で遊んでいた。ブレイスガードル先生とライダーさんはテラスにいたし、ハヴァーズリーの秘書のインガーソルさんは寝室でタイプを打っていた」

「まだ十一人にしかならんよ」ハンクが慎重に言った。

「待てよ。他に誰がいたかな」チャールズが頭をかきながら言った。「ああ、そうだ。家内の姪のセーラ・カラザーズさんは、バンガローに戻って手紙を書いていたんだ。それからデイヴ・ジャーヴィスもいたな。デイヴは湖でボートを漕いだ後、早めに就寝したんだよ。いずれにせよ、私と家内は居間にいなかった人たちに訊ねてまわったが、幸いなことに、夕べは誰一人として猟師小屋に近づかなかったそうだ」

そこへグッド巡査が担架を持って来た。そして仲間と一緒に遺体を担架に乗せると、黙って月夜のなかへ出て行った。

「今夜は寝ずに家にいるから、用があれば来てくれ、ハンク」とチャールズが保安官に言った。「それからピート。きみはもう寝た方がいい」

「あんたもだよ、ラムズデンさん」とハンクが言った。「今夜はもうあんたには用はないだろう。あとはトレヴァーと話すだけだ」そう言うと、彼はディーンを親指で指し示した。「なあに、すぐに終わるさ。朝になったらスプリングズビルの州警察の鑑識課が私のところに来る。小屋に鍵をかけて、明日私が鍵を持って来るよ」

「わかったよ、ハンク。オスカー、行こうか」チャールズは疲れた様子でうなずいた。それから遺体を運ぶ州警察官たちの後を追うように出て行った。

第九章

スプリングズビル郡のハンク・ウェルズ保安官は、地元では頭が良くて意志を曲げない頑固者として知られている。若い頃から森に住居を構えた彼は、雑貨店の経営を妻に任せて、自身はもっぱら狩猟や魚釣りに来る人々を森に案内して過ごした。やせて背が高く、六十三歳にしてカラマツのように背筋はすらりと伸び、白髪交じりの頭髪はウィル・ロジャース風にカットしている。やや皮肉っぽく聞こえるゆっくりとした方言混じりのしゃべり方は、マーク・トウェインの小説に出てくる人物そのままだ。勇敢そうな小さな瞳は正義感をみなぎらせてきらりと光り、口元はきれいにひげが剃ってあり、鼻の下にある溝はまるでコメディアンのように長く目立っている。細い静脈が浮き出た球根のような丸い鼻のせいで、シェイクスピアの芝居に登場する赤鼻の酒飲み、バードルフのような雰囲気を漂わせている。

チャールズとブレイスガードル医師がディーンの推理をばかばかしいと一蹴する一方で、保安官が同意しないのを見てぼくは好奇心をそそられた。と同時に得体の知れない不安も抱いた。堂々とした態度で突飛な推理を披露するこのイギリス人は一体何者なのか？　なぜハンクは何も言わないのか？　ディーンを見ると、彼は書き物机の前に立ったまま、死者の頭が乗っていた書類をじっと見下ろしている。

「おい、何を考えているんだ？」とハンクが訊ねた。

若者は黙ったままだ。ハンクが机に近づくのを見て、ぼくもそばに寄った。一見したところ、机の上にはありふれた物しかなかった。左端には明かりのついたランプ、それからバラが生けられたガラスの花瓶、その隣には、ヴィックの書類に半ば隠れているもののブロンズのインク壺がある。それからワイヤ製の手紙入れ、磁器製の灰皿、右端にはシガーボックスが置いてある。書類の下からは吸い取り紙の端がはみ出ている。

ディーンが突然口を開いた。「ハヴァーズリーは喫煙者だったんですよね？」

ハンクがぼくを見たので、ぼくは「ああ」と答えた。

ディーンは葉巻入れを指さした。「葉巻ですか？」

「葉巻だけだ。医師から一日四本までと注意されていたが、ヴィックは指示に従ってなかったんじゃないかな」

返事はなかった。ディーンは床を見まわした。そして、金メッキされた金網のくずかごを見つけると、明かりの下に引っ張り出した。なかにあったのはしわくちゃのタイプ紙だけだ。ディーンはその紙を伸ばしてざっと目を通すと、くずかごに戻した。それからその下に敷いてあった熊の毛皮のラグを調べてから、くずかごを机の右側の元の位置に戻した。

「これを見てください」彼がようやく口を開いた。

ディーンは灰皿を指さした。灰皿のなかは吸い殻が一本もないどころか、汚れすらなかった。

彼は首を振った。「たとえ一日につき葉巻は四本までに制限されている人でも、夕食後の一本は取っておくものですよね。特にこの人は報告書を書いていたのだから」

不吉な予感がした。「そういえば」とぼくが割って入った。「ぼくが母屋でみんなに加わったとき、ヴィックは葉巻を吸っていたな」

「どんな葉巻ですか？　太巻き？　細巻き？　ハバナ産？　国産もの？」

「いつも吸ってる、大きめのコロナだ。ヴィックはいつも葉巻をキューバから特別に取り寄せてたんだ。その箱に入っている銘柄だ」

ディーンはハンカチに手をくるんでシガーボックスのふたを開けると、口をすぼめて低く口笛を吹いた。「おそろしく高そうな代物だ。吸い終えるまでに一時間はかかりそうだ。彼が葉巻を吸っていたのは何時頃でしたか？」

「八時半過ぎだ」

「そして彼は九時頃にこの小屋に来た。なのに、灰皿にもくずかごにも葉巻の灰が落ちていないとは」ディーンはシガーボックスを閉じた。「ハンク、指紋を調べた方がいいかもしれませんね」ディーンは無関心そうな態度で提案した後、バラが生けてある花瓶を指さした。「あの花瓶もね。気づきましたか？」

保安官が進み出た。「水が少ししか入っていないぞ」

「それに机も見てくださいよ」

机の上に、えんじ色のレザーマットがのぞいていた。花瓶のすぐ手前に円形のへこみがある。

ハンクはそのへこみをじっくり観察したあと、節くれ立った指でそっとレザーマットに触れた。「この花瓶が倒れたんだな。レザーマットはまだ濡れているぞ。おそらくヴィックが突っ伏したときに、頭が花瓶に当たって倒れたんだ」

「ぼくもそう思います。だが、一体誰が倒れた花瓶を戻したんでしょうか？　チャールズ・ラムズデンは、机の上はさわっていないと断言してましたよね？　だとしたら、遺体が発見されたとき、花瓶は今と同じように立っていたに違いありません」

保安官はいぶかしげに長いあごに手をやった。「つまり、ヴィックが自殺した後に誰かがここに来て灰皿を空にし、こぼれた水を拭いて片付けたということか？」

「ということだと思います」とディーンが静かに答えた。

いかにも控えめな態度でほのめかしていたが、ぼくはディーンに騙されなかった。〈ディーン先生〉には、もううんざりだった。探偵気取りのこのアマチュアときたら、推理小説なら通用したかもしれないが、現実の世界では不愉快きわまりない。チャールズもこの見ず知らずの他人に腹を立てているようだし。この男は無害で老齢のブレイスガードル医師に失礼なことを言っただけでなく、噂好きのハンク・ウェルズにばかげた推理をとうとうと語っているのだから。それに、ハヴァーズリーが殺害されたという奇想天外な推理を裏付ける証拠は何だ？　銃の持ち方がどうのといった技術的で複雑な話はともかくとして、灰皿が空だとか、倒れた花瓶が戻してあるといったことでは、まるで説得力がない。ヴィクターが死ぬ前にやっただろうことは、誰の目にも明らかじゃないか。

ぼくは憤りを感じながら部屋を見まわしたが、ディーンが言うような殺害を裏づける証拠はこれっぽっちも見つからなかった。争った形跡はなく、小屋のなかは整然としている。この若者は瀬戸物が並んでいる食器棚の前で立ち止まったが、食器や皿には何ら不自然な点は見られない。ウィスキーボトル、未使用のアイスペール、サイフォンが並ぶすぐそばには、ガラスのお盆があり、そのうえには未使用のタンブラーが三つ伏せて置いてある。にもかかわらず、ディーンはハンカチの上からタンブラーを手に取り、一つずつ調べては元に戻すのだった。

暖炉の前にはしみ一つなかったが、詮索好きな我らが友は、立ち止まって予備の薪とその下の敷石を子細に調べ、さらに煙突のなかまでのぞき込んだ。キャンプベッドは使われた形跡もなかったが、ディーンはベッドの上に重ねてあった三、四枚の皮クッションをじっくり調べてから、クッションの上にかけてあったバッファローの覆いに目を向けた。ディーンの行動をどう思っているのだろうと、ハンクをちらりと見た。だが保安官のくたびれた顔は木彫りでできているみたいに無表情で、黙って若者を見つめている。ハンクの表情から読み解けることといえば、おそらく彼は、村にあるアル・グリーンの床屋で日曜夜に開催されるポーカーゲームに参加しているだろうということぐらいだ。

次にディーンは床に跪くと、ベッドの下を手探りした。ようやく立ち上がると、台所に通じるドアに初めて気づいたのか、ドアを開けて間もなく姿を消した。ぼくはしびれをきらしたようにハンクを見た。「一体何を考えているんです？　あなたが好き勝手やらせているあいつは何者なんですか？名探偵ホークショー（英作家トム・テーラーの『仮出獄者』に登場する探偵。探偵の俗称となる）だとでも？」

保安官は喉を鳴らした。「まさかトレヴを知らないのか？」

「知ってたら、あなたに訊くまでもないでしょうに？」

ハンクは静かに笑った。「いいや、そいつはおかしい。わしが桟橋でトレヴに会う直前に、あいつはあんたの家を訪れていたそうだが。まったくあいつときたら、恐ろしく用心深い面倒な奴だな！」

「くそっ。質問に答えてくれよ、ハンク。あいつは何者なんです？」

保安官の赤ら顔が、秘密を打ち明けようとするかのような表情に変わった。「まったく。しつこいから言うがな、ピート。トレヴはロンドン警視庁《スコットランドヤード》の人間だよ」

ぼくは目を見開いてハンクを見た。「スコットランドヤードだって？　ロンドンの警察官ということですか？」

「そうとも。探偵小説に出てくるだろ。英国のロンドンにあるあのスコットランドヤードさ」

ぼくは吹き出した。「こりゃあおもしろい。あの若者がスコットランドヤードの人間だなんて。あなたは騙されてるんですよ」

「本当さ、ピート」ハンクは相変わらず冷静な態度を崩さない。「彼宛に書留の小包が届いたときに、郵便局のフィーミー・ミラーが彼のパスポートを確認してわかったんだ。わしとトレヴは、もう十日ばかし釣りに行ったり、森を歩きまわったりしていたんだ。なのにあいつは何も教えてくれなかった！　それで名刺を見せてもらったら、ディーン部長刑事と書いてあった。所属は指紋鑑定課か何かだったかな。で、今夜ボートから降りたときに、黙々と桟橋にボートをくりつけている奴を見かけて、ここに連れて来たのさ」

「ラムズデンさんは知ってるんですか？」

ハンクはやましそうな表情を浮かべた。「いいや、まだ教えていない。トレヴから、身分を知られると困ると言われたもんだから。イギリスから来た警察官の友人としか言っていないんだ」

ぼくは呆然とした、と言っても過言でないほど驚いた。その話を聞いた途端に、ディーンの行動がまったく違ったものに見えた。調子に乗ったアマチュアの戯れ言だと思っていたのに、専門家の意見だったということか。彼はヴィクター・ハヴァーズリーの死に疑念を抱いたが、それは単なる推理ではなく、強い確信に裏づけられた見解だということになる。ちょうど台所から出てきたディーンを、ぼくは呆然として見つめた。この血色のいい顔にくしゃくしゃの髪をした無気力そうな若者が、まさかスコットランドヤードの人間だとは誰も思うまい。だが刑事と思って見ると、ディーンの態度が今までとは少し違って見えた。めがねの奥に見える彼の目はじっと考え込んでいて、表情は険しく、もはや気さくな雰囲気もない。不意にディーンが前よりも老けて見えた。

ディーンはぼくらには目もくれずに、書き物机のところへ行き、腕時計をちらりと見ると、ランプに何かをした後、紙に鉛筆で何かを書き込んだ。ぼくには、彼が油容器に入った油面の高さに印をつけているように見えた。

ぼくはしばらくその様子を見た後、口を開いた。「スコットランドヤードから来たって話は本当なのか？」

ディーンは不機嫌そうにうなずいた。

「どうして教えてくれなかった？」

ディーンは肩をすくめて鉛筆と紙をいじった。「言わなくてはいけないですか？　ぼくは休暇を過ごすためにここに来ただけです。実際、ぼくにはこの事件に口出しする権利はありません。むしろあのいまいましいハンクがぼくを巻き込んだんです。なんならすぐにでも引き上げますよ」

保安官がドアを開けた。夜明け前のうっすらとした光が小屋に差し込んだ。「ここは済んだか、トレヴ？」

ディーンはうなずいて、紙と鉛筆をしまった。「ランプを消しましょうか？」

「ああ。指紋をつけるなよ」

スコットランドヤードの刑事は声を立てて笑った。「わかってますよ」と言い返しつつも、そのジョークをいたく気に入ったようだった。ぼくと目が合うと、ディーンはあいまいに頭を振ると、ささやくような声で言った。「実にやっかいな仕事ですよ、ブレイクニー」それから腕時計を見た後、前かがみになると、ふっと一息でランプの火を消した。

ぼくとディーンが外へ出ると、ハンクが窓を閉めて、ドアに鍵をかけてそれをポケットにしまった。夜明けは近い。木の上では早起きの鳥たちが活動していて、庭の先にある湖面では消えつつあるもやが神秘的な雰囲気を漂わせている。ぼくは、小さなモーターボートが音を立てて薄暗い夜明けのなかへ二人を運んでいくのを見守った。それから寒くて憂うつだと感じながら、まどろみのなかへと落ちていった。

目を覚ますと、掘っ立て小屋はまぶしいほどに朝日で輝いていた。ベッドのそばにはグラジエラが立っている。ぼくは慌てて上半身を起こした。

「グラジエラじゃないか。今何時だ？」

「十時過ぎよ。服を着て、ピート。話があるの」

第十章

グラジエラは前の晩と同じ、小枝模様のついた青い綿モスリンの服を着ていた――不幸な日にふさわしい服を持って来てないのだろう。頭には日よけの帽子を被っている。明るくてかわいらしいワンピースを着ているのに、不釣り合いなほど深刻で思いつめた表情を浮かべているのを見て、ぼくの心は痛んだ。グラジエラは落ち着いてはいたが、目の下にはくまがあり、小鼻のあたりがやつれて見える。戦争神経症患者の専門病院に入院していた頃、こんな表情を何度も目にした。グラジエラは感情を抑えるために、全神経を緊張させているに違いない。

ぼくは慌てて顔と手を洗い、髪にブラシをかけ、ランニングシャツを着て白いズボンをはき、玄関へ向かった。グラジエラはお気に入りのシガレットホルダーで煙草を吸いながら、青く澄んだ湖水を見つめていた。

「ねえ、ピート」彼女は軽い口調をよそおいながら話しかけてきた。「昨日の朝、私とフリッツ・ウォーターズがあなたの部屋で話をしてたじゃない？　警察に尋問されたら、あのことも言うつもり？」

「できれば言いたくないけどね」

「芝居のリハーサルでの出来事は？　ヴィックは酔っ払っていたし、チャールズとイーディスは、フリッツに嫌疑がかかりそうな証拠は何一つ見つからないと言ってたわ。チャールズは、あの出来事について口外しないようみんなに注意しておくと約束してくれたし」

「きみが望むことなら何だってするよ。実を言うとね、きみが心配するようなことは何も聞かれないと思うよ」ぼくは間をおいて、グラジエラを見つめた。「ヴィックの自殺には疑わしい点がたくさんあるらしい」

昨夜のグラジエラの行動を思い出したぼくは、てっきり彼女が反論するものと思った。だが予想に反して、彼女はまじめな表情でぽつりと言っただけだった。「なら、検視官のことを聞いたのね？」

「検視官だって？　もう来たのかい？」

「三十分ほど前に到着したわ。これからヴィックの遺体をスプリングズビルの病院に運んで検死をするそうよ」グラジエラはためらった。「ギャバン先生がざっと検死して、自殺などあり得ないってチャールズに言ったらしいわ」

「そんなことを？　いずれにせよ、ぼくはウォートンの顔を見分けられると思う。あいつがヴィックを脅して銃に手を伸ばしたのを見たと、ぼくが証言するよ」

「お願いね」グラジエラが割って入った。「頼むわよ。それとね、ピート。約束してほしいの。警察に尋問されても、フリッツ・ウォーターズと私のことは何も言わないって」

「どうして警察がきみたちのことを訊くんだい？」

彼女は隠しごとがあるかのように目をほそめた。「あの保安官、名前はハンクだったかしら？　ともかくあの保安官がチャールズに、ヴィックがキャンプ場の滞在客の誰かと仲違いしていなかったかと訊ねたのよ。チャールズは笑い飛ばしてたわ。でも、保安官はまだ完全には納得していないと思うの」グラジエラはふと口をつぐむと、留め指輪を指でいじった。「スキャンダルは困るのよ、ピート。私は何も隠していないし、フリッツはニューヨークでそれなりの地位に就いているから、この種のゴシップは……。どうしてそんな目で私を見るの？　何か言ってよ。保安官と同じ目で私を見るのね。まるで私が愛しいヴィックを殺したと疑ってるみたいに……」

必死な彼女を見て、ぼくはまるで体に鞭を打たれたかのようにはっとした。風に吹かれるアザミの冠毛のようにはかないものではあったが、疑惑が、ぞっとするような疑惑がぼくの心のなかに芽生えたのだ。グラジエラの腕についたあざを見せたときの、フリッツ・ウォーターズの目に浮かんだ冷酷な怒りと、彼が「卑劣な奴だ。ただでは済まさないぞ」とぼそっと毒づいたことを思い出した。ぼくは動揺するあまり、しばらく声も出なかった。

打ち捨てられたような姿でぼくを見据えるグラジエラを前に、ぼくの心は痛んだ。彼女をこの腕に抱きしめ、保安官なぞ好き勝手に思い込ませておけばいい、何があろうとぼくはあなたを愛していると言いたかった。あまりに不安そうな彼女を見て、ぼくは彼女をなだめることにした。

「ぼくはそんなことを疑ったりはしない。それはきみも知ってるだろ。ハンクもそうさ、断言してもいい。おそらくハンクはこういう事件を扱うのが初めてで、それで重圧を感じているんだよ。きみの友人ウォーターズは問題を一つクリアするだけでいいんだよ。昨夜、母屋を出た後に何をしていたのか、彼は説明できるよね？」

グラジエラは長いまつげの奥からおびえたような目でぼくを見た。「なぜそんなことを訊くの？」張りつめたような声で訊いてくる。

「昨夜、保安官が連れて来た男を憶えているかい？　彼はスコットランドヤードの刑事なんだよ」

「スコットランドヤードの刑事ですって？」グラジエラが呆然とした様子で繰り返した。「ここで何をしているの？」

「村に滞在してるんだよ。名前はトレヴァー・ディーン。彼とは雑貨店で会って、家に一杯やりに来いと誘った。昨夜ディッキーがぼくを呼びに来たとき、小屋にはディーンもいたんだよ。昨夜きみに話しかけられたときは、彼が本物の刑事だとは知らなかったけど、今は考えを改めたよ。だって彼は、ヴィック以外の誰かが小屋に入った形跡を見つけたからね」

「形跡？」グラジエラの口調が変わった。「何の形跡？」

ぼくは肩をすくめた。「灰皿が空になってた。それから、花瓶が一度倒れた後に元に戻された形跡があったんだ」

「ばかばかしい。チャールズがみんなに昨夜小屋に行った人はいないかと訊いたとき、ディッキーたちがヴィックの遺体を見つけるまで、誰も近寄らなかったって言ってたじゃない」

グラジエラは目をギラギラさせ、断固とした口調で熱く語った。彼女が即座に否定するものだから、ぼくは冷水を浴びたみたいに冷静になった。

「ディーンはキャンプ場の誰かが犯人だとは言ってないよ」

グラジエラは顔を赤らめた。「どういうつもりなのかしら、こんな風に出しゃばるなんて？」

ぼくは肩をすくめた。「出しゃばったんじゃないよ、グラジエラ。ハンクが連れて来たんだ。本当だ。ディーンはハンクの友だちなんだよ」ぼくは少し間をおいた。「ぼくが言いたいのは、もしディーンが捜査を担当することになったら、全員が夕べ何をしていたか説明を求められるだろう、ってことなんだ」

スクリューの断続的な音が聞こえてきた。その苦しそうな機械音から、ハンクのモーターボートだとわかった。ボートはさざ波の上を音を立ててバウンドしながら加速し、ぼくたちのところへ一直線に向かって来る。舵を取っている人物がぼくに向かって手を挙げた。

「ディーンだ」

グラジエラは慌てて立ち上がった。「会いたくないわ」

「いい奴だよ。機転もきくし」

「どんな人だろうと、ここに来てほしくないわ」

「それはハンクしだいだろうな」

「いずれにせよ、その人に会う必要はないでしょうに」

「追っ払う方法が思いつかないからね」

「あるわ。今ここにいてもらっては困るって言えばいいのよ」

「それは賢明なやり方だろうか？　何か隠していると思われるのがおちだよ」

「彼が何を思おうが、私は気にしないわ。赤の他人にこんな風にプライベートを詮索される方がぞっとするわ。チャールズに相談しないと」怒りで顔を真っ赤にすると、グラジエラは玄関ポーチの階段を下って、母屋の方向へ向かった。

ボートはエンジンを止めて静かに岸へ近づいて来る。「あれは誰ですか?」ディーンが小道を上りながら、ぼくに訊ねた。

「ハヴァーズリー夫人だ」

ディーンは片方の眉をつり上げた。「つまりぼくに会いたくなかった、と?」

「ぼくたちが、あのボートの耳障りな騒音についてぼやいていたのが聞こえたのか？」

ディーンはくつくつと笑った。「怒った女性は輪郭を見ればわかりますよ。絵は状況を如実に語るとか、行動は言葉よりも雄弁だとか言うじゃないですか。いやはや。ところで、あの人の色は？」

「色？」

「髪の色とかですよ。つばの広い帽子に隠れて色がわからなかったもので」

「髪は金髪で……」

グラジエラが何と言おうとディーンを敵にまわすのは命取りだと知りつつも、ぼくはかなりぶっきらぼうな態度を取っていた。

鋭くもぼくの不機嫌を察知したディーンは、立ち止まってぼくを見た。「お邪魔でしたか？」例によって生意気そうな口調で訊ねてくる。「ここでぼくは歓迎されているんでしょうか？　友人の保安官から手を貸してくれと頼まれたものの、正式に調査を任命されたわけではありません。ひと言言ってくれれば、ぼくはここから出て行きますよ」

「気にしないでくれ。なかへどうぞ。これから朝食を作ろうと思ってたんだ」

ディーンはもう朝食は取ったと言いながら、家のなかに入って来た。「ハンクはまだ来てませんか？」ぼくがコーヒーを作っていると、ディーンが訊ねた。

「ラムズデン邸にいるんじゃないか？」

「ハンクは指紋鑑定の専門家と会ってたんです。で、ハンクは、このキャンプ場でぼくと落ち合う時間を教えてくれる予定だったんですが、少し前にグッド巡査から電話があって。ハンクが呼び出されたため、彼からこの小屋で会おうと言付かったとのことでした。レッド・フォールズという場所はどこにあるんですか?」

「ここから三十キロほど北にある小さな町だ。あそこが何か?」

「ハンクはその町に行ったそうです。理由はわかりませんがね。グッド巡査によると、検視官もぼくと同意見だそうです」

「昨夜のきみの推理は実に見事だと思ったよ」テーブルに料理を置きながらぼくは言った。

ディーンは片手を挙げて抗議した。指が長く、形も整っていて、外科医の手みたいだ。「推理ですって? ご冗談を! 犯罪学は立派な科学ですよ」

「ぞっとする仕事だな」ぼくはオレンジを搾りながら言った。「政敵を次々と毒殺したボルジア家の時代に逆戻りしたみたいだ。あいつにいくら支払ったんだろう?」

「誰にですか?」

「そりゃあ、ウォートンにだよ。ハヴァーズリー殺しの報酬としてね」

「ああ」ディーンは煙草をとんとんとたたいた。「本当にウォートンがやったと思いますか?」

「他にやりそうな人は思いつかないよ。疑いの余地があるのかい?」

ディーンはぼくのベッドに腰を下ろし、壁によりかかって脚を組み、片足をだらりとたらしながら黙って煙草をふかしている。「あらゆることを疑わないと」ディーンは慎重に答えた。

フィルターを片手に、ぼくはじっとディーンを見つめた。「続けてくれ。発言権はスコットランドヤードの紳士にある」

ディーンははにかむような笑みを浮かべた。「ぼくはギャングによる殺害事件を直接捜査した経験があまりないんです。ですが、ギャングがらみの事件では、暗殺者が犯罪を隠蔽することはめったにありません。さらに、被害者は背後から撃たれるケースがほとんどです。よく考えてみてください。殺し屋の目的はただ一つ。仕事を完遂して、できるだけ素速くかつ隠密に報酬を手に入れることです。ウォートンは金で雇われた刺客です――殺し屋とか無法者と呼んでも構いませんが。なぜ彼はハヴァーズリーの銃を使ったのか？　自分の銃を使えば、ドアの所からでも被害者をほぼ確実に仕留めることができたのに。銃声がラムズデン邸まで響く恐れがあるのに、なぜサイレンサーを使わなかったのか？　そう考えるのが道理じゃないですか？」

「確かに、それが道理だな」

「誰だってそうするでしょう。欧州在住の実践的で優れた犯罪学者の一人、パリ警視庁の元警視総監だった老ブーロ氏はかつてぼくにこう言いました。犯罪捜査でもっとも重要なのははてしなく明晰な思考力だ、と。ウォートンが犯人だとしたら、なぜ彼はぐずぐずと現場に残って自殺を偽装したのか？　ドアを抜ければ森なのに、なぜもっと早く現場を立ち去らなかったのか？　それにもう一つ。ハヴァーズリーはすでにそいつと会ったんですよね？　仮にウォートンが犯人だとすると、ハヴァーズリーのこめかみの傷から察するに、二人は向かい合っていたに違いない。この何カ月間も命を狙われて警戒していたにもかかわらず、ハヴァーズリーは、ウォートンが小屋に入って来て銃をつかんで撃つまでの間に、一度も助けを求めて叫ばなかったというんですか？　それはおかしい。そんなはずはない」

　不安でぼくの喉はカラカラになった。グラジエラと、先ほど彼女と話したことを思い出した。「犯人がウォートンでないとしたら？」

　ディーンは黄褐色の髪をした頭をかしげて物思いにふけっている。「問題は銃です。拳銃はハヴァーズリーの手の届くところにあったはず。おそらくテーブルに置いていた。腑に落ちない点が一つあるんです。彼は怯えていて、殺し屋が町をうろついているのも知っていたというのに、夜中に小屋で一人で過ごしていた」ディーンはいったん口をつぐむと、独り言のようにつぶやいた。「一人ではなかったかもしれませんが。だが、それは後で考えよう」煙草の灰を落としながら、ディーンは続けた。「わかりませんか、ブレイクニー。小屋に来て銃を手に入れた人物は、ほぼ間違いなくハヴァーズリーの知り合いだということを？　ぼくが思うに、ハヴァーズリーはほんのかすかな物音でも、板がきしむ音ですら、はっとなって銃を片手に戸口に向かったでしょう。だが、揉み合いになって部屋が荒れたり、人が倒れたりした形跡はありますか？　いっさいありません」

　ハヴァーズリーの知り合いだと！　ウォーターズか？　ふとブリッジテーブルの席でぼくたち三人を残したまま、ウォーターズが立ち上がって出て行ったのを思い出した。出て行ったのは十一時一、二分ぐらいだったはず。ライダー嬢は十一時五分に銃声を聞いたと言ったが、その間に猟師小屋へ行ってハヴァーズリーを撃つことは十分に可能だ。

　ディーンが何を話したがっているかわかったが、慎重を期すことにした。「ハヴァーズリーの知り合いだって？」ぼくは口ごもった。「キャンプ場の誰かということかい？」

　ディーンは目をそらした。その表情からは、何を考えているのか読み取れない。「自殺を偽装したことから、犯人は被害者の精神状態を知っていたことがわかります。しかもこのキャンプ場の滞在客以外に、そのことを知っている人はほとんどいない」ある種の不気味さを漂わせながらディーンが言った。そして首を振ると、彼は重々しい表情を浮かべながら靴底で煙草の吸い殻を踏みつぶした。

　突然、ドアが開いた。びっくり箱から飛び出してきたみたいに、インガーソル嬢が現れた。ヴィックの秘書だったこの女性は、青白い顔に赤毛の髪、そしてその髪の色によく映える青い目をしていた。

インガーソル嬢はぼくには目もくれずに、つかつかとディーンに歩み寄った。「あなた、スコットランドヤードの刑事なんですって?」彼女は唐突に質問した。「私はバーバラ・インガーソル。ハヴァーズリーさんの秘書です。ハヴァーズリー夫人とラムズデン夫人があなたの話をしているのを聞いたもので。彼女、ラムズデン夫人にあなたを追い払ってくれって頼んでましたわよ」

厚かましい態度で騒ぎ立てようとする彼女に我慢がならなくなり、ぼくは断固とした態度で割って入った。「あなたはハヴァーズリー夫人を誤解している。あの人がそんなことを言うはずがない。いずれにせよ、この件はラムズデンさんが判断することだ」

「ラムズデンさんは検視官と一緒にスプリングズビルへ行きました」インガーソル嬢はぴしゃりと言うと、再びディーンに顔を向けた。「何を言われようと、ここを出て行ってはだめよ、ディーンさん。ここにはあなたがやるべき仕事があるんだから。ウォートンの話はもう聞いた?」

嫌な予感がして、ぼくはうわずった声で訊ねた。「何かあったのか?」

「昨夜八時頃、レッド・フォールズで逮捕されたんですって」

ディーンは慎重にめがねを外して折りたたむと、それをポケットに入れた。「そして、その一時間後もハヴァーズリーは生きていた」その口調はいたって穏やかだ。「実に興味深いな」

第十一章

インガーソル嬢の発言によって、ぼくのはかない希望がガタガタと音を立てて崩れ落ちた。「どこからその話を聞いたんだ?」にわかには信じられずに、ぼくは訊ねた。

「保安官が村から電話をくれたんです。レッド・フォールズから帰宅したところだって言ってました。ウォートンは夕べ八時頃、貨物列車から降りたところを逮捕されたそうです。鉄道警察官の間でウォートンの似顔絵が出まわっていたので、彼は即座に捕まって収監されたということです。彼は、森でハヴァーズリーさんと会ったことを認めました。それだけではありません。昨夜彼が逮捕されたことを、ハヴァーズリーさんは知ってたのです」

「ほう」ディーンが割って入った。「どうやって知ったんですか?」

「レッド・フォールズの警察が、ウォートンを逮捕したことをユーティカの警察に知らせたそうです。保安官の話によると、昨夜九時頃にハヴァーズリーさんがユーティカ警察に電話をかけて、ウォートンの消息を訊ねたんですって。それで警察は彼が捕まったと教えた、と」

「小屋に電話はありましたよね?」スコットランドヤードの刑事が訊ねた。「ハヴァーズリーは小屋からか、それともラムズデン邸からか、どちらから電話をかけたんですか?」

「小屋からです。私が村の電話交換局に問い合わせました。電話は九時十一分にかかってきたそうです」

ディーンが思わせぶりな目でぼくを見た。「これで自殺の動機はなくなりましたね」

「自殺なんてあり得ません」インガーソル嬢がむきになって割り込んだ。「この三年間、私は毎日のようにハヴァーズリーさんと会っていました。あの方のことは他の誰よりも、奥さまよりも理解しています。おまけに彼は自殺を嫌っていました。臆病で卑怯なやり方だと批判するのを、私は何百回も耳にしました。ハヴァーズリーさんは人生や、美しいものや、新鮮な空気を愛してた。人生を享受していました。性格的にはあまり強い人ではありませんでした。すべてがうまくいき過ぎたんです。何かに怯えていて、気を紛らわせようとお酒を飲んでましたし。でも意気地なしではなかった。私によくその話をしてくれたんです。ウォーターズさんが滞在されていた頃に、よくこうおっしゃってました。『ビーン——ああ、ハヴァーズリーさんは私をそう呼んでらしたの——。ビーン。あのウォーターズって男は大胆不敵な奴だよ。おれは動揺してるし、それを隠す気はない。だが、あいつらには負けはしない』って」

スコットランドヤードの刑事はうなずいた。「それも一種の勇気ある行動ですね」

インガーソル嬢の青白い顔がぱっと明るくなった。やや地味な顔に歓喜の光が宿り、美しくすら見えた。「そうなのよ」インガーソル嬢は興奮した様子で言った。「もし彼が家族から思いやりと理解を得られ、サポートされていたら……」

「ばかなことを言うな」ぼくはぴしゃりと言うと、ディーンに説明した。「ハヴァーズリーは脅迫されていたことを、妻に黙ってたんだ。彼に頼まれて、誰も脅迫のことを彼の妻に話さなかった。それはインガーソルさんもよく知っていることだがね」

彼女は唇をかんで目をそらした。その顔は今にも泣きそうに見えた。いつの時代でも、作家は人情というものに関心を持つものだ。ぼくはふと、現代的な制度の下では人間は二つの異なる顔を持つのかもしれないと思った——すなわち家庭で見せる顔と、会社で秘書の前で見せる顔の二つだ。インガーソル嬢は、ヴィクター・ハヴァーズリーのまったく新しい人物像を見せてくれた。この男の弱さは、妻とインガーソル嬢という、二人の女性の母性本能をくすぐったらしい。グラジエラも秘書として働いていた頃に、ハヴァーズリーのこの一面を見たに違いない。おもしろいことに結婚すると相手の人物像がぼやけるのか、ぼくの前には、一人の男のまったく異なる二つの顔が提示されていた。ここに至ってようやくぼくは、インガーソル嬢がヴィックを愛していたことに気づいた。

涙が出そうだったとしても、インガーソル嬢はうまく隠した。ぼくたちに向けられたその目は乾いている。ぼくの反論には答えずに、彼女はディーンに言った。「あなたは最初から自殺じゃないと見抜いたんでしょう?」

我らが相棒は肩をすくめた。「ぼくはただ、ブレイスガードル先生の見解について疑問を抱いただけですよ」

「ブレイスガードル先生ですって?　先生はもう二十年も医療現場から遠ざかってるんでしょう。自分でそう言ってたわよ」

「いずれにせよ、ぼくは医者ではありません。検死解剖の結果を待たないと」

「仮に自殺だったとしたら、自殺しなければならない状況に追い込まれたんだわ」

「脅迫されて、ってことですか?」

インガーソル嬢は首を振った。

「じゃあどう追い込まれたんですか?」

彼女は肩をすくめた。その青白い顔は無表情だった。「ハヴァーズリー夫人に訊けばいいでしょ」

「インガーソルさん!」とぼくが大声を上げげた。「そんな言い方は失礼だ」

「だって本当のことじゃない」突然、インガーソル嬢は激しい口調で言い返してきた。「夫人はここに愛人を呼び寄せて、みんなの前で抱き合ってキスしてたじゃないの」

そういえば、あの気まずい結果に終わったリハーサルの場に、インガーソル嬢も居合わせのだった。ぼくは腹が立ってさらに言い返そうとしたが、ふとあることを思い出した。ぼくの小屋のなかでグラジエラとフリッツ・ウォーターズが熱い抱擁をかわすのを見て、ぼくが外に出たとき、外にインガーソル嬢が立っていたっけ。この人はどこまで立ち聞きしたのだろうか?

ぼくは声を上げて笑うと、ディーンに言った。「インガーソルさんは、先日ラムズデン邸で起きた出来事の話をしてるんだよ。みんなでぼくの戯曲の第一幕を演じたんだ。ハヴァーズリー夫人とウォーターズさんが恋人どうしを演じたんだよ。二人が演技していたところに、酒に酔ったハヴァーズリーがやって来て騒ぎ立てたんだ。でも翌日謝りに来た。インガーソルさんは、どうしてあんなたわいない出来事を持ち出そうとするのかな?」

「それだけじゃありません。ブレイクニーさんもご存じの事実があるんです」秘書は割って入ると、ぼくを指さしてディーンに言った。「昨日の朝この部屋で何が起きたか、この人に訊いてください」

スコットランドヤードの刑事は何も言わなかった。彼はテニスの観戦客のように頭を左右に動かしながら、大きめのめがねの奥からそこそこ魅力的な瞳でぼくたちのやり取りを見ていた。インガーソル嬢が勝ち誇ったような表情でぼくをにらみつける。彼女の頭をぶん殴りたいところだが、感情を抑えつけた。グラジエラを救えるのはぼくしかいないのだから。まったく。この人がどこまで立ち聞きしたのかがわかれば！

ぼくはディーンに顔を向けた。「実に単純な話なんだよ。ウォーターズはあの出来事に困惑してね。彼はこの小屋で、ぼくのいる前でハヴァーズリー夫人と会って、この状況をどうしようかと相談してたんだ」

「ウォーターズさんは、ぼくなら待てるよ。ずっとだって待ってるって言わなかったかしら？　夫人のことを『あんな野蛮な男に縛り付けられて』とか？　それから、あいつを殺してやりたいとも？」

それを聞いて、ぼくは落ち着きを失った。「ちくしょう。いいかげんに黙ったらどうだ？」

「否定するんですか？　あなたが否定しないのは、それが事実だからでしょうに！」

ぼくはディーンに強く訴えた。「ぼくに言えることは、プライベートな会話を立ち聞きすることを恥とも思わない嫉妬深くて意地悪な人間が、いたって普通の会話を、さも裏があるかのように悪意を持ってあげつらってるということだ」

「あの男はハヴァーズリー夫人の愛人よ。何カ月も前から愛人関係にあったのよ」

「そのうちにわかるさ」ぼくはディーンに強く訴えた。「インガーソルさんが、なぜハヴァーズリー夫人とこの紳士との純粋な友情を誤解したのかがね。この人はハヴァーズリー夫人に恐ろしく嫉妬しているからなんだよ。長年ずっと妬み続けてきたんだ」

彼女の青白い顔が怒りで真っ赤になった。「嘘よ！　よくもそんなひどいことを言えるわね」

「実を言うと」彼女を無視したままぼくは続けた。「ハヴァーズリー夫人は元々ハヴァーズリーの秘書だったんだよ。インガーソルさんはそれが気に入らないのさ」

激怒したような表情を浮かべるインガーソル嬢を見て、ぼくは殴られるのではないかと身構えた。そこへドアをノックする音がした。ドアを開けると、年配の小間使いのマーサが立っていた。保安官がディーンに会いたがっているとのことだった。「ラムズデンさまから、ディーンさんを屋敷にお連れするよう申し伝えられました。居間にはラムズデンさまの他に、ハンク・ウェルズ保安官もいらっしゃいます」とマーサ。

ぼくはいよいよ危機が迫ってきたと感じながら、真っ先に小屋の外へ出た。

第十二章

真昼の太陽に照りつけられた庭からは湯気が立ち上り、空気中にはアラセイトウのかぐわしい香りが漂っていた。キャンプ場は静けさに包まれている。主人のチャールズを除いた全員がテラスに集まっていた。グラジエラ、ウォーターズ、その他全員だ。誰も何も言わず、何かを待つようにただ座っている。息をひそめているかのようなみんなを見て、ぼくの気持ちは沈んだ。と、そこへインガーソル嬢がテラスに来てみんなに加わると、グラジエラの表情が一変した。おまけにグラジエラは、隣に立っていたウォーターズにさっと目配せしたように見えた。インガーソル嬢は、ぼくたちと一緒に居間に行きたかったようだ。だが、最後の瞬間にその決意がゆらいだのか、みんなと一緒にテラスに残った。

ひんやりした広い居間では、チャールズが落ち着かなげに歩きまわっていた。ふだんはいたって温和な表情が、今は不安でくもっている。ハンクは部屋の隅にある椅子の背にまたがって、州警察官——村に駐在する二人の警官のうちの一人ではない——がトレイにぎっしりと置かれた小瓶と受け皿を調べるのをぼんやりと見ていた。この警官が指紋鑑定の専門家か。ぼくたちが部屋に入って行くと、ハンクは立ち上がってやわらかな物腰でこちらに歩いて来た。

ハンクを見ただけで、ぼくの不安はいっそう深まった。ハンクにはいつもの悠長さはなく、ディーンに話しかけるその態度からは、こちらが当惑するほどの厳しさがある。ぼくは呆然としてハンクの話を聞いていた。検死は終わった。ギャバン医師とスプリングズビルの外科医の見解は一致していた。ハンクが検視官は並外れた能力の持ち主だとか、ギャバン医師はベルビューで数多くの検死実績があるなどと熱弁を振るう間、ぼくたちははらはらしながら待った。二人の医師は共に、自殺はあり得ないと断言した。死者は少なくとも一メートルは離れたところから銃で撃たれたという。弾丸は下方へと貫通して頸筋に食い込んでいた。それから、昨夜ハンクは小屋の床に空薬莢《からやっきょう》が落ちているのを見つけたが、州警察の弾道学の専門家は、その薬莢はハヴァーズリーの手に握られていた三十八口径の自動拳銃から発射されたものだと断定した。拳銃には弾薬が七発装塡されていた。弾倉に弾がたっぷり装塡されていて、銃身に真新しい発射薬の痕跡があることから、いつでも撃てるよう薬室にも弾薬が一発装塡されていたと考えられる。

「犯人は、椅子に座ったハヴァーズリーと向き合った状態で撃ったに違いない。哀れなヴィックには逃れる術はなかったのではあるまいか」ハンクはそう言うと、暗澹とした目でディーンを見つめた。

スコットランドヤードの刑事は、道具類を扱っている州警察官をちらりと見た。「指紋はどうでしたか？」

「ハヴァーズリーの指紋しか検出されませんでした。椅子やシガーボックスなど、あなたに指示されたものはすべて、グレイ巡査が指紋採取しました」

「銃はどうです？」

「銃からも他の指紋は見つかりませんでした。ウォートンのことは聞きましたか？」

ディーンは軽くうなずいた。

「彼を容疑者から外すことになりそうだな」とハンク。「ラムズデンさんに頼んでキャンプ場の滞在客全員に集まってもらった。昨夜みんなが何をしていたかを調べるとしよう」

チャールズがあごを突き出した。「言っただろう、ハンク。誰も隠し事などしておらんと。この衝撃的な事件について、キャンプの誰かが何かを知っているはずだなんて、不愉快きわまりないよ」チャールズはディーンに目をやった。「きみはスコットランドヤードの刑事なのか？」

「参ったな」と保安官が悲しげに言った。「知られてしまったか。わしが言ったんじゃない、トレヴ」

おそらくグラジエラが言ったのだ。そして彼女の抗議は却下されたのだろう。

「気にしないでください、ハンク」とスコットランドヤードの刑事が答えた。「ぼくはあなたの友人として非公式にこの事件を調査しています。それをラムズデンさんが認識してくれていればいいんです」それから秘密を打ち明けるような口調でチャールズに言った。「ただし、ぼくが権限なしでこの種の事件に口出ししていることがうちの部署に知られたら、ぼくはすぐさま手を引きますよ」ディーンは愛嬌のある笑みを浮かべた。

「あなたの全面的な協力は大歓迎ですよ、ディーンさん」チャールズはややよそよそしい口調で答えた。「ですが、あなたかハンクは、何の根拠があって私の客がこの恐ろしい事件に関わっていると思うんですか？　是非とも教えていただきたいところですな」

「ラムズデンさん、そう慌てなさんな」ハンクが割り込んだ。「捜査の手順通りにやらせてもらうよ。友人のディーンもいることだし、いくつか質問させてもらおう」ハンクはふさふさした眉を寄せて、いかめしい表情を浮かべた。「あんたは、昨夜はずっとブリッジをやっていて、この部屋から一歩も出なかったと言ったね。あんた、ピート・ブレイクニー、ハヴァーズリー夫人、ウォーターズさんの四人だね。終わったのは何時頃だったんだい？」

「十一時前かな」

「なるほど。テラスにいたライダーさんが銃声を聞いたのは、確か十一時五分だったな？　あなたとピート・ブレイクニーは十一時五分にどこにいたんだい？」

「十一時半に寝室に行くまで、ずっとこの部屋にいたよ」

「ブレイクニーさん、あなたは？」

「ここでラムズデンさんとビールを飲んでましたが、ぼくの小屋でディーンさんが待っていることを思い出して、慌てて帰宅しました。十一時十分頃でした」

「その通りです」とディーン。「彼は十一時十五分直前ぐらいに小屋に駆け込んできました」

「十一時五分に銃が発射されたとき、きみたち二人を除いて、この部屋には何人いたんだ？」

ハンクはそう訊きながらぼくをちらりと見たが、ぼくは黙ったままチャールズを見た。その質問には答えたくなかった。というのも、ぼくは部屋を出るときにグラジエラがいないことに気づき、あたりを見まわしたことを思い出したからだ。

チャールズは正直に答えた。「それは簡単に答えられるよ。なぁ、ピート？　まず若者たちはみなここにいた」ここで彼はディーンに向かって話しかけた。「つまり私の子どもたち二人に、フレッチャーさん、レイトンくん、妻の姪っ子のセーラ・カラザーズとその婚約者のデイヴ・ジャーヴィス。いや待てよ。デイヴはいなかったような……」

「インガーソルさんは？」とディーンが訊ねた。その問いは唐突に発せられた。ぼくはディーンを見たが、その表情からは何も読み取れなかった。

「インガーソルさんは自分の部屋でタイプ打ちをしていた。一度もここには来なかったよ」とチャールズ。

「ハヴァーズリー夫人は？　彼女もここにいたのかい？」とハンク。

チャールズは少し考え込んだ。「見かけなかったと思う。外のテラスにいたんじゃないか。ただ、私が寝室に行こうとしたときに、彼女が居間に入って来たのは憶えているが」

「十一時半だね？」

「ああ、そうだ」

保安官は耳を引っ張った。「きみの話によると、銃声を聞いたのはライダーさんだけとのことだが」

「ああ。それが何か？」

「ハヴァーズリー夫人がテラスにいたのなら、銃声を聞いているはずじゃないかね？」

チャールズはあいまいな表情を浮かべた。「かもしれない。彼女に訊いた方がいいだろうね。部屋に入ってきたとき、彼女は銃声のことは言わなかった。ウォーターズを見かけなかったか、としか」

スコットランドヤードの刑事が突然口をはさんだ。「ということは、ウォーターズはこの部屋にいなかったんですね？」ぼくはまたしても恐怖心に襲われた。

「いなかった。ラバーブリッジが終わった途端に、彼はもう寝ると言って出て行ったと思うが」

その後、ぼくは会話の筋を追うのをやめた。銃声が聞こえる約十分前にウォーターズは屋敷を出て行き、グラジエラはすぐにその後を追ったに違いない。きわめて重大な瞬間に二人がいなかったという厳然たる事実は、窓ガラスから出られずに飛びまわる蠅のように、ぼくの頭から離れなかった。ぼくが我に返ったときには、ハンクとスコットランドヤードの刑事は質問を終え、キャンプ場の滞在客たちがぞろぞろと部屋に入って来るところだった。

第十三章

ハンクは聞き取りを始める前に簡単なスピーチを行なった。「さて、みなさんはギャバン医師の検死結果をすでに聞いていると思う。これは自殺ではなく、他殺事件だ。かくして本郡を管轄とする保安官であるわしが、この事件の調査を担当することになった。今回はここにいる私の友人、トレヴァー・ディーンに協力してもらうよ。イングランドのロンドンから来た、とても優秀で名だたる刑事さんだ。さて、この種の事件では真実にたどり着く方法は一つしかない。まずはアリバイの有無を確認することだ。わしが一番知りたいのは、昨夜十一時五分に銃声が聞こえたとき、みなさんがどこにいたかだ。今のところ、十一時五分にこの部屋にいたラムズデンさんとピート・ブレイクニーは除外できる。ラムズデン夫人はすでに床に就いており、インガーソルさんは二階でタイプを打っていた。ブレイスガードル先生とライダーさんはテラスでチェスをやっていた。だが、残りの人たちの行動がはっきりしなくてね。ディッキー、昨夜はお父さんの許可をもらって、みんなで湖にいたそうじゃないか。そのことを話してくれんか？」

ハンクは、以前からラムズデン家の子どもたちをかわいがっていて、ディッキーに銃の撃ち方を教えたのもハンクだ。ディッキーは、マートル、バスター、シンシア、自分の四人は原動機つきの小艇《ランチ》に乗って湖で遊んでいたと話した。マートルが寒がったため、十時半頃に桟橋に戻って来たという。

マートルはセーターを着ると再びディッキーと一緒にランチに乗り込んだが、バスターとシンシアは桟橋に残った。十一時少し前にマートルとディッキーは桟橋に戻ってシンシアとバスターと合流し、四人そろってラムズデン邸に戻ったとのことだ。

「その間に彼と何をしてたんだ、シンシー?」保安官はバスター・レイトンにぐいと顔を向けながら、シンシアに訊ねた。

シンシアはやや顔を赤らめた。「散歩に行ってたの」

「どこへ?」

「バチェラーバンガローの裏にある樺の林まで」

「猟師小屋には行っとらんだろうね、シンシー?」

「ええ」

「誰も行かなかったよ」とディッキーが口をはさんだ。

ソファには三人の娘が並んで座り、両側の肘掛けにはディッキーとバスターが尻を乗せ、デイヴ・ジャーヴィスはセーラの足元の床上に座っていた。

ハンクの目は椅子に座った面々を順々に見た後、デイヴで止まった。「ラムズデンさんによると、きみは湖でボートを漕いでいたそうだな。何時頃のことだい?」

デイヴは肩をすくめた。「九時か、九時半か。憶えてないや」

「デイヴ、きみは九時半頃にここへセーラを探しに来たそうじゃないか。その後で湖に行ったのかい?」とチャールズ。

「ええ」

「一人でかい？」ハンクがセーラをチラリと見ながら訊ねた。

「はい」

「で、何時に戻って来たんだい？」

「正確な時間はわからないよ。ディッキーの乗ったランチが二度目に出発した後だった」

「母屋に戻る途中で、ぼくはバチェラーバンガローのデイヴの部屋に寄ったんだ」とバスターが割って入った。「デイヴはベッドで本を読んでたよ」

「その後は外出しなかったのかい？」とハンクはデイヴ・ジャーヴィスに訊ねた。

デイヴは首を振った。「バスターが後でもう一度、泳ぎに行かないかって誘いに戻って来たけど、ぼくはまだベッドのなかだった。だったよな、バスター？」

「ああ。『風雲児アドヴァース』を読んでた」

「で、二人ともハヴァーズリーさんのところには行かなかったんだな？」と保安官が訊ねた。

「行ってないよ」

ハンクは何も言わなかった。ハンクは、煙草屋の前に飾ってあるインディアンの置物のように無表情で精悍な顔立ちをセーラに向けた。「じゃあ、あんたは？」

「あたし？」セーラが驚きの声を上げた。「部屋で手紙を書いてたけど」

「この家の部屋で、ということだな？」

「いいえ。マートル・フレッチャーとあたしの部屋はホワイトバンガローにあるの」

「一晩中そこにいたんだね？」

「ええ」

「でも、他の子たちが湖から上がった後、あんたはみんなと一緒に母屋に行った、と。そうだね？」

「ええ。マートルが呼びに来たから。でも、みんながまた泳ぎに行ったので、私は帰って寝ることにしたの」

「最初に自室に行ったのは何時だった？」突然ディーンが質問した。

セーラは、見下すような目でディーンが寄りかかっている暖炉のあたりを見た。「夕食後に部屋に戻った時間のこと？　九時十分ぐらいだったと思うけど」

「まっすぐ部屋に戻ったのかい？」

セーラがすぐに答えなかったため、ハンクが付け加えた。「つまりだな、バンガローに戻る途中でハヴァーズリーさんのところに立ち寄らなかったかい？」

彼女は首を振った。「いいえ」

「となると九時十分から十一時数分前まで、あなたはホワイトバンガローの自室にいたんだね？」とディーンが訊ねた。

「ええ」

「ありがとう、カラザーズさん」

「ハヴァーズリー夫人！」保安官の鋭い目が、イーディス・ラムズデンの隣で低いスツールに腰かけているグラジエラをとらえた。「このようなときに申し訳ないんだが、一つ、二つお訊きしたいことがあってな」ハンクはいったん間を置くと、毛深くてがっしりした自分の手を見つめた。「銃声が聞こえたとき、あんたはこの部屋にいなかったね？」

「さあ、どうだったかしら。銃声を聞いた憶えがないものですから」とグラジエラは小声で答えた。

「ブリッジが終わった後、あんたはどこへ行ったんだい？」

「朝食前にウォーターズさんと乗馬に行く約束をしてたのですが、時間を決めていなくて。寝る前に、馬丁のアールに馬のことで話したいことがあったので、それで私はウォーターズさんを探しに行きました」

ウォーターズのよく響くバリトン声が割って入った。「ハヴァーズリー夫人は、バチェラーバンガローまでぼくを探しに来たんです。でも、ぼくは帰宅する前にちょっと散歩していたもので、部屋の明かりが灯っていなかったのです」

「待ってくれ」とハンクが言った。「すぐにきみの話も聞くから」そしてハンクはグラジエラを見た。「彼がバンガローにいないとわかって、あんたはどうしたんだい？」

グラジエラはためらった。「私は……その、少し彼を探しまわった後、母屋に戻りました」

「どこへ探しに行ったんだ？」

「湖のほとりと、庭のなかと……」

「猟師小屋まで行ったのでは？」

グラジエラはきっぱりとした態度で首を振った。「いいえ」

「しばらく戻って来ませんでしたよね。三十分ぐらいですか」とディーンがやんわりと指摘した。

「そうだったかしら？」グラジエラはやや傲慢な口調で言った。

「十一時半になるまで戻って来なかったと、ラムズデンさんがおっしゃってますが」

「彼がおっしゃるなら、そうかもしれません」

「あなたは騒々しい居間ではなく、外にいた。にもかかわらず銃声を聞かなかったという。何とも奇妙な話じゃないか？」

「聞こえたけど、意識しなかっただけかもしれません。村の人たちは夜分にうさぎを撃つことがありますから」

「暗夜にうさぎ狩りはせんよ。あの時間帯は月が出とらんかった。ようやく月が顔を出したのは十二時近くだったからなぁ」と保安官。

ディーンは鋭い目つきをして顔を上げた。「ありがとう、ハンク。実に鋭い指摘ですよ」それから物思いにふけりながらパイプに煙草を詰め始めた。

保安官はウォーターズに話しかけた。「あんたはラムズデンさんたちにもう寝ると言っておきながら、散歩に出かけたのかね？　どこへ行ってたんだい？」

「湖畔沿いに歩いて、村に通じる道の近くまで行きました」ウォーターズは自信に満ちた態度できびびと答えた。「輝くような月夜だったから、寝るのがもったいなくて、つい遠くまでぶらついてしまって。で、キャンプ場に帰って来たら、あの騒ぎだったんです」

「その道ってのは、ボート小屋の裏にある道だろ？　だとしたら、湖から帰って来た若者たちと会ったんじゃないか？」

気まずい沈黙が流れた。「会ったんだろ？」ハンクがしつこく訊ねる。

ウォーターズはかたくなな態度でパイプをくわえた。「いいえ。会わなかったと思います」

「ぼくは、その理由を知ってるよ」突然、バスター・レイトンが口をはさんだ。「ウォーターズさんがぼくらを見なかったのは、あの道を通らなかったからだよ。バチェラーバンガローでデイヴとおしゃべりして帰るときに、庭を歩いているウォーターズさんを見かけたんだ。門がきしむ音がしたから、てっきりウォーターズさんはピートの小屋に行くのかと思った」

ぼくは背筋がぞっとするのを感じた。キーキー音を立てる門が立っている小道は、ぼくの小屋の裏に続いている。と同時にその道は、母屋から森を通って猟師小屋へと続く唯一の道でもある。

「ああ、思い出しました」ウォーターズは無表情で言った。「そういえば庭を通って行ったんです」

「どうして庭を？」突然ハンクが訊ねた。「湖に行くには遠まわりじゃないか」

ウォーターズは肩をすくめた。「正直に話した方が良さそうですね。ハヴァーズリーのところに立ち寄ろうかと思ったんです。でも途中で気が変わって」

ハンクはうなった。「昨夜、ハヴァーズリーさんを訪れた者がいるんだよ。と聞いて、驚くかい？」

チャールズ・ラムズデンが立ち上がった。「誰がそう言ったんだ？」怒ったような口調だ。

ハンクはディーンを指さした。「こいつに訊いてくれ」

「ほぼ間違いなく誰かがいたと思われます、ラムズデンさん」とディーンが静かに答えた。「机にあった花瓶が倒れた後に戻された形跡があります。灰皿の灰は片付けられ、食器棚にしまってあったグラスのうち、二つは使われた形跡がありました。急いで洗ったらしく、きちんと乾いていませんでした。ソーダサイフォンには炭酸水が半分ほどしかなく、ウィスキーも瓶の三分の一以上が減っていました。酒類を管理するメイドに会って、昨日の夕方時点でソーダサイフォンとウィスキーが満杯だったか確認しないと。それだけじゃない。キッチンのごみバケツに葉巻の吸い残しがあったんです。葉巻は三分の二ほどが吸ってありましたし、他にも煙草とマッチの燃えかすが何本か捨ててありました」

「昨日の夕方以前に捨てられたものかもしれないだろ？」とチャールズ。

「かもしれません。ごみをいつ片付けたかによります。実は、バケツの底にはこれらしか残ってなかったんです。葉巻はラベルのところまで吸ってあり、吸い口はまだしめっていました。ハヴァーズリーの葉巻の吸い方にお気づきでしたか？　以前店で彼を見かけたとき、彼は葉巻を歯でくちゃくちゃとかんでいました」

「自分で片付けたとか？」

ディーンは頑とした態度で首を振った。「彼は重要な報告書をまとめていました。文章を書いている途中で、立ち上がって灰皿を片付け、葉巻の吸い殻をごみバケツに捨て、自分と客が使ったグラスを洗うと思いますか？　あり得ませんよ、ラムズデンさん」ディーンは語気を強めた。「あらゆる証拠から判断するに、これらを片付けた人物は、ハヴァーズリーに来客があった事実を隠蔽しようとしただけでなく、確たる目的を持って自殺を偽装したことがわかります」ディーンは、その冷たくて分析的な鋭い目をウォーターズに向けた。「あなたと故人は仲が良くなかったそうですが？」

ウォーターズは動じなかった。「ええ。ぼくはハヴァーズリーが好きではありませんでしたし、向こうもぼくを嫌ってました」

「あなたが自分の妻に関心を示すのが、気にくわなかったようですね」

「だとしたら単なる言いがかりですよ」

ディーンは保安官に顔を向けた。「先日の晩にハヴァーズリーさんは、奥さんの件でウォーターズさんと言い争ったそうですね。そのことを話してくれませんか、ラムズデンさん」

チャールズ・ラムズデンは、リハーサルのときの一悶着について正直に話した。事件に照らし合わせてみると、あの騒動が致命的となった気がしてくる。ラムズデンの説明が進むにつれて、ハンクが唇を真一文字に引き結ぶのがわかった。

　ラムズデンが話し終える前に、甲高い声が響き渡った。「それだけじゃないわ」全員が振り返ってその声の主を見ると、尋問の間中両手を強く握りしめて背筋を伸ばして椅子に座っていたインガーソル嬢が立ち上がるところだった。「この人は、ハヴァーズリーさんを脅したのよ」そう言うと、威嚇するようにウォーターズを指さした。「『卑劣な奴だ。ただでは済まさないぞ』って言ってたわ。昨日の朝、ブレイクニーさんの小屋でね。私は小屋のすぐ外にいたから聞こえたのよ。ブレイクニーさんも聞いてるはずだから、訊いてみるといいわ」全員が押し黙るなか、インガーソル嬢の声がヒステリックに響き渡った。

　ハンクがジロリとぼくをにらんだ。「それは本当かい？」

「知るわけないじゃありませんか」ぼくは必死に嘘をついた。「プライベートな会話だったので、あえて聞かなかったんです」

「もういいですよ、ブレイクニー」ウォーターズの低い声が割って入った。それから冷静さを欠く口調で保安官に話しかけた。「何と言ったかは憶えていません。ですが、かなり興奮していたのだと思います。だってあいつはグラジエラに暴力を振るってたんですから」ここでウォーターズはいったん口をつぐんだ後に付け加えた。「でもぼくは彼を殺してません」

　ハンクは、動物捕獲用の罠のように口を閉じた。「それは地方検事に話すんだな。一緒にスプリングズビルまで同行してもらうよ」それから彼は、その場に居合わせた全員に聞こえるように、声を張り上げた。「以上だ。みんな、もう帰ってくれて構わんよ」

　グラジエラは立ち上がると、打ちひしがれたようなうつろな目でウォーターズを見つめた。ぼくが手を取ると、彼女はおとなしくついて来た。ぼくたちは庭に向かった。あそこなら誰かに立ち聞きされることもない。バラに囲まれた東屋のベンチに座るやいなや、彼女は口を開いた。

「彼を逮捕するつもりかしら?」グラジエラがぼそっと訊ねた。

ぼくは肩をすくめた。「自分に嘘をついても仕方がないから正直に話すよ。ウォーターズには強い動機があるし、しかもアリバイがない。彼の犯行だとしてもおかしくはない。一つ腑に落ちないのは、彼が部屋を片付けて自殺を偽装しようとしたことだ。そんなことをする奴には見えないんだが……」

「彼はそんな人じゃない。部屋を片付けてもいないわ。片付けたのは私よ」

第十四章

「きみが？」とぼくは聞き返した。疑念が再び湧き上がる。妻とその愛人が邪魔な夫の殺害を企てるといった、よくある話だろうか？　だが、彼女の次の言葉でぼくの疑念は拭われることとなった。

「ああ、誤解しないで」グラジエラは苦々しそうにつぶやいた。「あのときはみんなにどう思われるか不安で黙っていたのだけれど、今となっては、私が何を言ったとしても、哀れなフリッツを救えなかったでしょうね。ああ、どうしよう」グラジエラは感情を爆発させた。「あれが本当だったらいいのに。そうすれば、私は確信が持てるのに。このぞっとするような疑惑を抱えているよりもましだわ。ああ、ピート。私には相談できる人が、誰か信頼できる人が必要だわ。さもないと頭がおかしくなりそう」

ぼくはグラジエラの手をそっと握った。「ぼくを信じてほしい、グラジエラ。さあ」

「でも、あなたも私が愛人と一緒に夫の殺害をもくろんだと思っているのでしょう？」

ぼくは首を振った。「まさか。それにきみは、ウォーターズは愛人じゃないって言ってたじゃないか。その言葉を信じるよ。ぼくが考えていることは一つだけだ。きみはウォーターズがヴィックを殺したことを知っているんじゃないか、ってことだけさ」

グラジエラは悲しそうに首を左右に振った。「私にもわからないの。もう頭がおかしくなりそう。

あなたは、彼は自殺を偽装するような卑劣な人間じゃないって言ったわね。それは正しい、というか私も前はそう思っていたわ。でもね、私が知っている事実を聞いたら、あなたも彼はそんな人間じゃないと直感では知りながらも、犯人に思えてしまうでしょうよ。ヴィックは私の夫だったし、その夫を殺したかもしれない容疑者を私がかばおうとするのを見て、あなたは嫌悪感を抱くでしょう。でも、自分でもどうしようもないの。私だって二人を離そうとしたわ。フリッツに我慢してくれと懇願したのを、あなたも聞いたでしょう。昨日の午後も湖で、私のためを思うなら騒ぎを大きくしないでって彼に頼んだわ。その結果、彼に現状を維持するようにと説得できたと思った。でも結局フリッツはヴィックと会い、口論となって殺したのではないかと思うの。本来ならフリッツを責めるべきなんだろうけど、怒りの感情が湧き起こらないの。だってわかるでしょう、ピート」グラジエラの目が涙であふれ、声がかすれた。「フリッツを愛しているの。この思いをとめられなくて。私のせいで彼の身に何か起きたら、私は生きていられないわ」

「わかったよ。きみがすべての責任を負う必要はないよ」

「だって、私が悪いのよ」グラジエラは途切れ途切れに語った。「私が弱かったの。フリッツと離れたくなかった。彼の言う通りにするか、手を切るか。どちらかにするべきだった」

ぼくはグラジエラの肩に手をまわした。「そのことを話してくれないか」

グラジエラはハンカチで涙をぬぐった。「スコットランドヤードの刑事を連れて来たのはあなたよ。あなたが私の話を全部あの人にしゃべらないとも限らないじゃない?」

「それが一番いいかもしれないよ」ぼくはきっぱりと言った。「ディーンは思いやりのある人間だ。きみの不安をあおりたくはないが、今は情状を酌量してもらう方法を見つけることが先決だ」

グラジエラはぼくから体を離した。「やっぱり。あなたはヴィックを殺したのはフリッツだと思ってるのね？」

「他に犯人が思いつかないからね。きみもそう思わないか？」

「わからない」グラジエラは首を振った。

　それから彼女は怯えたような口調で言った。「昨夜あなたは、フリッツに私を家まで送るよう言ったでしょ。そのとき、少しだけ彼と二人きりになったの。彼はやさしくて、まるで子どもにするみたいに私をなぐさめてくれた。でも私を見る目がいつもと違っていたの。よくわからないけれど、私たちの間に溝があるような気がした。昨夜ヴィックに会いに小屋に行ったか訊きたかったけど、どうしても訊けなくて。そこへイーディスが来たので、私は寝室へ行った。そして今日、フリッツは私を避けているような気がするの」

「どうして彼がヴィックの小屋に行ったと思ったんだい？」グラジエラは黙っていたが、ぼくは続けた。「彼がブリッジをやめて立ち上がったとき、きみは彼がヴィックに会いに行くと思ったんじゃないかい？　それで彼の後をつけたんだ」

　グラジエラは深く息を吸ってうなずいた。「ブリッジの間中フリッツは上の空だった。憶えてる？昨日の午後に私はフリッツを説得したけれど、彼がヴィックと決着をつけるつもりじゃないかと内心は不安だった。彼はもともと、私と離婚するようヴィックを説得するつもりでウルフ・レイクに来たのだから」そこで彼女は口をつぐんだ。

「それで？」

「昨夜は、最初にバチェラーバンガローに彼を探しに行ったけど、部屋に明かりはなかったわ。それで猟師小屋に行ったら、そこも真っ暗だった。でも私は懐中電灯を持っていたの。ほら、夜にバンガローに行く人が使えるよう、テラスにいくつか懐中電灯が置いてあるじゃない。林道の途中で、誰かが捨てた煙草の吸い殻を見つけたわ。煙草がまだくすぶっているのを見て、フリッツとヴィックが一緒にいるに違いないと思った」そこで彼女が再び口をつぐんだ。

「それで?」

グラジエラは少し身震いした。「小屋のなかにはヴィックしかいなかった。発見されたときと同じように、椅子に座って片手には銃が握られていた」

「なんてこった」

「もちろん、ヴィックが自殺したのだと思ったわ」グラジエラは陰鬱な表情を浮かべて言った。「結婚してから、いいえそれより前に私が彼の秘書として働いていた頃から、ヴィックは私に頼りきりだった。だからこそ、フリッツには私たちの結婚生活に口出ししてほしくなかった――少なくとも、夫がかつての自分を取り戻すまでは。私が別れたがっていると知ったら、ヴィックは自暴自棄になって何かやらかすんじゃないかと、私はずっとビクビクしてた。それはあなたにも言ったわね。花瓶が倒れているのを見て、夫とフリッツはけんかになった、そしてフリッツが帰った後に夫はやけになって自殺したのだと思った。このことが世間に知れたら、スキャンダルになるでしょうね。すべての新聞の一面に私とフリッツの名前が大きく書き立てられる様子が目に浮かぶわ。私のせいでフリッツを騒動に巻き込んでしまったのだから、せめて彼の名前が出ないよう手を打たないと……」

「それできみは、ヴィックに来客があったことを示す痕跡をすべて消そうと思ったのかい?」

グラジエラはうなずいた。「すっかり動転していたものだから。指紋を残さないようハンカチの上から物にふれたことは憶えているわ。卓上にあったヴィックの飲み物の他に、食器棚にも使用済みのグラスが一つ置いてあった。どちらがフリッツのグラスかわからなくて、両方とも洗ったの。ヴィックは煙草を吸わなかったけど、灰皿に煙草の吸い殻が残っていたから、それも捨てたの。ああ、それからテーブルに水がこぼれていて、それも拭き取ったわ」

「机に突っ伏したときに花瓶を倒したのだろうと、ディーンが言っていた」

「ああ、そういうこと」グラジエラはそっとつぶやいた。「そうね、そうかもしれないわね。思いつかなかったわ」

「で、猟師小屋のなかにウォーターズがいた形跡はなかったのかい？」

グラジエラは首を振った。「ええ」

「ウォーターズも小屋には近づかなかったと言い張ってたしね。彼は散歩してたそうだが」

「彼は私をかばうためにそう言ったのよ、ピート」

「あるいは自分をかばうために」

グラジエラは大きなため息をついた。「てっきり夫が自殺したと思ってたから、私がすべきことははっきりしてるように思えたの。亡くなったヴィックを生き返らせる術はないけど、フリッツを救うことはできるって。ヴィックは自殺したのではなく、殺害されたのだと知ったとき、私がどれだけ驚いたか――まるで私が、夫を殺した犯人を救ったみたいに思えて。検視官の報告を聞いてからずっと私は自問し続けているの。あの時、もしも私がヴィックを殺したのはフリッツだと知っていたら、私はどうしただろうって」

「どうしたと思う？」

グラジエラはそっと体を震わせた。「わからない。でも一つだけ確信していることがあるの。フリッツが自殺を偽装したのだとすれば、それは私の名誉を守るためだったに違いない。あなたが何と言おうと、私はそう信じているわ」

「彼はもっと早くそのことに気づくべきだったね」つい嫌みを言ってしまった。「とりあえずグラジエラ、ぼくと一緒にディーンに会いに行って、きみがしたことを話そう」

グラジエラはきっぱりと首を振った。「いいえ、ピート。フリッツと話してからでないと、何も言えないわ」

「今回の容疑で、彼は郡の留置場に収容されていると思うよ?」

「だったら留置場まで会いに行くわ」

「無茶を言わないでくれ。インガーソルさんがよけいなことを言うものだから、ディーンはすでにきみを疑っているんだ。きみが昨日猟師小屋にいたことが彼の耳に入ったら、ディーンはきみとフリッツ・ウォーターズが共謀して殺害したと疑うだろう。わからないのかい?」

「あの刑事がどう思おうが、私は気にしないわ。フリッツに相談するまでは、ディーンさんには何も話さない。あなたも言わないわよね、ピート。ぼくを信じてほしいって言ったじゃない。あなたの言葉を信じてもいいのよね?」

「ぼくは言ったことは守るよ。だけど、きみはひどい間違いを犯していると思う」

「どうせ間違いだらけよ」グラジエラは悲しそうにつぶやくと、立ち上がった。「間違いがもう一つ増えたって大差ないわ」

そう言い残してグラジエラはその場を去り、ぼくも自分の小屋へ戻った。

あの騒動の後だから、ぼくはてっきりインガーソル嬢に避けられているものと思っていた。ところが小屋に帰ると、まさにその当人がポーチのところで落ち着かなげに体をゆらせているではないか。

「言いたいことをぶちまけて、さぞや満足したことだろうね」

インガーソル嬢は肩をすくめた。「ついさっき、庭であなたとハヴァーズリー夫人がおしゃべりしているのを見かけたものだから。彼女は何って？」

「近くに来て盗み聞きしたんじゃないのか？」

ぼくの嫌みは痛いところを突いたらしい。彼女は顔を真っ赤にして反撃してきた。「ああいう人たちと付き合うのは時間の無駄じゃないかしら？」

「ああいう人たちとは？　ハヴァーズリー夫人はぼくの友人だよ」

「あの人は、お仲間のウォーターズと同じ寄生虫よ。あなたや私のような職業人は、あのような人たちを相手にするべきではないと思うわ」

「ぼくはそうは思わないね」そう言うと、ぼくはきびすを返して小屋に向かった。

「私のことが嫌いなんでしょう？」インガーソル嬢が突然口をはさんだ。「あなたは間違ってるわ。私たちは協力した方がいいと思うの。祖国のために自分の健康とキャリアを犠牲にした人が、富裕層の無作法なふるまいに目をつぶりながら、つつましく生活するためにあくせく働かなければならないなんて、嘆かわしいことだわ。あなたは決して愚痴らないけれど、心のなかでは反感を抱いているのでしょう？　私はそうよ。セーラ・カラザーズやマートルみたいな生意気で頭がからっぽの娘たちが、すてきな服をとっかえひっかえ着て、新鮮な空気を吸いながら遊んでいる。それを横目で見ながら、私自身は一日中部屋に閉じこもって週に三十五時間もタイプを打ったあげくに、安物のワンピースを数枚かろうじて買える程度のお金しかもらえない。この現実に私が満足していると思う？　確かに私はあの子たちほど若くもかわいくもないけれど、あの娘たちの二倍は賢いと思うわ。これが公平だと言える？」

インガーソル嬢がウルフ・レイクに到着して以来、ぼくがこの女性をまじまじと見たのは今回が初めてではないだろうか。彼女はいつもかけている八角形に縁どりされた悪趣味なめがねを外した。めがねを外すと、そう悪くない顔立ちだ。肌つやが良く、額から後ろにきっちりとなでた赤褐色の髪は、太陽に照らされて銅のように光っている。大きめの手とほっそりした指はきちんと手入れされていたが、セーラとマートルに反感を抱いているせいか、真っ赤なマニキュアはつけていない。首と手首のところが白いモスリンで縁取られた黒のシンプルなドレスをまとったインガーソル嬢は、すらりとしてスタイル抜群に見える。

「あなたやぼくに正せるような問題じゃないよ。彼らが悪いからといって、ぼくたちが仕返ししていいわけでもない。おまけにそうやって個人を批判して、社会の不公平を改革しようなどと……」

「そんなつもりじゃないわ」とインガーソル嬢は慌てて言った。

「あなたはグラジエラに嫉妬していた。そのことは、ぼくだけでなくあなたも認識していたはずだ。そして腹いせにグラジエラを問いつめた。ふん、それで何を手に入れたんだい？　あなたのせいでフリッツ・ウォータ－ズは逮捕されたが、それが何の得になるんだ？」

「私がヴィクター・ハヴァーズリーに恋をしていたと思ってるのね？」そう答えたとき、彼女の頬が再び赤くなった。「残念ながら、それは違うわ。でも、彼はとても思いやりがあって親切で、私に良くしてくれた。私の人生で、あんなにやさしくしてくれた人は他にいないぐらいよ。でも、夫人は彼のことなどいっさい気にもかけなかった。彼女は地位に目がくらんで結婚したのよ。故人を思いやっているのは私だけじゃないかしら。でもようやく彼の敵を取ってやったわ。それだけでも価値があるでしょう？」

「あなたが間違っていなければね。どちらかというと、問題はぼくにではなく、あなたにあるようだが」

インガーソル嬢はせせら笑いをした。「ああ、そうだ。お友だちのハヴァーズリー夫人は、あの男は無実だと言い張ってるようね」

その言い方にカチンときたこともあり、ぼくは思わずウォーターズの弁護にまわった。「今のところ、ウォーターズに嫌疑がかかっているのは、ひとえにアリバイを立証できないからだ。だがアリバイのない人は他にもいる。たとえばあなたとかね」

インガーソル嬢は驚いて、呆然とした表情を浮かべた。「私が？　先ほどディーンさんから質問されたのは、そのせいなの？」

「何を訊かれたんだ？」

「宝石類を身につけますかって。それで宝石類は持ってません、持っているのは――」そう言うと、彼女は手首を上げて時計を見せた。「クリスマスにハヴァーズリーさんからいただいたこの時計ぐらいのものだって答えたの。ディーンさんは何を考えているのかしら？」

「さっぱりわからないよ。とりあえず、あらゆる可能性を排除すまいと思っているのだろう。ジャーヴィスにも何か訊いたのかな？」

「さあ、知らないわ。どうして?」

「銃声が聞こえたとき、ジャーヴィスは家にいなかったんだ。本人は寝ていたと主張しているけど……」

インガーソル嬢はぼくの顔をじっと見つめた。「ジャーヴィスが?」

ぼくは吹き出した。「あなたと違って、ぼくは誰かに容疑をかけようとは思ってないんでね。だが、ジャーヴィスは、ハヴァーズリーがセーラ・カラザーズにまとわりつくのを不愉快に思っていた。二人の間でいさかいが起きたかどうかはわからない。いずれにせよ、ハヴァーズリーに反感を抱いていたのは、フリッツ・ウォーターズだけじゃないってことだ」

インガーソル嬢は戸惑ったような表情を浮かべて、揺り椅子から立ち上がった。そして何も言わずにテラスの階段を下りて、そのまま立ち去った。

ぼくはぼんやりと彼女の後ろ姿を見送った。一つ思い出したことがある――ヴィックがセーラをちやほやしていたとき、デイヴ・ジャーヴィスの浅黒い整った顔に怒りと妬みの感情が浮かび上がったのが、記憶の片隅からふとよみがえったのだ。少しずつぼくのなかで一つの形ができつつあった。ウォーターズが到着したあの日の午後のことも思い出した。乗馬に出かけようと馬がつながれている家の裏庭へ行くと、そこにヴィックとセーラがいた。ヴィックはちょうどセーラの鐙革《あぶみがわ》を調整していて、セーラはこう言った「デイヴに怒られちゃうわ。一緒にテニスをする約束だったのに」。対してヴィックはこう返した。「大丈夫だよ、ハニー。テニスなら夕食前に一セットできるさ」

なら、犯人はデイヴか? 前にぼくがグラジエラに注意したように、彼は本当にヴィックの頭を吹き飛ばしたというのか? そういえば同じ日の午後、ぼくが夕食を取りに母屋に向かったとき、猟師小屋へと続く道から歩いて来るデイヴとばったり遭遇したっけ。ぼくがあいさつしたのに、彼は見向きもしなかった。そして彼はカクテルが振る舞われる時間になっても現れず、セーラはイーディス・ラムズデンに、彼が来ないのは二人でけんかしたからだと打ち明けた。イーディスは、デイヴを連れて来なさいとセーラに強く言ったのだった。

この一連の推理は、ちょうどテラスから上へとからみつくノウゼンカズラの蔓に張った蜘蛛の巣のように希薄だったが、トレヴァー・ディーンに打ち明けるには十分に論理的ではないだろうか。ウォーターズの話が本当だったら？　彼がグラジエラとの約束を守って猟師小屋に近寄らなかったとしたら？　ぼくはふと、ウォーターズがみんなの前で「ぼくは彼を殺してません」と言ったときの、率直で毅然とした真摯な態度を思い出した。

それはともかく、ぼくがジャーヴィスの名前を挙げたとき、明らかにインガーソル嬢はびくりと反応した。そういえばぼくの前から静かに立ち去ったとき、彼女の目に不審の色が浮かんでいたっけ。自信満々な態度も影をひそめていた。ポーチに立ってふと外を見ると、まばゆい太陽の光に照らされて、小さな桟橋が白く反射し、湖面がきらきらと輝いている。湖をぐるりと囲む木々は、エゾマツの薄い青色から、ドクゼリや松の黒っぽい色合いへと陰影を増している――その見慣れた光景に突然嫌悪感を覚えた。この美しい景色のどこかに、殺人者がひそんでいるのだ。

ぼくはその景色に背を向けると、タイプライターに向かった。

第十五章

ウォーターズが逮捕された——それを知らせてくれたのはライダー嬢だ。

だらだらと暑い午後がようやく暮れ始めた頃のこと。ぼくの小屋の網戸をライダー嬢が杖でコンコンと軽快にたたき、ぼくは現実に引き戻された。インガーソル嬢が立ち去ったあと、ぼくはひたすらタイプライターに向かっていたのだ。殺人事件が起きようが、起きまいが、月末までに戯曲の原稿を送らなければならない。今日はすでに二十日なのに、第三幕は筋書きしかできていない。事件のせいで混乱して不安になるぼくにとって、仕事は一種の鎮静剤となり、ランチタイムはおろか、時間が経過するのも忘れて書き続けた。そこへライダー嬢がひょっこり現れたのだ。

ぼくはよろこんで休憩を取ることにした。相手がジャネット・ライダーなら申し分ない。この人はいわゆる未婚の老嬢だったが、おどおどしたところも、気難しいところもない。その小さな顔は猿のようにしわだらけだったが、知的で生き生きしている。ライダー嬢について知っていることといえば、多くの独身女性と同じように、セントラルパークの西側に立ち並ぶ小さなホテルに住んでいることと、イーディス・ラムズデンと仲が良いことぐらいか。ぼくはよく若かりし頃のライダー嬢の人生はどんなだったのだろうかと想像する——その率直な話し方や、人生に関する辛辣なコメントから、彼女が吸いも甘いもかみ分けた苦労人であることがうかがえる。

ライダー嬢はテラスでくつろぎたいと言うと、揺り椅子に腰を下ろして、粗革製の大きな短靴を履いた脚を伸ばした。保安官らと一緒にスプリングズビルに向かったブレイスガードル医師から、電話がかかってきたのだという。医師の話によると、地方検事は殺人容疑でウォーターズの拘留を決定したそうだ。「ま、私は驚かなかったけどね」ライダー嬢はしゃがれ声で冷たく言い添えた。

ぼくは呆然としてライダー嬢を見つめた。「ウォーターズが自白したということですか？」

頭に被っていた薄汚れた麦わら帽子に飾ってある矢車草をいじっていたライダー嬢は、手を止めて首を振った。矢車草がゆらゆらとゆれる。「いいえ。オスカーの話では、彼は何時間も尋問を受けたけれど、無実を主張したらしい。でも、だまされてはだめよ。彼はハヴァーズリー夫人をかばおうとしてるだけなんだから」。ライダー嬢はブーツのボタンのような丸く黒い目を鋭く光らせてぼくを見た。「それにしても、一体誰があの小屋を片付けたんだろうね？」

欄干にもたれて彼女を見ていたぼくは、自分の顔色が変わるのを感じた。「自殺を偽装したのはウォーターズじゃないんですか？」

ライダー嬢はふんと鼻を鳴らした。「男だったら、葉巻を捨てるようなへまはしなかっただろうね。おまけにハヴァーズリー夫人は三十分以上もどこかへ行っていた。あんな時間に一体何をしていたんだろうか？　何か知ってるかい？」

ライダー嬢の執拗な態度に、ぼくはうんざりしてきた。おまけにぼくをじっと見つめるその目に怖じ気づいてもいた。この鋭くて険のある老嬢をごまかすのは簡単ではなさそうだ。こうなっては攻撃するしかないとぼくは腹をくくった。

「ぼくにもわかりません」とぼくは鋭く言い返した。「ですがぼくはグラジエラをよく知っていますし、あなたが彼女を夫殺しの共犯みたいに言うのを黙って見過ごすわけにはいきません」

ライダー嬢は満足そうにうなずいた。「あんたの言う通りだね。友だちを弁護するのは当然のことだよ。でも夫人じゃないとしたら、一体誰が部屋を片付けたんだい？」彼女は再び食い入るようにぼくを見つめ、唐突に話題を変えた。「スコットランドヤードの刑事さんはどう思ってるんだろう？」

ぼくは声を立てて笑った。「ライダーさん、残念ですが、ディーンは何も打ち明けてくれないんですよ」

ライダー嬢はぼくの話を信じていないようだ。「刑事さんは、あの何とかという秘書をどう思ってるんだい？」

「インガーソルさんですか？　さあ。彼女はディーンから尋問されたと言ってましたが」

「何を訊かれたって？」

「宝石類を身につけてるかって訊かれたそうです」

「つまり、ヴィック・ハヴァーズリーからプレゼントをもらったかってことかい？」

「彼からもらったのは腕時計だけだそうです。その腕時計を身につけています」

「ふん。で、あの刑事は彼女の部屋で何を探してたんだい？」

「誰が？　ディーンがですか？　いつの話です？」

「今朝、私たちを呼び出しただろ。その後の、スプリングズビルに行く直前だったか。私はイーディスと一緒に二階にいたんだよ。インガーソルさんの寝室は、同じフロアの階段の突き当たりでね。私がイーディスの部屋から出て来たとき、あのディーンとかいう刑事が階段を上って来た。私が隠れて見ていると、彼はまず手前にあったシンシアの部屋にこっそり入り、それから突き当たりのインガーソルさんの部屋に入った。刑事さんは何を探しているんだろうね？」

ぼくは首を振った。「見当もつきません」

ライダー嬢は笑って、シュロの葉でできた扇でぼくをぽんとたたいた。「用心深いんだねぇ」

「いえ、本当に――」

「気にしなさんな。おや、オスカーが戻って来たよ」

ブレイスガードドル医師は暑そうにしていて、ゆったりしたアルパカ毛織りの黒いスーツは粉を吹いたようにほこりがついている。「ここなら野次馬も来ないだろう」とぶつぶつ言いながら、階段を上って来る。

「野次馬って？」とぼく。

「新聞記者やカメラマンだよ」とライダー嬢が答え、今度は医師に向かって如才なく言った。「私は散歩がてらここへ来たんだよ」

ブレイスガードドルは満足そうにうなずいた。「それがいいさ。その年でタブロイド紙に掲載されては堪らんだろうからね、ジャネット。ウィルソン――ラムズデン家の代理人で使用人頭だ――が大勢を家に集めた。チャールズは今、向こうで状況を説明しているところだよ」医師はパナマ帽を脱ぐと、赤いバンダナで首の後ろを拭った。

「ウォーターズはどうなりましたか？」とぼく。

「留置場だ」汗を拭く手を止めずに、医師は簡潔に答えた。

「グラジエラは？」

「イーディスの話では、マスコミが到着すると、グラジエラは部屋に閉じこもったそうだ。かわいそうにな」ブレイスガードルはため息をついた。

「ディーンは、先生と一緒にこっちに戻ったんですか?」

老人の態度がよそよそしくなった気がした。昨晩猟師小屋でディーンと衝突したことを、まだ根に持っているのだろう。「ああ。イーディスのところでお茶を飲んでいる。あんなに現代的で科学的な犯罪学者は見たことないね」言葉の端々にとげがあった。「みんなあの若者みたいだとしたら、どんな些細なことにもこだわるんだろうな、まったく。ウォーターズに不利な証拠が十分にそろっていると私が主張しても、きみの友人のディーンときたら、自分で証明できないことは納得しないらしい」

ライダー嬢は、「ほうら。言った通りだろ?」と言わんばかりの目でこちらを見た。

「というと?」とぼくは医師に促した。

ブレイスガードルは幅広い肩をすくめた。「ディーンに間違いを指摘されたことに気を悪くしているなどと思わんでくれ。彼は法医学の経験も豊富そうだし、私の知識など足元にも及ばんよ」と彼はやや大げさな口調で言った。「だが、最初に犯行現場に駆けつけたのは私だし、十分に調べてから死後一時間が経過していると判断した。もっとも、それではきみの友人ディーンはご不満のようだがな、ピート」

「不満というと?」

医師は気色ばんだ。「検死を行なったギャバン医師の話では、ディーンから正確な死亡推定時刻はいつかと訊ねられたそうだ。ギャバンは遺体を検死した結果、ハヴァーズリーの死亡推定時刻を十二時間ほど前と推測したあと、私の意見を訊いてみるよう勧めたそうだ。しかもそれだけじゃない。ディーンは地方検事、保安官、州警察など、みんなを質問責めにしているんだとさ」

「どんな質問ですか?」

「よくは知らないが、昨晩の状況、温度、日の暮れは何時頃か、月の出は何時かとか、あらゆることを訊いているそうだ」ブレイスガードルは帽子を被ると、あたたかい目でライダー嬢を見た。「さてと、お嬢さん。お茶でもいかがかな?」

「結構よ」ライダー嬢はぶっきらぼうに答えた。「私に必要なのは強いハイボールだよ。ピートも顔色がすぐれないようだから、一緒に一杯いかが?」

「ぜひとも」かくしてぼくたち三人は歩いて母屋に向かった。

第十六章

先頭に立って庭を歩いていたブレイスガードル医師が、帽子で体をあおぎながら、大きなはげ頭をそらして空を見上げた。「嵐が来そうだ」

「おそらくね」とライダー嬢。「お昼頃から草が頭を垂れてたからね。一雨降って、この暑さを吹き払ってくれるといいけど」

アディロンダック山地では、この辺り特有の雷雨に襲われる。夏の間に何度も嵐に見舞われたからぼくもよく知っている。嵐が来そうな気配を漂わせながらもなかなか来ず、いざ来てみると、怖くなるほど激しい雨が長く降り続く。この日の午後はじめじめと蒸し暑く、激しく吹きつけてくる突風でつる棚はカタカタと音を立て、花々は頭を垂れて傾いている。レモン色に縁取られた雲が太陽を遮り、鉛色に光る奇妙な空を際立たせている。湖はガラスに描かれた中国の絵のような雰囲気が漂う。重苦しい静寂を破るのは、バンガローに閉じ込められているライダー嬢の犬の甲高い吠え声と、車庫にある給油ポンプの律動的な音ぐらいのものだ。

湖と森が息をひそめて待ち受けているかのような不穏な空気のせいで、ぼくは落ち着かない気持ちになった。現在の状況に酷似しているからだろう。ヴィクター・ハヴァーズリーの悲劇が、刻々と迫る嵐の脅威のようにぼくたちの頭上で渦巻き、ぼくたちの視界はますます陰り、次に何が起きるかわからずにかたずを呑んで見守っている。

ぼくはディーンと二人きりで話したくて仕方がなかった。この若者に対する信頼は高まる一方だ。彼の粘り強さ、他人の感情などお構いなしに目標に向かって邁進する姿に、ぼくはいたく感銘を受けていた。ブレイスガードル医師の話では、彼はウォーターズの逮捕など気にせずに、あらゆる選択肢を排除していないという。捜査を通して彼はどの方向へ向かっているのだろうか。ウォーターズの嫌疑が晴れれば、グラジエラが小屋に侵入したことをうまく弁解できるかもしれない。

ディーンはインガーソル嬢を怪しいとにらんでいるのか？　そのように思える。あり得ない話ではない。そもそも彼女にはアリバイがないし、本人は否定したものの、ヴィックを好きだったとしか思えないからだ。ヴィックの方はどうだったのだろう？　二人は付き合っていたのか？　タイピストと情事にふける上司など、世の中に大勢いるではないか。ヴィックが別れを切り出し、それでインガーソル嬢が彼を撃ち殺したとしたら？　彼女なら自殺を偽装するというアイデアが浮かんでもおかしくはない。

ウルフ・レイクでは、ティータイムはいつも人々の話し声で賑わう。五時頃に郵便物が届くと、みんなはお茶やクッキーを片手に手紙を読んだり、ニューヨークの新聞を広げて語り合ったりする。だが、この日の午後は重苦しい雰囲気に包まれていた。茶卓では、トレヴァー・ディーンがイーディスと上品な会話に興じていた。彼はまるでロンドンの居間でくつろいでいるかのように、紅茶のカップを持って暖炉に寄りかかっている。今日のゲストたちはばらばらに座っていた――シンシアはソファに座って雑誌を読みふけり、バスター・レイトンとディッキーは一緒に手紙を読んでいる。部屋の向こう側では、ジャーヴィスが『ザ・タイムズ』紙のスポーツ欄を読んでいる。グラジエラの姿はない。

イーディスがブレイスガードルのために お茶を準備している間に、ぼくはディーンに小声で話しかけた。「できるだけ早くここを切り上げて、ぼくの小屋に来てくれないか。話がある」

「わかった」ディーンは陽気な様子で会話に戻り、ぼくはサイドボードへ行って、ライダー嬢のためにハイボールを作った。ハイボールを二つのグラスに注ぎ、一つをライダー嬢に手渡し、もう一つを自分用にした。再び部屋を見渡すと、ディーンの姿は見えなくなっていた。

ディーンはテラスにいた。煙草入れから黒ずんだキセルを取り出して、刻み煙草を詰めているところだ。ぼくはハイボールを一気に飲んで、グラスを置いた。「一緒に来てくれ。話したいことがある」

「ちょっと待って」

マートルとセーラが、湖畔からの道をこちらへと上って来た。二人の外見は驚くほど対照的で、マートルが浅黒い肌に濃い褐色の髪なのに対して、セーラは明るく透き通るような肌に赤褐色の髪を巻き毛にしている。背中が大きく開いた緑色の水着は、セーラの均整の取れた体を美しく見せている。彼女は鮮やかなオレンジ色のバスローブを手に持っていた。マートルも実に魅力的で、日焼けしたむきだしの肩にサスペンダーを付け、すその広い水色のパンツをはき、頭にはセーラーハットを被っている。

「おいおい、勘弁してくれよ。あの二人につかまったが最後、逃げられなくなるぞ」

だがディーンは動こうとはしなかった。こんな悲しい事件のさなかにあっても、娘たちにとっては、キャンプ場に現れた若者は大ごとなのだろう。ディーンの華やかな経歴をもってすればなおさらか。二人が階段を上りながら身だしなみを整える様子が目に浮かぶ。まったく、このイギリス人も若いだけあって美人を放っておけないらしい——少なくともセーラに目が釘づけといった様子だ。

「お茶の準備ができてるよ」ぼくは彼女たちに言ったあと、ディーンに向き直った。「行こうか？」

マートルは揺り椅子にどさりと腰を下ろした。「こんなに暑いのにお茶なんて。ねえピート。カクテルに氷をたくさん入れて持って来てくれない？　セーラ、あなたはどうする？」

「トムコリンズ（ジンベースのカクテル）がいいわ」とセーラ。

「名案だ」とディーンが便乗する。「コムコリンズを三つお願いできますか、ピート？」

ぼくはディーンに目配せしながら、家のなかに入った。網戸を開けるときに、マートルが「ウォーターズさんの話は本当なの？」と訊ねるのが聞こえた。すぐにセーラが注意した。「ちょっと、マートルったら。家のなかでは他の話をしましょうよ」

辛辣な口調だ。ぼくはふと、ジャーヴィスのことを思い出した。居間に入ったついでに、ジャーヴィスを探した。ジャーヴィスは新聞を手にしていたものの、読んではいないようだ。新聞を膝の上に乗せたまま、憮然とした陰気な表情を浮かべて空をにらんでいる。

ぼくはカクテルを作って外へ持って行った。女性たちはディーンを質問攻めにしていたらしい――いずれにせよ、マートルがくすくす笑いながら「警官といえば、アイルランド系かユダヤ系の人しか会ったことがないわ。ケンブリッジ大卒の警官なんて聞いたことない」と言い、セーラも軽く笑い声を上げた。ディーンも、キセルをふかしながら穏やかに笑っている。低い籐椅子にゆったりと腰を落ち着けているディーンを見ると、さてはこの二人と午後中ずっとおしゃべりして過ごすつもりだなとわかる――まったく、こいつの首をしめてやりたいぐらいだ。

しばらくの間、氷が立てるカラカラという音とストローで飲み物をすする音がした。

ディーンはのんびりした口調でセーラに話しかけた。「カラザーズ教授はきみの親戚なのかい？」

セーラは首を振ると、赤い唇をストローから離した。「残念ながら、うちの親戚に大学教授はいないわ。どんな人？」

「エジプト学者だよ。ツタンカーメン王の墓とかね。教授は専門家として発掘調査に加わってたんだ。教授がロンドンで講義を行なったときは、ぼくも聞きに行ったんだ」

マートルが長椅子に横たわったまま口を開いた。「ディーンさん、墓から掘り出された秘宝は呪われているっていうじゃない。あなたは信じる？」

すぐさまセーラがさえぎる。「マートル。お願いだからちょっと黙っててよ」

ディーンは肩をすくめた。「その話は聞いたことがある。個人的には作り話だと思うけどね」

マートルは跳ね起きて、長椅子に座り直した。セーラをちらりと見た後、大まじめな顔で言った。「セーラは、古代エジプト時代のビーズのネックレスを持ってるのよ。そのネックレスは、ええと、何とか女王の侍女が所有してたものだったんですって。セーラ、女王の名前は何だったかしら？」

セーラが何も言わないので、ぼくが割り込むことにした。「ハトシェプスト女王だよ。古代エジプト王朝における、ビクトリア女王のような人物だ。きみは知ってると思うがね」最後の言葉はディーンに向けて言った。

「昨夜、セーラはそれを身につけてたのよ」マートルは秘密を打ち明けるかのように言った。「バスターが、不吉じゃないかってセーラに注意したのよ。そしたらこんな恐ろしい事件が起きたでしょ。気持ち悪いと思わない、ディーンさん？」

「ばかばかしい」とセーラが口をはさんだ。「クリスマスにもらったネックレスなのよ。どうせ偽物だと思うけどね」セーラの整った顔が怒りで赤らんだ。相当いらいらしているようだ。「口をはさまないでよ、マートル」セーラは立ち上がると、床に落ちた膝掛けを拾い上げた。

ディーンはセーラの不機嫌に気づいていないようだ。ぼくの予想に反して、彼はいつも鋭いわけではないらしい。「本物か偽物か見分けられるかもしれない」まじめな顔でそう言うと、今度はディーンが立ち上がった。「エジプトの骨董品は少しならわかるよ。見せてくれないか?」

「いいわよ」とセーラが無関心そうに答えた。「いつでもお見せするわ。でも、今ちょっと糸が切れているから、修繕してもらわないと……。あたしたち、そろそろ着替えないと。カクテルをありがとう、ピート。マートル、行きましょ」

マートルはしぶしぶ長椅子から立ち上がった。「はーい」マートルはぼくたちにひらひらと手を振ると、セーラに続いて階段を下って行った。

ディーンは冷やかすような表情を浮かべてぼくを見た。「あなたがエジプト学者だったとは、知りませんでしたよ」

ぼくは声を上げて笑った。「以前、雑誌に『ファラオの呪い』の連載を代筆したことがあって、そのときにツタンカーメン王の墓に関する文献を読みあさったんだよ。ブレステッドやウィンロックはもとより、ハワード・カーターによる発掘調査に協力したニューベリーやアラン・ガーディナーなどのエジプト学者も知っているよ。さっききみが言ったカラザーズ教授についても知りたいよ。有名な学者なのかい?」

「そうですね、ディケンズの小説、『マーティン・チャズルウィット』に登場するハリス夫人ぐらい有名でしょうかね」ディーンはぼくをじっと見つめた。

ぼくも意味深な目でディーンを見返したが、彼はまばたき一つしなかった。「セーラ・ギャンプの架空の友だちのことか?」

ディーンは簡単にうなずくと、さり気なく肩越しにちらりと後ろを見た。「ネックレスを憶えていますか? 見れば、それとわかりますか?」そう言いながら、ディーンはベストのポケットに手を入れた。

「わかると思う。他にあんなネックレスを持っている人はここにはいないからね」

ディーンはぱっと手のひらを開いた。青色の光沢を放つ円柱形のビーズが二つある。ディーンはすぐに手のひらを閉じて、ビーズをポケットにしまった。「これですか?」

ぼくはうなずいた。「これだよ。どこで見つけた?」

「猟師小屋です」

ぼくは呆然として彼を見つめた。「まさか!」

「一つは長椅子の下、もう一つはドアのすぐ外の芝生の上に落ちてました」

ぼくはつい笑ってしまった。「セーラにうまくしゃべらせたものだな。でも、どうしてそのビーズがセーラのだとわかった?」

ディーンは別のポケットに手を入れて、封筒を取り出した。それからまたちらりと後ろを見た後、封筒のなかから一本の赤毛を取り出した。「長椅子のクッションの上に落ちてました」そう言うと、再びその髪を封筒にしまった。「セーラか秘書のどちらかの髪だろうと思って。二人とも同じような髪の色をしてますから」

「インガーソルさんの髪じゃないと、どうしてわかった?」

「彼女の髪はもっとオレンジがかった色ですから。インガーソルさんの化粧台に落ちていた髪を調べたんですよ」

　そうか、ディーンは髪の毛を採取しにインガーソル嬢の部屋に忍び込んだのか。「インガーソルさんと言えば――」ぼくが口を開いたところで、ディーンが突然ぼくの手首をつかんだ。

　居間のドアが開いた。入り口にはインガーソル嬢が立っていて、室内を見渡している。彼女は振り返って「いたわ」と言うと、入り口から姿を消した。

　そのあと、ハンク・ウェルズ保安官のがっしりした体が戸口に現れた。「準備はできたか？」ハンクが大声でディーンに訊ねた。

「はい」ディーンはそう答えると、キセルの灰を落とした。「新聞記者は帰りましたか？」

「ああ」

「ぼくの名前は伏せていただけましたか？」

「もちろんだ」保安官はため息をついた。「まったく、おまえは間違っているよ。記者にかなり評判を上げてもらえただろうに」

　ディーンは振り返ってぼくを見た。「六時半に検視官と会うことになってるんです。もう行かないと。夕食の後に伺うようにします。当面の間は――」そこでディーンはポケットをぽんとたたいた。

「内密にお願いしますよ」

「ウォーターズは？」

「ウォーターズ？」ディーンは笑い声を上げた。「彼なら心配ありませんよ」

「留置場にいるんだろ？」

「ええ。でも、すぐに釈放されるでしょう」

「つまり地方検事が拘留を取りやめたということか?」

ディーンがぼくの胸元を軽くたたいた。「そんなところです。といっても地方検事はまだ知りませんがね。ですからくれぐれもご内密に」

ディーンは頭に手をやって敬礼すると、保安官の後を追った。

第十七章

イーディスはあまり気持ちのこもらない口調で夕食に招待してくれたが、ぼくは仕事があるからと言って辞退した。そして何とも形容しがたいそわそわした気持ちで、母屋から離れた場所にある小屋へ戻った。嵐が来そうな気配、キャンプ場を覆う陰鬱な雰囲気、グラジエラが打ち明けてくれた秘密――これらが組み合わさって、ぼくの気持ちはどん底まで落ち込んでいた。セーラが猟師小屋にいたとわかった今、ディーンは小屋を片付けたのはセーラだと確信するに違いない。捜査が行き詰まらない限り、ディーンに本当のことを話す必要はないだろう。だが、ぼくはグラジエラに内緒にすると約束したし、グラジエラはフリッツ・ウォーターズの無罪が確定するまでぼくを放してくれないだろう。部屋を片付けたのはグラジエラだという重大な情報がなくても、ディーンはウォーターズの無罪を証明できるだろうか？　本人はできると考えているようだが。いずれにせよ、ディーンが来るまで待てそうにない。早くここに来て、セーラとインガーソル嬢に対する嫌疑を詳しく話してくれないだろうか。

お腹はすいていないし、執筆する気にもなれない。嵐が来そうで来ない緊張感の漂う夜、ぼくはポーチに座って次から次へと煙草に火をつけては咳をした。その間も、船外機の音がしないかと耳をそばだてる。夜の訪れと共に空がインクをぶちまけたような漆黒に染まる。不規則に吹きつけてくる風で、湖畔沿いのイグサがさわさわと音を立てている。すでに真夜中だが、ディーンはやって来ない。今夜はもう寝ることにしよう。

ふと目を覚ますと、雷鳴がごろごろと鳴り続けていた。すさまじい音を立てながら雨が降り注ぎ、開け放たれた小屋のドアの向こうでは、地平線のかなたで稲妻が光るたびに、湖の対岸にある森のぎざぎざした輪郭が浮かび上がる。落雷の音はすさまじく、雷が光るたびに青黒い空に亀裂が入る。猟師小屋の寝室に横たわっていたヴィクター・ハヴァーズリーを思い出して恐ろしくなった。この雷鳴はまるで荘厳なレクイエムのようではないか。

ぼくは立ち上がってドアに向かった。空気が電気を帯びてピリピリしている気がする。あたりは湿った土と葉っぱのにおいで充満している。しばらく外を見ていたものの、猟師小屋が頭にちらついて仕方がない。厳しい現実と向き合って生きてきたぼくは、迷信などはなから信じていなかったが、ぐずぐずと雷を眺めているうちに、猟師小屋に行かなければという衝動に駆られた。こんな悪天候のさなかに家を出るなんて狂気の沙汰だ、激しい豪雨でびしょ濡れになってしまうぞと自分に言い聞かせる。おまけに森のなかで雷に打たれる危険性もある。にもかかわらず、行かなければという衝動は収まらない。まるで磁力に引っ張られるかのようだ。何が起きたのか説明できないが、雷によって空気中に放出された大量の電気が、ぼくの無意識に働きかけたのかもしれない。猟師小屋に行かなければという強い衝動を抑えられず、ぼくはとうとうテラスの端まで歩き、身を乗り出して目をこらすと、庭のずっと先にある門灯が見えた。猟師小屋へと続く小道の入り口には鉄門があり、その上に掲げてある門灯は夜間ずっと灯されているのだ。

驚いたことに、小さな明かりが庭を横切っていくのが見えた。その光を反射してぬれた葉がチラチラ光っている。懐中電灯の明かりだ。突然、雷光がぴかりと光り、走り去る黒い人影を煌々と浮かび上がらせた。その人影が門にたどり着いたとき、頭上にあった薄暗い門灯が、防水帽とカッパをまとった人物がさっと横切る姿を照らし出した。が、間もなく懐中電灯とその人影は森に呑み込まれてしまった。

ぼくは急いでパジャマのうえからカッパをはおり、ゴム長靴を履いて、懐中電灯をつかんだ。なまあたたかい雨が重いカーテンのように無帽の頭に降り注ぐ。小屋の裏側にある小道は小川のように水が流れている。雷がとどろいて丘にこだました。稲妻がぴかっと光って森を切りつけ、波打つ湖面全体を明るく照らし出した。そのうちの一回は、砲が発射されたかのような雷鳴を轟かせ、戦争による心の傷が癒えていないぼくをさんざん脅かしたあと、すぐ近くの木に落雷し、間もなく木が倒れる音がした。

暗闇のなかを水を飛び散らせながら進んで行くと、稲妻が光って、小道の先の空き地に雨にさらされながらぽつんと建っている猟師小屋が浮かび上がった。懐中電灯を小屋に向けると、窓の鎧戸が閉まっているのが見えた。だが入り口のドアはわずかに開いていて、なかから明かりが漏れ出ている。

ゴム長靴と草のおかげで、足音を立てずに小屋に近づくことができた。小屋は施錠されていて、その鍵はハンクが持っているはずだ。こんな嵐の夜のこんな時間に保安官がここで何をしているのか？　音を立てないよう注意しながらドアを引き開けると、目の前にはぞっとする光景があった。

ヴィクター・ハヴァーズリーが書き物机のそばに立っていた。というか、その姿を一目見てぼくはヴィックだと思い込んだ。彼だと思ったのは防水帽とカッパのせいだ。どちらもよくある黒色やからし色のものではなく、セロファンのような深緑色をした薄手のゴム製のものだったからだ。キャンプ場の滞在客なかで、緑色のカッパの上下を持っていたのはヴィックだけだった。

だが、常識的に考えてヴィックのはずがない。彼の防水帽とカッパを着た別の誰かだと思い直した。しかしそれでも、その光景は実に衝撃的だった——目の前で、ヴィックらしき人物が、懐中電灯を片手にテーブルに身をかがめて引き出しをあさっているのだから。懐中電灯は消していたが、ぼくはいつでもつけられるよう構えて、身動きせずにじっと待った。こいつは誰だ？　男か女か？　わからない。不格好なカッパに身をつつみ、肩にかかる長いつばのある防水帽を被ったその人物の顔は、懐中電灯の影でよく見えない。

引き出しが一つずつそっと開けられていく。何かを探しているらしい。雨は容赦なく屋根をたたきつけている。雷が絶え間なく鳴っているが、鎧戸を閉めた小屋のなかのなまあたたかい空気のなかでは、稲妻など、ちかちか光るニューヨークのネオン街を遠くに眺めるに等しい。ぼくは息をひそめた。今や二番目の引き出しが閉められ、性別すらわからない人影が身をかがめて三つ目の引き出しに手をかけた。そのとき、その人影がほうとため息をついて、ゆっくりとこちら側に体を向けた。ぼくはただちに懐中電灯をつけた。

インガーソル嬢だった。懐中電灯の光を浴びて、彼女の青い瞳が恐怖で見開かれている。彼女は慌てて後ずさりしようとしたものの、テーブルに行く手を阻まれた。片手には一枚の紙を持っている。ぼくはインガーソル嬢に近づくと、叫ぶ暇も与えずにその紙を奪い取った。

「ここで何をしてるんだ？」

「請求書を返して！」

「請求書？」ぼくはテーブルに前かがみになって、その中身を調べた。

インガーソル嬢がぼくの手をつかんだが、ぼくはその手を振り払った。「あなたには関係ないわ！」インガーソル嬢は大声を出して紙を取り返そうとする。「読まないで！　返してったら！」

「中身を確認したら返すよ」そう言うと、ぼくは彼女の手の届かないところに紙を置いた。

「お願いよ。後生だから――」インガーソル嬢が悲しそうな声で懇願する。「あの刑事は私を疑っているのよ。その請求書を見られたら……」

ぼくはテーブルの反対側に移動した。テーブルの上に紙を広げて、懐中電灯をあてた。インガーソル嬢は小さく悲鳴を上げると、両手で顔を覆った。

カルティエが発行したダイヤモンドのブレスレットの請求書だった。価格は一千六百五十ドル。請求先は、ニューヨーク州ウルフ・レイクのヴィクター・ハヴァーズリー様とある。

ぼくは顔を上げて、ちらりとインガーソル嬢を見た。テーブルに置かれた懐中電灯の光に照らされて、彼女のまつげが涙で濡れているのがわかった。その姿は打ちひしがれているように見える。

「ガールフレンドへのちょっとしたプレゼントってわけか？　あなたがハヴァーズリー夫人を批判するのは、そういう関係だったからか？」インガーソル嬢は何も言わず、不安そうな表情を浮かべたままぼくを凝視している。「それにあなたは腕時計以外に宝飾品は持ってなかったんじゃないのか？」とぼくは皮肉った。「ヴィックはこのブレスレットもくれたんだな」

インガーソル嬢は悲しそうに首を振った。「このブレスレットは私へのプレゼントじゃないわ。私が知っているのは、請求書が二日前に届いて、私が受け取りの署名をしたことぐらいよ。後でハヴァーズリーさんが見せてくれたけど。奥様へのサプライズプレゼントだと思った。でも、夫人の宝石箱を探したけど、見つからなくて。ハヴァーズリーさんの所有物のなかにもなかった。小屋のなかをくまなく探したけど、やっぱりないのよ。この引き出しにしまってあったはずなのに」インガーソル嬢はテーブルの真ん中にある引き出しを指さした。

「ふん、もうちょっとましな言い訳は思いつかないのか？」

インガーソル嬢はふと息を吸い込み、つらそうな表情を浮かべた。「どうしてあなたはそれほどまでに私を敵視するの？」

「あなたが意地悪をして、無関係の女性を追いつめたからだよ。さらに、あなたが我が身を守ろうとしたせいで、罪もない一人の男がえん罪で捕まったんだぞ」

「ハヴァーズリーさんを殺したのは私だと思ってるの？」

「あんたか、あるいはセーラ・カラザーズか。ヴィックはきみたち二人をもてあそんだようだな」

インガーソル嬢は不可解そうな表情を浮かべてぼくを凝視した。「セーラ・カラザーズですって？どうしてセーラが出てくるの？」

「とぼけるな！」

ぼくはついカッとなって言い放った。インガーソル嬢はまたしても怒りを含んだぼくの声を受け流したあと、真剣な表情でうなずいた。「私もついさっきセーラを思い出したところだったの。机のなかは、まだ調査されていないのよ。保安官から、明日書類を調べるから手伝ってくれと言われていて。あのブレスレットがないことに気づいたとき、ハヴァーズリーさんがセーラのために買ったんじゃないかと思ったの」

「ならどうして深夜のこんな激しい雷雨のなか、ここまで請求書を取りに来たんだ？」

「あなたにはわからないかもしれないわね。だけど、机のなかのブレスレットがないことに気づくまで、セーラを疑いもしなかった。それまでずっと、あなたの友人ディーンが私を疑っていることで頭がいっぱいだったからよ。あの人はなぜかブレスレットのことを知っていた。そして私に、宝石を身につけるかと訊いてきた」

ディーンが宝石について訊ねたのは、あのエジプトのビーズのネックレスのことを知りたかったからだ。だがそのことはインガーソル嬢には黙っておこう。

「いずれにせよ、請求書を破棄した方がいいと判断したわけだ？」

インガーソル嬢の顔が徐々に赤らむ。「あなたが知りたいというのなら、正直に認めましょう。繰り返すけど、私はこのブレスレットをもらっていないし、ハヴァーズリーさんの事件に関わってもいないわ——やさしくて思いやりのある雇用主を殺す理由がありますか？　おまけに、私のように警察に容疑者扱いされた人間がどうなるか知ってる？　失業するのよ——ハヴァーズリー殺人事件の容疑者として国内のあらゆる新聞の第一面に名前が載ったこの私を、一体誰が雇ってくれるというの？」

「あなたは、自分に同情してくれと訴える。だけどグラジエラとその友人のウォーターズには容赦しなかったじゃないか」

インガーソル嬢はうつむいた。「私の行動は軽率すぎたかもしれない。ハヴァーズリーさんに好意を抱いていたものだから、あの二人が団結してハヴァーズリーさんを悪く言うのを見てかっとなってしまって。それよりも、さっきセーラの名前を挙げたのはどうして？」

その時のぼくは神経が高ぶっていた——小屋の外で嵐が猛威を振るうなか、あたりに漂う奇妙な雰囲気につい呑み込まれてしまったのだ。そしてつい本当のことをしゃべってしまった。「昨夜セーラが、ハヴァーズリーに会いにこの小屋へ来たからだよ！」

インガーソル嬢は目を見開いた。「本当に?」と絞り出すような小声で言った。

「ディーンはそう確信しているよ」

「じゃあ、ブレスレットはセーラが持っているに違いないわ。昨夜、ハヴァーズリーさんが彼女にあげたのよ。きっと二人で浮気をしていたのでしょうけど、セーラがこんな高価なプレセントを受け取るとは思わなかった」インガーソル嬢はとまどいを隠しきれずに言った。「わがままでうぬぼれの強い子だけど、まさかあの子が人殺しをするとは、あなたも思わないでしょう?」

「ぼくが何を思おうが関係ないよ。ゆるぎない事実があるんだから。十一時五分にライダーさんが銃声を耳にしたとき、セーラはみんなと一緒に母屋にいたんだよ」

「その時、セーラのフィアンセのジャーヴィスはバンガローで寝ていたと言ったわね?」

「ああ、十一時一、二分前に、レイトンがジャーヴィスの部屋で一緒にいたそうだ」

インガーソル嬢はため息をついた。「なら、あなたが私を疑うのも無理はないわね。昨夜私を見た人は一人もいないのだから——私にはアリバイがない……」

その率直な態度とぽろりと口から出た本音に、ぼくは心を動かされずにはいられなかった。ハヴァーズリー夫妻と同じく中西部の出身だとすれば、故郷から何千キロも離れて働く孤独な女性を、ぼくは皮肉り、あざ笑ったのだ。突然、そんな自分が恥ずかしくなった。

「それはディーンが調べてくれるよ」とぼくはいくぶんやさしい口調でごまかした。「ディーンにこの請求書を渡して、ブレスレットのことを話さないと」そこで険しい表情でインガーソル嬢を見た。「こんな嵐の夜にここに来るなんて、どうかしてるよ。カッパの下には何を着ているんだ?」

インガーソル嬢は両手を組み、シャイな小娘みたいに肩をすぼめた。「ネグリジェです」

「それは確かハヴァーズリーのカッパだろ?」

インガーソル嬢はうなずいた。「玄関にあったの」

ぼくはつい笑ってしまった。「最初見たときはヴィックかと思ったよ。心底驚いたんだから」インガーソル嬢に懐中電灯を向け、その足元を照らした。寝室用の室内履きが雨でびしょ濡れだ。「スリッパを見てみろよ。それでは風邪を引いてしまう」

インガーソル嬢が笑みを浮かべてぼくを見た。初めてのことだ。懐中電灯が彼女の白い歯を浮かび上がらせる。その目がちらりとドアを見た。「大丈夫よ。もう雨もやんだから」

「どうやって中に入ったんだい?」とぼくが訊ねた。

「ハヴァーズリーさんから鍵を預かっていたもので」

「差し支えなければ、その鍵を貸してもらえないだろうか?」

インガーソル嬢はカッパの大きなポケットを探って、鍵を取り出した。「じゃあ、家まで送っていくよ」そう言うと、ぼくはテーブルの上にあった懐中電灯を渡し、彼女の腕を取ってドアに向かった。

小屋の外に出たとき、咳が出て止まらなくなった。「その咳き込みようったら。看病が必要なのはあなたの方では? また煙草を吸い始めたのね?」

ぼくは黙ってうなずき、ドアに鍵をかけた。嵐は過ぎ去っていた。大空に渦を巻く黒ずんだ雲の隙間から月の光がもれ出て、しずくのたれる枝やぬれた芝生を照らしている。

インガーソル嬢ははにかみながら、ぼくの腕を取った。「あなたには世話をしてくる人が必要そうね。親類は? 姉か妹はいないの?」

ぼくは声を上げて笑った。「もしも明日全人類が破滅するとしても、しょせんぼくなんて何の価値もないさ」

　インガーソル嬢は何も言わなかった。ただ、ぼくの腕に添えられた手に力が入ったような気がした。芝生を横切るときに、月がぼくたちの顔を照らした。カッパの立襟からのぞく彼女の頬に涙が一筋つたい落ちるのが見えた。その後は二人とも黙ったままで、最後に「おやすみなさい」とだけ言って別れた。帰る道すがら、ぼくは彼女の頬に流れたあの涙を思い出した。戦争中に攻撃を受けて重傷を負ったぼくが血まみれで病院に運ばれたとき、戦地に到着したばかりの若い看護婦が、ぼくの体を清めながら静かに情の涙を流したことがあったが、それ以来ぼくのために涙を流してくれたのはインガーソル嬢だけだった。

第十八章

翌朝、ディーンから何の連絡もなかったため、ぼくは途方に暮れた。ディーンがフリッツ・ウォーターズの無実を確信している限りは、グラジエラの打ち明け話もさほど気にする必要はなかった。だが、あのブレスレットは別だ。ブレスレットの件は新たに出てきた重要証拠なので、保安官なり、地方検事なり、捜査の責任者に伝えなければなるまい。それはわかってはいたものの、ぼくはディーンに相談もなしに事を進める気にはなれなかった。そこで十時頃に、母屋に出向いてシーダー荘に電話をかけることにした。

母屋のテラスには、都会的なスーツを着たチャールズがいた。不機嫌な様子で食後の葉巻を吹かしている。チャールズの話によると、検死は村にあるハーティガンのダンスホールで十一時から行なわれるという。ほんの形ばかりの手続きなので、チャールズとブレイスガードル医師だけが検死に立ち会うことになった。というのも、遺体の身元を確認するだけで、新たな証拠を提出するわけではなく、おまけにハンクは取り調べを一週間延長したいと願い出るつもりだったからだ。ウォーターズはというと、昨夜遅くにスプリングズビルの治安判事の所に連れて行かれ、殺人容疑で起訴された。ウォーターズは起訴内容を否認したが、それ以外は黙秘しているという。ぼくは、彼に弁護士をつけるという話はどうなったかと訊ねた。

「シカゴに住むハヴァーズリーの弁護士、ウォルター・ローフが、十時二分にレッド・フォールズに到着する予定だ」とチャールズが答えた。「グラジエラに頼まれて、昨日の朝一番にシカゴにあるローフの自宅に電話をしたところ、朝の便でニューヨークに向かうと言ってくれた。グラジエラはローフにウォーターズの弁護を頼みたいらしい」チャールズは葉巻をぐっとかんだ。「今の状況では、この件に関わらない方がいいと説得しようとしたんだが、女性というものは頑固だな。こちらの話など聞く耳も持たない。いずれにせよ、あの二人は困ったことになっている。二人のためにわれわれが何もしなかったとは言わせんぞ。特にきみは心を砕いてたからな、ピート。気分を害さんでほしいが、ウォーターズがヴィックに殺意を抱いていたことを、きみは黙っていた。あれは全面的には賛成しかねるよ」

ぼくは肩をすくめた。「ウォーターズを起訴するったって、状況証拠しか見つかっていないのに」チャールズが怒りで顔を赤らめた――善良な市民の例に違わず、彼は短気なのだ。「あいつが犯人に決まっているじゃないか。ヴィックを嫌ってたと認めたんだぞ。さらにあいつとグラジエラは互いに夢中ときた。オスカーとジャネット・ライダーは、ウォーターズが到着したその日に、二人の関係を怪しんでたぐらいなんだ」

「ライダーさんは意地悪だからね。彼女の話を聞いていると、まるでグラジエラが、ウォーターズをそそのかして夫を殺させたんじゃないかと思えてくる。殺人犯のルース・スナイダーじゃあるまいし」

「オスカー・ブレイスガードルは、私の知り合いのなかでもずば抜けて頭のいい人間だが、その彼ですら犯人はウォーターズだと考えているんだ」

「それは彼が根に持ってるからだよ」

「根に持つ？　ウォーターズに何かされたのか？」

「ウォーターズにではなく、ディーンに対してね。先生が自殺だと判断したのに、ディーンがその判断は誤りだと証明してしまった。そして今やディーンが証拠にこだわるものだから、あなたの友人ブレイスガードルは、犯人はウォーターズだと吹聴してまわっている」

議論は白熱してきたが、ぼくは突然このやり取りをくだらなく感じた。「言い争うのはもうやめよう、チャールズ。二人とも精神的に参っているんだよ。無理もない」

チャールズはため息をついた。「きみの言う通りだな」

「今朝、ディーンに会わなかったかい？」

チャールズは首を振った。「ディーンは弁護士に会いにレッド・フォールズに向かったよ。ディーンから電話がかかってきて、車で駅に向かう途中に村でピックアップしてほしいと頼まれた」

「ハヴァーズリーの弁護士かい？　弁護士に何を訊きたいのだろう？」

チャールズが何かを考えながらぼくをじっと見た。「きみが内緒にしてくれるのなら、私には心あたりがある」

「内緒にしておくよ」

「ディーンは、昨日私から聞いた情報について確認したいのだと思う。ヴィックの死によって、グラジエラが経済的にどうなるのか知りたいのだろう」

これには驚いた。彼はそんなこと、ひと言も言ってなかったのに。あの若者は誰にも気づかれずに徹底的に調べているに違いない。まるでスパイのようだ。

「何ってこった。まさかディーンは……」

ぼくが怯えたような声を上げると、チャールズがにやりと笑った。「ディーンには言ったんだが、生前にヴィックが稼いだお金はともかくとして、それ以外の遺産はグラジエラには一銭も入らない。ヴィックの継父、酒造所の経営者のヘルマン・クンマーが亡くなったとき、彼の母がその遺産を相続し、それをヴィックが受け継いだことは知っているよね？」

「ああ、イーディスから聞いたよ」

「クンマーは、自分の遺産を信託にして残された妻に残し、妻の亡き後はヴィックが受け継ぐように指定したが、それには条件がついていたんだ。ヴィックが子どもがないまま亡くなった場合は、クンマーの近親者に返還されることになっていたんだよ。グラジエラには身寄りがないからね」

ぼくはうなずいた。「なるほど。グラジエラは多くを失ったのか。その話をライダーさんにも聞かせてやってほしいものだ……」

チャールズは肩をすくめた。「どっちにしたって大差はないさ。ヴィックから、ウォーターズはかなり裕福だと聞いたしね」チャールズは懐中時計を取り出した。「十時十五分か。オスカーが朝食を終えたか見て来よう」

「動機だって？」とディーンが苛立たしそうに言った。「それですべてが決まるのならね！　ですが動機だけで犯罪を解決することはできませんよ。動機それ自体にはたいした価値はありませんからね。先日、ロンドンである殺人容疑者の裁判があったのですが、そこで裁判官が陪審員に『Bを殺害したのはAに違いない。なぜならBが死ぬとAにお金が入るからだ、では殺人の証拠になりませんよ』とおっしゃってました。さらに、『法廷で動機が強調されるのは、他の証拠も容疑者の有罪を証明していると言って陪審員を説得しやすいからです』と付け加えておられました。動機なんて。いいですか、ピート。あなたがさっき教えてくれた話、ハンクとぼくが調べたこと、ウォーターズとグラジエラの関係、セーラ・カラザーズ、それからあの何とかという秘書など、動機はいくらでもあります。ですがその推理を裏付ける証拠がなければ、動機など役には立ちませんよ？　ここがひっかかるんですよ。事件の全体像が偏っているんです。本来なら正方形や正三角形のように、一個の均整のとれた形をなしているはずなんです。ところが実際はどうです？　偏菱形《ランボイド》ときた」

　ディーンがようやく姿を現したのは正午過ぎのことだ。携帯用タイプライターの音が響くなか、小屋の外からハンクの古びた船のエンジン音がするのをぼくの耳は聞き逃さなかった。ぼくは慌てて湖畔に走り出した。ディーンは別人のように見えた。無精ひげに汚れたシャツ、いかにも不機嫌そうにしかめ面をしている。ディーンと一緒にやって来たハンクは、いつものように無表情だ。彼はもやい綱を柱にくくりつけながら黙礼したが、ぼくはなんだか不安を覚えた。

　二人はまだ昼食を取っていなかった。二人の前に冷たいコーンビーフとビールを並べたあと、ぼくは前夜に猟師小屋でインガーソル嬢と会ったことを打ち明けた。ハンクは歯ぎしりしながら、鋭い目つきでぼくをじっと見つめながら聞いていた。ディーンの方はというと、食事中からずっと上の空で、湖の上できらきらと輝く太陽をぼんやりと眺めている。カルティエの請求書の話をしたときですら、面倒くさそうにちらりとこちらを見ただけだった。

　ジャーヴィスが怪しいと語るうちに、ぼくはだんだん熱くなってきた。その日の朝は時間があったので、いろいろ考えた。インガーソル嬢にひどいことをしたと後悔もした。思い返してみると、彼女をひどく侮辱したし、ディーンがまだインガーソル嬢を容疑者と見なしているのなら、今こそ彼女に償うチャンスだと思った。かわいそうなことをした。実のところ、インガーソル嬢は請求書と、できればブレスレットも盗もうとした理由を、嘘偽りなく正直に話してくれたのだった。嵐が吹き荒れるなか、勇気を出してぽつんと建っている薄気味悪い小屋に向かうなんて――ぼくはようやくインガーソル嬢が深い孤独を感じていたこと、悪い噂が立つのを恐れていたことに気づいた。ぼくは二人の前で、少しずつ自分の推理を組み立てた。ヴィックがセーラに興味を抱いたこと。ジャーヴィスが嫉妬を掻き立てられたこと。事件の前夜にジャーヴィスとセーラがけんかしたこと。以前に、猟師小屋の方向から帰ってくるジャーヴィスを見かけたが、おそらくこの二人の男たちの間で一悶着あったのではないかと推測していること。

最後にぼくはこう締めくくった。「動機だけど、仮にジャーヴィスが、セーラがヴィックから高価なブレスレットをもらったことに気づいたとする。さらに仮に彼があの晩猟師小屋に行って、セーラがヴィックと一緒にいるところに踏み込んだとすれば、彼はヴィックを恨んだと考えられる。殺意を抱くほど強い恨みではなかったとしても、つかみかかるぐらいのことはしたんじゃないか」

ぼくの結論を聞いて、ディーンは突然怒りだした。それまで不機嫌そうに黙って座っていたディーンが突然熱弁を振るったため、不意を突かれたぼくは呆然とディーンを見つめるしかなかった。

「全体像がゆがんでますよ！　それでは筋が通らない」

ハンクは身を乗り出して、煙草の煙をゆっくりと吐き出した。「なあ、トレヴ。筋が通らんのはおまえの方じゃないか。どうしてダンスがこの事件に関係してるんだ？」

スコットランドヤードの刑事は険しい目でハンクを見た。「ダンス？　誰がダンスの話をしてるんですか？」

「きみだよ。わしだってルンバぐらい知ってるさ。ラジオでよく流しているからね」

険悪な雰囲気が一瞬で吹き飛んだ。ディーンが大声で笑い出したのだ。「ハンク、まったくあなたって人は！　ルンバじゃなくて偏菱形《ランボイド》ですよ。不規則な形をした平行四辺形のことです」

ハンクは、譲るつもりはないといった表情でぼくを見た。「いいや、ルンバのことだ。家内がルンバに夢中でね。ラジオでキャブ・キャロウェイの曲がかかるたびに踊るんだから」

ディーンが勢いよく立ち上がった、持ち前の茶目っ気のある性格が戻ったようだ。「一緒に小屋に行きましょう。ぼくの見解を皆さんにお見せしますよ。ハンク、もしもあなたがぼくを納得させることができたら、ぼくは顔を黒く塗って、あなたと奥さんの前でルンバを踊りますよ」

ハンクは、いたずらっ子のような目でぼくたちを見た。「うちの家内は実に活発な女でね。きっと立ち上がって、きみと一緒に踊るだろうよ！」

第十九章

怒りをぶちまけたおかげで、若き友人ディーンは快活さを取り戻したらしい。猟師小屋へと歩きながら、楽しそうにハンクと話している。二人はその日の朝に起きた脱獄事件の話をしていた。ニューヨーク州の北にあるダニモーラの大きな州立刑務所で脱獄事件があったのだ。ジョージ・マーティンと呼ばれる終身刑囚が逃走して、付近一帯に非常警報が発令されていた。マーティン捜査のためにハンクも呼び出されたという。彼は、グッド巡査を本件から外して、ジェイク・ハーパーの家を監視させねばならんとぼやいた。「なあに、すべてが終われば、ジェイクと仲直りできるだろうよ」

午後二時をまわった。母屋ではそろそろランチタイムが終わる頃で、森にいるのはぼくたちだけだ。小さな空き地からクリケットの音が聞こえてくる。ハンクは猟師小屋の鍵を開けて最初になかに入ると、窓と雨戸を開けてまわった。ディーンはヴィックが座っていた椅子に腰を下ろし、吸い取り紙の上に両手を軽く置いて長い指を動かした。グレイ巡査は注意深く現場検証を行なったらしく、ランプ、花瓶、ヴィックの原稿になかば隠れているインク壺など、現場はぼくが最後に見たときと同じ状態に保たれている。ハンクは長椅子に腰を下ろし、ブーツの上部に着装していたナイフを取り外すと、葉巻の先端を切り落として吸い始めた。ぼくはテーブルを隔ててディーンの反対側の椅子に腰掛けた。

スコットランドヤードの刑事はせっせとめがねを拭いている。「これからぼくが推敲を重ねて誤りはないと判断した全体像を説明します」とディーンが始めた。「これから話すことは、何度も検証を重ねたことです。ロンドン警視庁では正確性を確保しろとたたき込まれますからね」そう言いながら、ディーンはポケットから一枚の紙を取り出すと、それをテーブルに広げてランプを引き寄せた。「思い出してみてください」ディーンはガラス製の油壺をめがねでこつこつとたたいた。「ハヴァーズリーの遺体が発見されたとき、このランプにはまだ火が灯っていました。最後にぼくが消すまでね」ディーンはめがねをかけて紙を取り上げた。「正確に言うと、午前一時二十九分です」

ディーンは少し間を置いてから話を続けた。「夕方の時点では油壺の中は満杯でした。この小屋の掃除を担当するアグネスに訊いたところ、彼女はいつも朝ランプを回収し、小屋を掃除して空気を入れ替えた後、晩にハヴァーズリーが夕食を取っている間にランプを机の上に戻すそうです。事件当日の晩も、アグネスはいつものようにランプを掃除して油を入れ、午後八時過ぎに小屋に持って来たそうです」

ディーンは目の前のランプをどかしてテーブルの上で両手を組むと、静かに言った。「ハンクもご存じのように、このランプは夫人の雑貨店で購入されたものです。夫人によると、このモデルのパッケージには燃焼時間は約六時間とあるそうです。燃焼時間については、その後ぼくがカンザスシティの製造元に問い合わせて確認済みです。あの晩、ぼくがランプを消した後、グレイ巡査が油壺に残っていた油を別容器に移して残量を量ってくれました。厳密なことは言えませんが、油のうちの十二分の五程度が残っていたと思われます。つまり、十二分の七、または半分強の油が燃焼したことになります。さて、満杯の油で六時間燃焼するとしたら、十二分の七の油だと三時間半前に点灯されたことになりますよね？　ランプを消した痕跡がないのですから、ランプは点火されてからずっと燃え続けたと考えるのが妥当かと。となると、ランプの火が消されたのが午前一時二十九分ですから、ランプが点灯されたのはその三時間半前、単純計算で午後九時五十九分、十時頃ということになります。不明な点はありませんか？」

ハンクはあごを左右に動かしながら、同意するように白髪まじりの頭を上げた。ぼくは何も言わずに黙っていた――ディーンの話にすっかり心を奪われていたのだ。

ディーンはハンクに顔を向けた。「保安官、あなたは昨日それとなく重要なヒントをくれたんですよ。事件が起きた晩は、月が出たのは十二時頃だったとおっしゃいました。それでぼくは、あの晩にブレイクニーの所へ行こうと十時十五分頃に村を出たときに、湖が黄泉の国みたいに真っ暗だったことを思い出したんです。実際、昨日スプリングズビルの図書館で月齢を調べたところ、月の出は正確にはアメリカ東部のサマータイムで十二時四十二分だと判明しました」

ハンクはうなずいた。「ああ、そうか。標準時間で考えていたものだから、つい十二時と言ってしまったよ。ま、田舎者にはよくある間違いだがな」

「事件の晩ですが」ディーンは落ち着いた様子で続けた。「日没はサマータイムでいう七時五十四分。暦で調べたところ、真っ暗になるのが十時二十一分。つまり九時半は薄暗かったことになります」

「だろうな」と保安官が請け合った。「今時分は、うちの雑貨店でも九時半を過ぎると新聞が読みづらくなるからな」

「そうか！」スコットランドヤードの刑事は勢いづいた。「じゃあ十時だとどうですか、ハンク？新聞は読めますか？」

「屋内でか？」

「もちろんです。この小屋のなかを想定しての質問です」

「月が出る前のことだな？」保安官はいつものように考え深げに言った。

「もちろんですよ。事件の晩の話をしてるんです」

ハンクは寝椅子の上で手足を伸ばした後、肘をついて後ろの窓から葉巻の煙を外へ吐き出すと、小屋のなかをゆっくりと見まわした。「月が出ていない夜十時か。自分の鼻先ですら見えんだろうよ」

ディーンは深く息を吸い込んだ。その顔は興奮で輝いている。「夕食のあと、九時過ぎにハヴァーズリーがここに来たときはまだ明るかった。といっても、室内はだんだん暗くなっていったはずです。ランプを灯さなくても、ドアと窓を開け放して室内に残照を取り込めば、何とか書き物はできた。だがそれも九時半を過ぎるとおぼつかない、ということですね？」

ハンクはううむとうなった。「だろうな、トレヴ。森のなかでは日照時間は短くなる。うちの店の場合、メインストリートを隔てた向こう側に何もないが、木に囲まれたこの小屋だと九時半にはとっくに真っ暗になっているだろうよ」

ここでディーンが手のひらで机をバンとたたき、ぼくはビクッとした。「そこですよ。九時半から十時までの間、ハヴァーズリーは真っ暗闇のこの小屋で一体何をしていたのか？　そこが不可解なんです」

ディーンがランプを消したときのあの真っ暗闇を思い浮かべると、ヴィックがあの小屋でずっと椅子に座っていたと考えるだけで、薄気味悪くなった。彼のそんな姿などイメージできない。ぼくの知っているヴィックはいつもせかせかして動きまわっていた――黙って座っているなど彼らしくない。うたた寝していた可能性はあるが、あり得ない気がする。あの日彼は日中に休息を取り、夕食の後しらふで母屋を出て行ったのだ。おまけに報告書の下書きを書かなければならなかった。

「ぼくが犯罪捜査の経験から学んだことは、正反対のことを示す証拠がない限り、一連の出来事は、劇的に急展開したと考えるよりも、ごく普通の経過をたどったと考える方が安全だ、ということです」ディーンは穏やかな口調で続けた。「ハヴァーズリーが小屋を出た形跡はありません。彼が夕食後この小屋に来て最初にしたことは、ユーティカの警察に電話したことだと判明しました。そして警察はウォートンが逮捕されたことを彼に知らせた。ハヴァーズリーはほっとして、椅子に座り仕事に取りかかった。通話記録によると、ユーティカに電話をかけたのは九時十五分頃で、小屋のなかはその後十五分ほどは明かりなしで過ごせたかもしれません。保安官の言う通り、九時半には室内は真っ暗になっていたでしょう。ではランプを灯したか？　いいえ。では、なぜ灯さなかったのか？」

ハンクは頭を掻いた。「ふうむ。おまえの仮説の通りだとすると、セーラ・カラザーズがひょっこりやって来て、しばらく二人で酒でも飲んでたんじゃないか」

「真っ暗闇のなかで？」

保安官は声をたてて笑った。「暗い方が口説きやすいだろうよ」

「セーラは九時十分頃に母屋を出たと主張していますが」とディーンはもどかしそうに話を戻した。「ラムズデンさんに訊いたところ、実際には九時二十分頃だったようです。何でも九時半にジャーヴィスが家にやって来たが、セーラはその直前に出て行ったそうです。となると、刻一刻と辺りが暗くなる状況だったので、セーラがここにたどり着いたのは九時二十五分かそれ以降でしょう。九時四十五分には地獄のような暗黒だったはず。さて、ハヴァーズリーはいわゆる恋する若者ではありませんでしたが、われわれと同様に、彼も薄暗い室内で美女と一緒に過ごすのはまんざらでもなかったでしよう。ブレイクニーが言うように、ブレスレットをプレゼントしたかもしれません。ランプを点けずにカクテルを作った可能性もある。どうにも納得できないのは、マッチをするだけでほの暗い明かりを灯せるにもかかわらず、二人が真っ暗闇のなかで十五分か二十分も座っていたことです。それにセーラはばかではありません。誰かが小屋にやって来るかもしれない。婚約者のいる若い女性が、真っ暗闇のなかで既婚男性と親密そうにしているところを誰かに見つかったら、何と言い訳すればいいのか？」

「ふいにジャーヴィスが現われたのでは？」とぼくの推理を話した。

「そしてハヴァーズリーを殺したと？」

「結果的にね」

「それはおかしい」とハンクが割り込んだ。「ハヴァーズリーが死んだのは十一時五分で、デイヴ・ジャーヴィスはとっくに眠っていた」

「もちろん、それも想定済みですよ」ディーンは怒ったような口調で言った。「だからこそ全体像がゆがんでいると言っているんです。ですが、ライダーさんが聞いた銃声の件さえなければ、説明がつくかもしれない……」

「というと？」と保安官。

ディーンはためらいながらも、ゆっくりと話した。「ハヴァーズリーがランプを灯さなかったのは、灯せなかったからだとしたら？　セーラ・カラザーズは小屋が真っ暗になる前に帰ったのだとしたら？　それから」ディーンは慎重に言った。「ハヴァーズリーが殺されたのは十一時ではなく、十時前だったとしたら？」

「でも銃声は?」とぼくは訊ねた。

スコットランドヤードの刑事が顔をしかめた。「そこがひっかかるんです」

「とりあえず」しばらく考えたあとにディーンが続けた。「セーラに訊いてみましょう。今度こそ」

ディーンは険しい表情で空のパイプをかむ歯に力を込めた。「真実がわかるかもしれません。でなければぼくが別の推理をするか。ハンク、セーラを探してここに連れて来てくれませんか? ジャーヴィスも招集しないと」

「わかった」そう言うと、保安官は長い足を床に下ろして、ぶらりと外へ出て行った。

ディーンは慌てた様子でポケットをまさぐっている。「くそっ。あなたの家に煙草を置いてきてしまったらしい」

「気にするな。取って来てやるよ」

ぼくが自分の小屋の玄関に足を踏み入れた途端に、銃声が聞こえた。銃声は森中に反響している。ぼくは反射的にくるりと向きを変えると、銃声がしたとおぼしき猟師小屋に向かって一目散に駆け戻った。

第二十章

銃声が響き渡るのを聞いて、ぼくは初めて自分たちがかなりの緊張状態に置かれていることに気づいた。あの瞬間には吐き気を覚えたほどだ。あの不吉な小屋のなかで、ディーンがたった一人で、森に潜んでいた暗殺者に襲われそうになっている姿が思い浮かんだ。何が起きているのかわからない怖さから、胃のなかのものが逆流しそうになった。一つだけ残った肺が激しく収縮し、熱い矢が突き刺さったみたいな痛みを胸に感じたが、足が反射的に動き出して来た道を駆け戻った。

銃声が丘中に響き渡ると共に、午睡の最中のように静かだったキャンプ場全体が、突然目を覚まして動き出した。母屋の方から叫び声が聞こえてくる。ぼくが庭の門をくぐったとき、どこかから笛の音が三度聞こえた。さらに、森の小道を走っていると、つる棚の間を何人かが門を目指して走り抜けていくのがわかった。

空き地に足を踏み入れた途端に、犬の吠え声に迎えられた。ライダー嬢が飼っているペキニーズ犬、チャンが小屋のドアに前足をかけて、狂ったように吠えている。空き地の向こう側で、ライダー嬢が杖をつきながら立っているのが目に入った。

ぼくは息を呑んだ。ライダー嬢が目に入った途端に足が止まり、体から力が抜けるのを感じた。突然、胸の痛みが耐えがたいほど強くなり、体が前につんのめりそうになったが、かろうじて意志の力でこらえた。ライダー嬢は張りつめた声で荒々しく言った。「何だい？　何が起きたんだい？」しわがれて耳障りな声だ。ぼくがぜいぜいとあえぎながら見つめていると、ライダー嬢の体は震えていて、日焼けしたしわだらけの顔は恐怖で色を失っている。

「なかに誰がいるんだい？」ライダー嬢はいらいらした様子で、怒鳴りながら黒檀の杖で小屋のドアを指し示した。「銃声がしたんだよ——森の中でチャンを散歩させていたら、ちょうどこの小屋の裏側あたりで聞こえたんだ。どうしたんだい？　ちょっとあんた、何か言ったらどう？」

肺がカッカと熱くなり、ぼくは窒息しそうだった。かろうじて首を振ったものの、両手で胸を押さえ、懇願するように上目遣いでライダー嬢を見た。だがぼくの目に映ったのは、しわだらけの顔に無慈悲な表情、冷酷そうな目、意地悪そうな口。それから猜疑心と恐怖心も伝わってきた。あまりに胸が苦しかったために、ぼくの脳は恐ろしく活発に働いていた。実際、刺すような痛みのせいで感受性が鋭くなっていた気がする。ぼくは、ライダー嬢が本質的には冷酷で言葉使いが粗く、たびたび毒舌を吐く女性なのだと感じた。そこへ猟師小屋のドアが開いて、ディーンがひょっこり顔を出した。同じタイミングでディッキーが現われ、ハンクも笛をくわえたままやって来た。そのあと少ししてから二人の州警察官とチャールズが空き地に到着した。

「なんてこった」保安官が慌ててディーンに声をかけた。「大丈夫か？」保安官が取り乱すところを見たのは初めてだ。

ディーンは笑い声を上げた。その手には自動拳銃が握られていて、彼の背後にある小屋のなかでは、窓から差し込む光に照らされてかすみのような青い硝煙が立ち上っているのが見える。「怪我はありません、ハンク」とディーンが陽気に答えた。「ちょっとした事故ってやつです」

ライダー嬢がふんと鼻を鳴らし、耳障りな声を出した。「事故だって？　どういう意味だい？」

空き地にはすでに大勢の人が集まっていた。イーディス、グラジエラ、インガーソル嬢、ブレイスガードル医師、メイドの一人、それから運転手のアルバート。みんな汗をかき、息を切らせながら立っている。

「わしらはテラスで話しておったんだよ。わし、フレッド・グッド、それからラムズデンさんの三人でな」とハンクが言った。「そこへバーンと銃声だ。思わず『ちくしょう』って叫んだぞ」

ブレイスガードル医師が汗をしたたらせながら、人々を押しのけて前に出た。「事故だって？」大きな目をしばたたきながら、不機嫌そうにディーンに訊ねる。「何があった？　説明しなさい」

「そうとも」とチャールズが有無を言わせぬ口調で割って入った。「何が起きたのか、説明してくれないか？　きみのせいでみんな死ぬほど震え上がったんだぞ」

ディーンはまったく気にしていなかった。いたってのんきな様子で、ひきつったみんなの顔を見まわしている。「銃が暴発してしまって」そう言いながら、彼は銃を見せた。

「誤って発砲したというのか？」とチャールズ。

ディーンは申し訳なさそうにうなずいた。「弾倉をいじっていたんです。薬室に弾薬が装塡されていることを忘れてまして……」

ブレイスガードル医師がディーンをにらみつける。「ふん。そんな理由で私の昼寝を邪魔したのか」

ライダー嬢が口を開いた。「そんなにカッカする必要はありませんよ、オスカー」辛辣な口調だ。

「事故は事故なんだから、仕方がないじゃありませんか」

医師は不満そうに鼻を鳴らした。「ロンドンの警視庁で銃器の扱い方を教わったんじゃないのか」

ライダー嬢が甲高い笑い声を立てた。「気にしちゃだめよ、ディーンさん。この暑さのせいね。まったく、暑いとすぐに怒りっぽくなるんだから」ライダー嬢はブレイスガードルの腕を取った。「行きましょう。湖でボートを漕いで涼みましょう」ライダー嬢はかなり落ち着きを取り戻したようだ。愛想良く笑みを浮かべている。

チャールズ・ラムズデンが額の汗を手で拭った。「ふう」と言いながら顔の汗も拭う。「いずれにせよ、たいしたことなくてよかった」とややぶっきらぼうにディーンに話しかけた。「てっきりきみが脱獄囚に襲われたんじゃないかと焦ったよ」

「パパ、脱獄囚って？」驚いたディッキーが割って入った。「何の話？」

「今朝早く、受刑者がダニモーラの刑務所を脱獄したんだよ。ここにいるグッド巡査が――」そう言って、チャールズは側に立っているグッド巡査を振り返った。「その脱獄囚が、ジェイク・ハーパーの家の付近をうろうろしているのを目撃したんだよ。ジェイクが銃で撃とうとしたが、そいつは森のなかに逃げてしまったそうだ」

「いやだわ。ぞっとするじゃない、ねえ？　ダニモーラって、重罪犯が収容されてるところでしょ？その脱獄囚は何をしたの？　人殺しか何か？」

チャールズは肩をすくめた。「終身刑囚らしい。ジョージ・マーティンという男だ。収容された理由は、ハンクが知ってるんじゃないか」

ハンクは煙草で変色したつばをそっと吐いた。「確か警官を殺したんだったな、フレッド？」保安官が巡査に訊ねた。

「ええ。サード・アベニューでピストル強盗を図ったと聞きましたが――」

と、そこへディッキーの声が割って入った。「ライダーさん、どうしたんだ?」

ライダー嬢とブレイスガードル医師は、庭へと続く道の入り口付近にいた。見ると、血の気のない顔をしたライダー嬢が目を閉じて木にもたれているではないか。ブレイスガードルがその手をパンパンとたたいて、「ジャネット! ジャネット!」と呼びかけている。

ぼくたちは急いで二人のところへ駆けつけた。ライダー嬢は目を開いて弱々しい笑みを浮かべ、口を開いている。片腕を上げると、いかにも女性らしいしぐさでずれた帽子を直した。

「失神しかかってたんだ」とブレイスガードルが言った。「だが、何とか食い止めた。ジャネットは心臓が悪くてね。前にも発作を起こしたことがある。きっとあの銃声で怯えたせいだ。無理もない。ジャネットが落ち着いて呼吸ができるよう、みんな下がってくれ」

みんなは後ろに下がった。ライダー嬢は小さなうめき声を上げたあと、「大丈夫だよ。そっとしておいてくれないかい?」とかすれ声で言った。

グッド巡査が水筒を取り出すと、ブレイスガードルがそれを受け取って、ライダー嬢に飲ませた。

「ひどく驚いたらしい」とぼくは小声でチャールズに説明した。「ライダーさんは、森のなかで犬のチャンを散歩させていたんだよ。銃が暴発したとき、すぐ近くにいたんだろう。ぼくがここに到着したときには、彼女はすでにここにいて、死ぬほど怯えてた」

「まったく、きみの友人の刑事さんときたら」とチャールズが歯ぎしりしながら言った。「きみは、彼はそんなヘマをするような人ではないと思っていたようだがね。この暑いさなかに、オスカーじいさんや私たちがここまで走って駆けつけたんだぞ。ピート、きみは疲れているようだし、オスカーも気分が悪そうだ」確かに、この医師は苦しそうな表情を浮かべている。

ディーンはその苦言に興味なさそうな態度で、ハンクと話している。すると、保安官がこう話すのが聞こえた。「彼らはクルーザーに乗って村へ向かったそうだ。といっても、すぐに戻ってくるよ。レイトンと娘たちも、彼らのあとから来るだろう」

ふと、肘に手が置かれるのを感じた。振り返るとインガーソル嬢が立っていた。彼女はぼくを引き寄せた。「あの人にブレスレットのことを話したの?」ディーンをあごで指し示しながら、彼女が小声で言った。

「話したよ」

彼女はため息をついた。「今度はセーラの番ね。セーラを尋問するつもりなんでしょう?」

ぼくは彼女の顔を見つめたまま、肩をすくめた。「のようだね」

「セーラがブレスレットなんて知らないと言ったら、あの刑事は私が受け取ったと推測するでしょう——当然よね」恐怖心からか、彼女は辛辣な口調で言い放った。

突然、ぼくは発作に襲われて咳き込んだ。話すどころじゃない。インガーソル嬢は眉をしかめてこちらを見たが、その目には哀れみの情が浮かんでいる。

「私たちと同じように、あなたもここまで走ってきたのね? ピートったら。自分をいたわることを教わらなかったの? そのハンカチを見せて」ぼくは口を覆っていたハンカチを隠そうとしたが、その前に彼女に取り上げられてしまった。彼女は白い綿のハンカチについた赤いしみを怒ったように指さし、それからハンカチを返してくれた。「どうかしてるわ!」彼女が動揺したような声を上げた。

「あなたは具合が悪くて血を吐いていたのに、私は自分のことだの、問題だのといった話をしてたなんて」

このような咳の発作が起きるのは初めてではないし、ぼくはこの症状をそんなに深刻にとらえていなかった。「たいしたことないさ」ぼくはあえぎながら言った。「すぐに収まるから」それから彼女をぐいと押しやった。

他の人たちは、空き地からぞろぞろと出て行った。ブレイスガードル医師とチャールズが、両脇からライダー嬢を支えながら歩いて行く。ハンクと二人の州警察官だけが残った。

ディーンがグラジエラを呼び止めた。有無を言わせぬ口調だ。「ハヴァーズリー夫人、ちょっといいですか?」その手にはカルティエの請求書が握られていた。請求書だとわかったのは、ぼくのところからレターヘッドのロゴが見えたからだ。

ディーンは請求書を突き出した。「これについて何かご存じありませんか?」

グラジエラは何も言わずに請求書を手にとった。その様子をハンクと二人の警官がぼんやり見ている。ぼくの脇では、インガーソル嬢が身動き一つせずに緊張で体をこわばらせているのが感じ取れた。

グラジエラは首を振った。そして落ち着いた堂々とした態度でディーンたちを見た。「知りません」

「では、ご主人からそのブレスレットをプレゼントされたのでは?」

グラジエラはまたもや首を振った。「今初めて聞きました」落ち着いたグレーの瞳がぼくを通り過ぎた。ぼくの側に立っている人物を探しているのがわかった。

「これは、誰のために買ったものだと思いますか?」

彼女は堂々としていたが、顔が赤らんでこわばった。「まったく心当たりがありません。インガーソルさんに訊いてみては? 夫のことに関しては、あの人は他の誰よりも詳しいと思うけど」そういって唇をとがらせた。まるで夫の仕事のことではなく、恋愛沙汰をほのめかすかのような口調だ。

それを聞いて、青白い秘書の顔が真っ赤になった。まったく。女性というものは互いに容赦がない。今ではインガーソル嬢は無実だと確信していることもあって、孤独で無力な彼女がかわいそうに見えた。だが、グラジエラはそうは思わなかったようだ。その表情から、フリッツ・ウォーターズが逮捕されたのは彼女のせいだと恨んでいることが見て取れる。グラジエラは反撃しようと決意したらしい。

スコットランドヤードの刑事は無表情のまま、ぼくの側にいたインガーソル嬢に顔を向けた。「この請求書にあるブレスレットを受け取ったのは、あなたですね？」

「そうです」

「受け取ったのはいつですか？」

「土曜日の午後です。ハヴァーズリーさんは乗馬に出かけていたので、帰ってきてからお渡ししました」

「彼は箱を開けてブレスレットを見せてくれたのでは？」

「はい。奥様を驚かせるつもりで注文されたのだと思いました。ハヴァーズリーさんはそれを私の腕につけて、『こいつはすごいな。そう思わないか？　びっくりしただろ？』とか何とかおっしゃいました。それからブレスレットを書き物机の引き出しにしまったんです」

「そして昨夜、あなたがそのブレスレットを探しに行ってみると、なくなっていた、と？」

「そうです」

「しかも、あなたへのプレゼントではなかったとおっしゃいましたね？」

インガーソル嬢は気分を害したように見えた。「ええ。いずれにせよ、そんな高価なものはいただけません」

森の向こうからグッド巡査が大声を上げた。「来ましたよ、保安官」それから木立の間からセーラとデイヴがこちらに向かって来るのが見えた。

ディーンはグラジエラに振り返った。「小屋に入りませんか?」

ディーンは小屋のドアを開けた。先にグラジエラが入り、そのあとにインガーソル嬢とぼくが続いた。ディーンは外にとどまって、ハンクと言葉を交わしている。ディーンがみすぼらしいパイプに煙草を詰めながら、保安官の耳元で熱心に話しているのが見えた。

ぼくの目はディーンの手のなかに収まっている煙草入れに釘付けになった。ぼくに小屋まで煙草入れを取りに行けと言いながら、実はずっと持っていたのか——つまり、ぼくを遠ざけるために取りに行かせたということか。銃が暴発したという話も嘘に決まっている。警戒心が強くて綿密なあの若者は、「弾が装填されていたことに気づかない」ほど間抜けではない。

突然、視界が開けたような気がした。ぼくの心の奥底に巻かれていた時限爆弾の信管に火がついたみたいに、次々と思考が展開していく。これら新たな事実が意味することは何か。夢中で考えていたため、ふと我に返ると小屋のドアが閉まっていた。小屋のなかでは、ディーンと保安官が、書き物机越しにデイヴとセーラと向かい合っているところだった。

第二十一章

空色のポロシャツと白いショートパンツを身につけ、サンダルの先から真っ赤な爪をのぞかせたセーラ・カラザーズが、けだるそうな様子で保安官を見つめている。赤みがかった金髪は湖の風に吹かれてぼさぼさだったため、彼女は唇で煙草をくわえながら、乱れた髪を手で整えた。

雑誌のファッションモデルのような、きらきらしたかっこいい女性だ。一方ジャーヴィスは恐ろしく気難しそうな雰囲気で、不信感も露わに挑むような目つきをしている。セーラにはどこか生意気な雰囲気が漂っていた。ハンクの引き結んだ唇から、彼がぼくと同じ印象を抱いていることが見て取れる。ハンクの考え方はいたって保守的だ。セーラがむきだしにしている日焼けした膝や、真っ赤に塗られた足の爪を見たときの彼の目には、強い嫌悪感がにじみ出ていた。彼は若い女性が煙草を吸うのも好まない。ましてやここは森林火災が起きやすい地域でもある。夜になると村の老人たちがよく集まるアル・グリーンの床屋で、ハンクが現代的な女性たちについて「厚塗りの顔で煙草をふかすおてんばたち」と毒づく様子を何度目にしたことか。

セーラは熊の毛皮の敷物に煙草の灰を落としながら、保安官からディーンへと視線を移した。「また何か起きたの？　何をそんなに急いでるの？　村へ煙草を買いに行くところだったのに、バスターに呼び戻されたんだから」

「座ってください」とハンクが丁寧に言った。それから頭をくいと動かして、州警察官たちに小屋の外へ出るよう促した。セーラは椅子に腰を下ろし、小麦色の脚を組んだ。デイヴ・ジャーヴィスは腕を組んだまま、そばにあった化粧台の前に立った。ドアが閉まろうとしたとき、チャールズとブレイスガードル医師がドアをぐいと押して小屋に入って来た。チャールズは怒りで顔を真っ赤にしながら、つかつかと机のところへ歩いて来た。

「カラザーズさんを呼び出したことを、私にも伝えてほしかったよ、ハンク」有無を言わせぬ厳しい口調だ。「セーラはうちのお客さんだ。結婚前の女性であり、妻の姪でもある。ご両親から彼女を預かっているのは私なんだから、彼女に質問するなら私の目の前でやってくれ。わかったか？」

その勢いに、保安官は身動き一つしなかった。「わかったよ、ラムズデンさん。だが、誤解せんでくれよ。呼び出したといっても、一、二点確認するだけなんだから」

「構わんよ」チャールズがいくらか落ち着いた様子で答えた。「だがね、私に知らせるべきだったと思うよ。ブレイスガードル先生が教えてくれなかったら、私はいまだに何も知らずにいただろうよ」

「ライダーさんのバンガローを出て階段の踊り場に来たときに、若者たちと会ったんだよ」と医師はめがねを外しながら言った。「で、レイトンくんから事情を聞いて――」

セーラがふふっと笑った。「あたしは平気よ、チャールズ叔父さん。保安官があたしに一体何の用があるのか見当もつかないけど、どんな質問にも答えるつもりよ。あなたもそうでしょ、デイヴ？」

そう言うとセーラは、デイヴ・ジャーヴィスに手を伸ばした。「煙草をちょうだい」

ジャーヴィスは煙草を手渡した。ソファに座っていたグラジエラが場所を空けると、チャールズはそこに座り、ブレイスガードル医師はインガーソル嬢の近くにあった椅子に腰を下ろした。ぼくは開いた窓のそばから動かなかった——このせまい部屋はむっとしていて、新鮮な空気が吸いたかったからだ。外の空き地では、二人の州警察官と若者たちが手持ち無沙汰に立っている。

ハンクはいつもの淡々とした口調で話し始めた。しかも単刀直入に切り出した。「ここに滞在中に、ハヴァーズリーさんからプレゼントをもらったかね？」

ぼくはディーンをちらりと見た。彼はいつものようにわき役に徹していた。めがねの奥の少年のような顔は、ポーカーフェイスそのものだ。ディーンはせっせとメモ帳に円を描いている振りをしていたが、セーラを逐一観察しているのがわかった。セーラは吸っていた煙草を指に取ると、下唇についた紙の小片をふっと吹き飛ばしたが、その間もディーンは注意をそらさなかった。

「プレゼント？」そう聞き返すと、セーラは首を振った。「いいえ、まさか！」

「たとえばダイヤモンドのブレスレットとか？」と保安官。

セーラが顔を赤らめた。「もらってません」彼女はグラジエラに一瞬目をやったが、グラジエラは床をじっと見つめたままだ。「いずれにせよ、既婚男性からのプレゼントなんて受け取れないわ」と軽蔑するような口調で付け加える。

ハンクは無表情のままだ。「ハヴァーズリーさんが、ニューヨークの店からブレスレットを取り寄せたんだよ。届いたのは土曜日だ。奥さんのために買ったものではないらしい。となると誰へのプレゼントだったのかね？　おまけにどこにも見当たらんのだよ」

セーラは不安そうに肩をすくめた。「残念ながらお役に立てそうにないわ。何も知らないんだから、本当に」

ハンクはしきりに何かを考えながら、あごひげに手をやった。「あんたとハヴァーズリーは仲が良かったんだろ?」

セーラはぎこちなく笑った。「宿泊客どうしなんだから、仲良くなってもおかしくはないでしょ?」

ハンクは冷静な態度で彼女を見据えた。「あんたたちが夜に湖でボートに乗っているのを、一、二度見かけた気がするんだがなあ?」

セーラは他の人たちを見たあと、くすくす笑った。「そんなはずないわ」

「先週の午後、二人でウルフ山に登ったんだろ?」

少し日に焼けた肌の下で、彼女の頬が再び赤らんだ。「どうしてあたしたちが一緒に山に登らなきゃいけないの?」

「二時頃にあんたら二人が山に登るのを見たんだよ、このわしがね。そして青年の一人が、きみらが日没前に帰って来たと教えてくれたんだ」

セーラは煙草を口にくわえまま、椅子の背に寄りかかった。「何を企んでいるのか知らないけど、言いがかりをつけられてるみた――」

「よしなさい、セーラ」即座にチャールズが遮って、保安官を振り返って何か言おうとした。

だがハンクはその隙を与えなかった。「別に何も企んではおらんよ。ただ、あんたとハヴァーズリー氏はえらく仲が良かったようで……」ハンクが一呼吸置いたとき、その鋭い青い目がふと緊張を解いたように見えた。「あんたはまだ若い。そして若い娘を脅すのは簡単だよ。昨日の朝あんたはこう言った。日曜の夜、つまり殺人事件の当日は九時頃から十一時前までホワイトバンガローの寝室で手紙を書いていた、と。あのときあんたはいらいらしてたんじゃないか。今はその証言を変えたいんじゃないか。まだ遅くはないよ」

「つまり、あたしが嘘をついていると?」

ハンクの誠実そうな顔が険しくなった。ゆっくりうなずくと、低い声で言った。「ああ、まさにな」

セーラは勢いよく立ち上がった。怒りで顔が真っ赤だ。「チャールズ叔父さん! デイヴ!」

そのチャールズは激しく動揺していた。片手を上げて「落ち着きなさい、セーラ」と制止すると、保安官を振り返った。「なあ、ハンク。私たちは長年の友人じゃないか。あんたが私の客人にそんな嫌疑をかけるのは、本気で疑っているからだろう。だがな……」

「すべて本当のことだよ、ラムズデンさん」保安官は彼の発言をさえぎると、再びセーラをちらりと見た。前回と違って、情け容赦のない目つきだ。彼の声が静かな部屋のなかで響き渡る。「殺人事件の当日、あんたはこの小屋で何をしてたんだ?」

セーラは挑むような目つきでハンクを見た。「ここには来てないったら。さっきも言ったように、あたしはホワイトバンガローで手紙を書いてたんだから」セーラはすぐ隣の不機嫌そうな青年に視線を移した。「デイヴ、この人があたしを侮辱するのを、よくも黙って見てられるわね? もう行きましょ!」

デイヴ・ジャーヴィスは日焼けした手をそっと延ばして、彼女の手を取った。彼女を励ますためではなく、制止するためだった。だが彼は何も言わなかった。ぼくが見る限り、保安官の態度よりも、押し黙ったデイヴの方がよほど強く彼女を非難しているように見える。

ハンクが再び口を開いた。「あんたが身につけていたビーズのネックレスはどこだ?」

この質問は予期していなかったらしい。セーラは動揺しているようだ。「ビーズ?」とうつろな声で繰り返した。

「古代エジプト風のビーズのネックレスだよ」とディーンが静かに口をはさんだ。

セーラは再び挑発的な態度で答えた。「部屋にあるけど。どうして?」

「それを見せてもらいたいんだが?」と保安官。

「さあ、どこにあったかしら。おまけに糸が切れてるのよ」

「構わんよ。見せてもらうからね」とハンクは鋭く言った。

セーラは目を見張るほど落ち着いていた。最初にすぐ隣にいる暗い表情のジャーヴィスにちらりと目をやり、それからテーブル越しに座っている男たちを見たが、体は微動だにしなかった。

ハンクは立ち上がると、ぼくの近くの窓から外を見た。「マートル・フレッチャーという娘は?」

ぼくが窓越しにマートルを呼ぶと、ハンクとディーンは彼女と話をしに外へ出て行った。

それからぎこちない空気が漂った。有無を言わせぬ口調で沈黙を破ったのはチャールズだ。

「セーラ。ハンクが何を調べているか知っているのか? 私に話してくれ」

「だって、意味がわからないんだもの」セーラは鋭く言い返すと、ジャーヴィスに振り返って不機嫌そうに尋ねた。「ちょっと、どうしたのよ? 舌でもなくしたの? あのうすのろの田舎者があたしにあんな言い方をするのを、よくも黙って見てられるわね?」

ハンクが、この鋭くて機知に富んだ女性に認められるのは容易ではなさそうだ。デイヴは彼女の言葉が聞こえていないかのように、黙ったまま物思いにふけっている。

「でも、きみのビーズなんだろう?」とチャールズが食い下がった。

「糸が切れたのがいつだったか、憶えてないわ」とセーラが苛立たしそうに言った。「あの晩、あたしがここに来たのなら、叔父さんにそう言うに決まってるじゃないの」怒った様子で、セーラはテーブルの上にあったデイヴの煙草を吸い始めた。かくして室内は再び沈黙に包まれた。

グラジエラは私を見ていた。今日のうちに、小屋を掃除したのは誰かという話題も出るに違いない。彼女はどう思っているのだろうか？　インガーソル嬢は敵意をむき出しにしてセーラをにらみつけている。大きな鼻、細い目、土気色の顔をしたブレイスガードル医師は、彼らの背後で仏像のような雰囲気を醸し出している。

かなり経ってから、ようやくハンクとディーンが帰って来た。ディーンは静かにポケットからあのビーズ玉を二つ取り出すと、記録簿の上に置いた。彼が相変わらず無関心そうな態度だったため、ハンクがセーラに話しかけた。「このビーズを知ってるね？」

彼女は椅子に座ったまま、けだるそうに身を乗り出した――そしてその間、一度もまばたきしなかった。「確かに、あたしのに似てるわね」

それを見たハンクが、後ろに隠し持っていた封筒から壊れた青いネックレスとばらばらになったビーズを取り出すと、記録簿の上に乗せた。それからディーンが置いたビーズを指さして、「その二つのビーズは、このネックレスに連なっていたものだ。疑う余地はないね。そうだろう？」

セーラはばかにしたような笑い声を上げた。「別に否定はしてないけど」

「彼はこれをここで見つけたんだよ。あの日曜の夜にな」ハンクはディーンの方に頭をくいと動かした。「ハヴァーズリーの遺体を見つけた一、二時間後だ。どうしてここにあったんだ？　説明してくれんか？」

「あたしに説明しろですって？」セーラは一呼吸置いた。「ここに来たことないなんて言ってないわ。みんな、よくここに来るじゃないの。その二つのビーズ玉をなくしたのは、このキャンプ場に来てからでしょうね」

「ネックレスが切れたのはいつだい？」と保安官が無愛想な声で訊ねた。

「知らないわよ。何日か前だと思うけど」

グラジエラがひどく冷たい声でぴしゃりと言った。「嘘よ。あなた、日曜日のディナーでビーズのネックレスを着けてたじゃない。ネックレスは切れてなかったわよ」

「このネックレスはよく切れるのよ」セーラは言い返すと、怒ったように付け加えた。「あの晩、あたしがここに来たって白状させようとしても無駄よ、グラジエラ。だってあたしは来てないんだから」

ハンクはふさふさしたまつげの下からディーンに目配せしたあと、椅子に腰を下ろした。

ディーンはようやく反応を示し、落ち着いた様子でセーラに話しかけた。「あなたが否定したい理由をぼくは知っていると思うよ、カラザーズさん。だが、あなたがそうやってかたくなに否定しても、ご友人のジャーヴィスくんのためにならないよ」

「ジャーヴィスだって？」チャールズが言葉をさしはさんだ。

だがディーンは彼を無視して、デイヴを振り返った。「土曜日の午後、ハヴァーズリーさんが乗馬から帰って間もなく、きみはこの小屋に彼に会いに来たんだろう？」

ジャーヴィスは顔をしかめて、挑むような口調で認めた。「確かに、来ましたけど」

「そのときに何が起きたんだい？」

「答えちゃだめよ、デイヴ」セーラが断固とした態度で二人のやり取りをさえぎった。「あたしは関係ないからね。わかってる？　あたしは知らないわよ」

デイヴはそろそろと肩をすくめた。「これはハヴァーズリーとぼくとの間の個人的なことですから。いずれにせよ、事件とは関係ありません」

「ばかを言うな！」とチャールズがぴしゃりと言った。「そういえば土曜日の夜、妻がきみの話をしていたのを思い出したよ。あの日の晩、きみとセーラはけんかをして、きみが夕食に姿を見せなかったため、妻がセーラにきみを呼びに行かせたそうだな。けんかの原因は、ヴィックとの会話にあったんじゃないか？　セーラのことでもめたんだろ？」

デイヴはあごを突き出した。「ごめんなさい、ラムズデンさん。そのことについては話せません」

「私に向かってその態度は何だ。ぐずぐずしてないで答えなさい」チャールズの顔は怒りで真っ赤だ。

ジャーヴィスは首を振った。「言えません」

「おい。おまえは、何かを隠していると思われたいのか？」

だが、デイヴはもう一度肩をすくめると、再びむっつりした態度で黙り込んだ。

「ふん。話す気はないってことか！」保安官は怒った様子で言うと、眉をひそめてセーラをにらんだ。

「じゃあ、あんたに伺うとしよう。あんたはあのダイヤのブレスレットを持っていた。おまけにそれは、日曜日の夜にここへ来たときに故人からもらったものだ」

「だから違うって言ってるじゃない。同じ話を繰り返して、一体何なのよ？」

「嘘だ！　ここに来たはずだ。そしてきみたちが二人でいるところを」ハンクはジャーヴィスをあごで指し示した。「きみの男が見つけて、それで彼を殺したんだ。それが真相だろ？」

セーラはあきれたように声を立てて笑った。「何がおもしろいのか知らないけど、あなたの冗談は止まりそうにないわね」それからうんざりした様子で、デイヴを見た。「お願いだから何か言ってよ、デイヴ。間違いだって言いなさいよ！」

「そういうことです、保安官」デイヴはしゃがれ声できっぱり言った。「ぼくたちは二人ともこの殺人事件とは無関係です。神にかけて誓います。あの晩の十一時五分、つまりライダーさんが銃声を聞いたとき、カラザーズさんは他の人たちと一緒に母屋にいて、ぼくはバチェラーバンガローで寝てたんです。そう言ってるじゃないですか」

「その通りよ！」セーラは勝ち誇ったように言うと、母屋の主であるチャールズを見た。「叔父さんなら、あたしの話が本当だってわかってくれるわよね？」

「今すぐきみを逮捕するわけじゃない」セーラを無視して、ハンクはジャーヴィスに話しかけた。「だがね、あの晩レイトンが友人たちと一緒に母屋を出たあと、きみがここに来た可能性がある。彼らが出て行ったのが十一時前だから、この小屋に来てバンガローに戻る時間はたっぷりあった」

「前に言いましたよね、ぼくは部屋から出ませんでしたって」

「言い訳は裁判官にするんだな」

チャールズが驚いて立ち上がった。「冗談だろ、ハンク？　二人を逮捕するわけないよな？」

「二人とも逮捕することになるだろうな」保安官は淡々と語った。「彼女はここに来ていたし、おまけにダイヤのブレスレットも持っている。そして形勢が不利になったと見るや、次々と嘘をつく。そうだな、州検察官なら彼女の言葉に騙されるかもな。どうなることやら。さあ、二人とも一緒に来てもらうぞ」

セーラは真っ青になった。みんなの注目を浴びながら、どうしていいのかわからず、怯えた表情で人々の顔をさっと見まわした。

そこへ突然、ディーンが口をはさんだ。けだるそうな表情を浮かべ、めがねを上げて額に乗せた。「いや、ちょっと待った。しらばっくれても無駄だよ。きみたちを容疑者として拘留するってことは、ウェルズ保安官がかなりの証拠をつかんでいるってことなんだから。拘留されたら、どうなるかわかるよね——世間の好奇の目、スキャンダル、神のみぞ知るってところだ」ここでディーンはセーラに愛想よくほほえんだ。「きみも知っている通り、あの晩きみはここに来たんだから、認めてはどうだろう？ ついでにダイヤのブレスレットを持っていることも？」

セーラはつややかな額にしわを寄せて戸惑った表情を浮かべ、唇をかんだ。

ジャーヴィスがうなり声を上げた。「頼むよ、セーラ。言っちゃおうよ。前に言ったように、遅かれ早かれすべてを白状することになるんだから」

セーラはいたって冷静だった。「そうね」と彼女は慎重に口を開いた。「あの晩、ディナーのあとに私がヴィックに会いにここへ来たか、そんなに知りたいなら……」

「ほうら！」

威勢のいい声を発したのはハンクだ。今や怒ったような表情で彼女をにらんでいる。

「もっと早く打ち明けるべきだったかもしれない。でも、あたしはグラジエラの気持ちを思って……」

グラジエラが背筋を伸ばした。「私の気持ちですって？ 私の気持ちがどう関係があるというの？」

「ほんのくだらない話なのよ」とセーラが語った。「ある日の午後、あたしがテニスコートのそばでうたた寝していると、ヴィックがあたしに気づいてキスしたの。ほら、男性は眠っている女性にキスしたら、その女性にプレゼントしなければならないって言うじゃない。それでヴィックが、土曜日の夕方に『プレゼントを用意した』って言ってきたの。でもそれは二人だけの秘密だったから、あたしがその日の夜ディナーのあとでこの小屋まで取りに来ることになったの。ただ、その晩はピートの台本読みで来られなかったから、翌日の晩に来たってわけ」

「日曜日の夜だね？」ディーンが確認する。

「ええ、ヴィックが飲み物をくれて……」

「ちょっと待った」とディーンが口をはさんだ。「何時ぐらいだった？」

セーラはしばし考え込んだ。「正確にはわからないけど、ホワイトバンガローに戻ったとき、時計は九時三十五分を指してた気がする。だからヴィックと一緒にいたのは十分ぐらいじゃないかしら」

「小屋に入ったとき、ランプは灯ってた？」

「ランプ？」セーラは少し考え込んだ。「いいえ。灯ってなかったと思う。確か私がここから帰る頃には日が暮れ始めてたから、どうして明かりを灯さないのって訊いたら、ヴィックが急いで明かりを点ける必要はないって」

ディーンは気難しそうな表情でうなずいた。「なるほど。続けて」

セーラはためらった。「できればすべてを話すのは勘弁してほしいんだけど。グラジエラのことを思うと……」そう言うと、横目でグラジエラを見た。「仕方がないわね。ええと、ヴィックがハイボールを作ってくれて、あたしが寝椅子に腰を下ろすと、ヴィックが隣に座ったの。それから目を閉じろと言われて、しばらくして目を開けると、ダイヤのブレスレットがあたしの腕にかかってた」

「ふん」とハンクが大声を上げた。「やっぱり。ブレスレットを持ってるんだな」

セーラは控えめに首を振った。「いいえ、彼が――ヴィックが条件を出してきたから……」セーラは口をつぐむと、グラジエラを見て申し訳なさそうに言った。「ごめんなさい、グラジエラ。本当に下品な話で。あたしがそんなの無理って拒否すると、ヴィックに抱きしめられそうになって、そのときにネックレスが切れたの。あたしは慌ててビーズをつかんで、走って逃げた」

「ヴィックを小屋に残して？」とディーン。

「ええ。誰かに会うのを恐れたのか、彼は追いかけて来なかったわ」

「それでブレスレットはどうなったんだい？」とハンクが訊ねた。

「寝椅子に置いてきたわ」

「寝椅子に置いきただと？」ハンクがあざ笑うように繰り返した。彼は彼女の話をまったく信じていないらしい。ぼくも同感だ。このしたたかでしっかりした娘のことだ、ヴィクターとうまく距離を置きながら、ブレスレットを手に入れるのも簡単だったはずだ。というのも、ヴィックに言い寄られて抵抗したという彼女の主張はうそではなさそうだろうからだ。セーラ・カラザーズのような女性は、結婚する意志のない男と付き合うことはないだろう。

「だったら、どうして次から次へと嘘をついたんだ？」とハンクが問いつめる。

セーラは長いまつげの下から探るような目でハンクを見た。「言ったでしょ、ハヴァーズリー夫人のことを思って……」

「ばかを言うな！」保安官が怒鳴り声を上げた。それから節くれ立った指でデイヴを指し示した。「こいつをかばうためだ。なんたってこいつはハヴァーズリーとおまえを取り合って、ほんの一日前に彼を殺したばかりだからな。図星だろうが？」ハンクはジャーヴィスに食ってかかった。

驚いたことに、デイヴが口を開いた。「確かに。土曜日の午後にハヴァーズリーと口論になりました。その日は一緒にテニスをする約束だったのに、彼女があんな奴の誘いに乗って乗馬に出かけてしまったからです。ぼくはあいつに、セーラから手を引かなければ、首の骨を折ってやると脅しました。そのことを彼女に話すと、激怒されて……」

「あたりまえでしょ」セーラが腹立たしそうに言った。「キャンプでスキャンダルに巻き込まれたくなかったのよ。おまけにあたしはやましいことなどしてないし」

チャールズが鼻を鳴らした。「やましいことはしてないだって？　まったくきみは浅はかだな、セーラ！」

ハンクは割り込んで来た二人を無視して、再びデイヴを見た。「にもかかわらず、翌晩も二人が一緒にいたってわけだな？」

若者は首を振った。「いいえ。説明しますよ。夕食のあと、セーラがバンガローにいなかったので、他の連中と一緒に湖に行ったのだろうと思いました。あのときのぼくはまだ彼女に腹を立てていて、彼女に会いたくなかった。彼女が裏手の車庫のところでぼくを待っているかもしれないと思い、自分でボートを漕いで戻ることにしました。そしてバンガローに着くと、彼女を探さずにまっすぐに自分の部屋に行ったんです。十一時前にバスター・レイトンが部屋に来たとき、ぼくはすでにベッドで横になっていました。セーラがみんなと一緒にいなかったのを知ったのはその時です。それで、彼女はヴィックとどこかへ行ったのだろうと……」

「で、きみはどうしたんだい？」と保安官。

デイヴは肩をすくめた。「何も。ぼくにできることなどありませんから。でも眠っていたところをディッキーに起こされて、ヴィックが亡くなったと聞かされたとき、ぼくはすぐにセーラを探しに行きました。彼女はさっきと同じ話をしてくれました」

「その時きみは初めて、セーラが小屋にいたことを知った、ってことか？」ハンクはやや嘲るような口調で訊いた。

「そうです」

「じゃあ、なぜセーラは小屋を片付けに戻る必要があったんだ？」

「戻ってません」とセーラがきっぱりと言った。「間違ってるわ。あたしはここに戻って来てないんだから」

ハンクは首をかしげた。「女がやったに違いないんだ。誰かが故人の飲み物を片付けて洗った。灰皿もだ。理性のある男がそんなへまをやらかすはずがない」

「仕方がないでしょ」とセーラが突っぱねた。「あたしは知らないんだから。それにヴィックが撃たれたとき、あたしは母屋にいたのよ」

「確かに、あんたは母屋にいた」とハンクはしぶしぶ認めた。「だがそれも、他の連中が泳ぎに出かけるまでの間だ。みんなが出かけたのが十二時半頃。あんたは、友人たちが泳いだ帰りにここに立ち寄るとは思わなかった。だから小屋に片付けに戻ったんだ」

前日の朝に、バラに囲まれた東屋で話して以来、ぼくはグラジエラと言葉を交わしていなかった。彼女は、ぼくが彼女が小屋に行ったことをディーンに話すのではないかと恐れて、ぼくを避けていた。彼女の承諾もなしに彼女の秘密をしゃべれば、ぼくたちの友情にひびが入るかもしれない。むしろ、フリッツ・ウォーターズの嫌疑が晴れたら、彼女との距離がさらに遠くなる恐れもある。

だが、ぼくはどうしても黙ってはいられなかった。もちろん、彼女はぼくのことなど何とも思っていない。それどころか、彼女のようなすてきな女性が、ぼくのような貧乏でみすぼらしい作家に同情以上の目を向けてくれたことに舞い上がって、おかしな妄想をする自分をあざ笑いたいぐらいだ。彼女を思う気持ちに変わりはないが、真実を話す時が来たのだと決意を固めることにした。もしも犯人はジャーヴィスだと確信していなかったら、切り出さなかったかもしれない。フリッツ・ウォーターズの嫌疑を晴らす一番いい方法は、事件に関する事実を明るみに出して、事実をふるいにかけることだと思ったのだ。かくして、ぼくは胸をどきどきさせながら口を開いた。

「ちょっと待ってください、ハンク。部屋を片付けたのはセーラじゃない。ハヴァーズリー夫人です。そうだろ、グラジエラ?」

第二十二章

グラジエラの目を見たとき、ぼくは何てことをしたのかと啞然とした。おもしろいもので、たとえ善意で行動したにせよ、女性が少し瞬きしただけで、自分はなんて下劣な奴だと思えてくる。異様な雰囲気が漂うなか、みんなは押し黙っている。その沈黙を破ったのはチャールズだった。かわいそうなチャールズ！　平穏な生活をこよなく愛する男なのに、次から次へとひどい衝撃に見舞われようとは。

「グラジエラだと！」チャールズがうめき声を上げ、振り返ってぼくをにらみつけた。「ピート！　自分が何を言ったかわかっているのか？」

その言葉にかぶせるようにディーンが言った。「ラムズデンさん、お静かに！　それは本当ですか？」とディーンは厳しい表情でグラジエラに訊ねた。

グラジエラの美しい顔に険しい表情が浮かんだ。「話すことはありません。ウォーターズさんが釈放されるまでは、何も言う気はありませんから。どうして彼を、何の罪もない彼を、友人たちから引き離して拘留するんですか？」

スコットランドヤードの刑事は肩をすくめた。「もちろん、そのうちに彼に面会できるようになりますよ」そう言うと、ディーンはハンクをちらりと見た。

「地方検事に電話をかけて面会したいとかけあいましたが、許可が下りませんでした。フリッツが、いえウォーターズさんが黙秘を続ける限り、面会は許可できないそうです。彼を拷問にかけて、何時間も厳しく尋問して、彼にやってもいない犯罪を自白させようという魂胆なのではありませんか？　なんて、なんてひどい！」すっかり感情的になったグラジエラは息を切らせた。

ハンクはかなり動揺した。「おいおい、奥さん。弁護士はウォーターズとの面会を認められたんだ。ローフ弁護士は今頃、留置所にいるだろうよ。ローフ弁護士と会っただろ？　彼に伝言を頼めばいいんだよ」

「いかなる弁護士にも伝言を頼むつもりはありません。ウォーターズさんには直接話しますから」

ディーンがわずかに肩をすくめたかと思うと、椅子の背にどかっともたれて、保安官に耳打ちした。ハンクはさもありなんとばかりにうなずいた後、チャールズに話しかけた。「ラムズデンさん、われわれはこの女性と内密に話がしたい。あなたとご友人とご家族はもう帰っても構わんよ。ただし、わしの許可なしにこのキャンプ場から出ないこと。わかったかね？」それからハンクはぼくに目を向けた。「ピート、きみはここにいてくれ」

チャールズは小屋に残りたそうにしていた。おまけに彼の忠実な番犬、ブレイスガードル医師が彼をそそのかそうとしているように見えた。「グラジエラはきみの客だろうが」と医師が小声で話しかけるのが聞こえた。「殺人事件が起きた場合、普通はわれわれも立ち会うものだがね」医師は無愛想な目でディーンを見つめた。ハヴァーズリーの死因を巡って対立した記憶がまだ尾を引いているらしい。だが、スコットランドヤードの刑事が途方に暮れるチャールズにやさしい言葉をかけると、他の人たちに続いて、彼と医師は親友のように連れ立って小屋を出て行った。もっともブレイスガードル医師は、まだ不満そうな表情を浮かべていたが。

「ハヴァーズリー夫人」ようやくわれわれ四人だけになると、ディーンが口火を切った。「ぼくが知っていることはすべてお話ししますよ。あなたのご友人のウォーターズを助けられるかもしれない。だがそれにはあなたのご協力がないと……」

グラジエラの顔がパッと輝いた。「本当に?」まだ疑っている口調だ。

ディーンは真剣な顔でうなずいた。「本当ですとも。ですが、適合するように見えても実は間違っている供述を排除しなければ、その向こうにある真相にはたどり着けません。あなたのご友人の無実を証明するには、真犯人を見つけなければなりません。ブレイクニーはそれを承知していると思います。あなたはどうですか?」

グラジエラは落ち着いてうなずいた。「わかっています」

「でしたら、本当のことを話してください」

しかし、彼女はまだ決心がかたまらないようだ。「あなたは犯人はジャーヴィスだとお思いなんですよね?」

ディーンはパイプを取り出した。すでに煙草は詰めてあったが、会話が長引いたため今の今まで吸えずにいたらしい。口を両手で覆って煙草に火をつけながら、小声で言った。「あなたの話を聞かせてください。ぼくの頭のなかにある一、二の推理と合致するか見てみましょう」ディーンは目を上げると、彼女に微笑んだ。

この男は自分の見せ方を知っている。そのことに疑いの余地はなかった。彼はよく笑う男だ。そしてこんな重苦しい状況にあっても、彼の口元にはかすかな笑みが浮かんでいるように見えた。

グラジエラはためらっていた。しかし彼女のなかの憎悪と疑念が、日光にさらされた雪のように溶けていくのが見て取れた。

煙草の青い煙越しに、ディーンは愛らしい笑みを浮かべると、グラジエラはついに屈した。そして不安そうに話し始めた。「あなたをだまそうなんて、私が間違っていたんです」弱々しい口調だ。「あの晩、私はここに来ました。ウォーターズを探しに……」彼女がぞくっと身震いした。

「知ってますよ」とディーンがやさしく話しかけた。「あなたはてっきりウォーターズがあなたの夫に、あなたが離婚したがっていると話したのだと思ったんですね。そしてハヴァーズリーが絶望して自殺したのだと。で、ウォーターズが罪に問われるのを恐れて黙っていた。そうでしょう？　さあ、最初からすべて話してしまいましょう」

グラジエラは、ぼくに話してくれた話をほぼそのまま繰り返した。ディーンが一、二回巧みに質問して、話を補足した。

彼女が話し終えると、ディーンが言った。「あなたの供述をまとめましょう。間違っていたら訂正してください。午後十一時、あなたはブリッジを終えた。若者たちが帰ってきて、居間がうるさくなった。あなたはウォーターズが心配になった。彼が一晩中上の空だったからね。彼は寝ると言ったが、あなたはその言葉を信じず、彼が小屋へ行って夫と対決するつもりだと思った。あなたはまずバチェラーバンガローにウォーターズを探しに行った。だが、部屋に明かりはついておらず、あなたが石を投げても応答はない。あなたは猟師小屋に向かうことにした。ということですね？」

グラジエラがうなずいた。

「小屋に向かう途中、森の小道であなたはくすぶっている吸い殻を見つけた。『まぁ、フリッツだわ！』と独り言を言って、歩き続けた。ところが明かりの灯った小屋は死んだように静まり返っていて、窓からなかをのぞくと、あなたの夫が片手に拳銃を握ったまま、テーブルに突っ伏している。夫にふれてみたところ、その手はじっとりして冷たかった。あなたは化粧ポーチから鏡を取り出して、彼の唇に押し当てたが、彼は息をしていなかった。彼はすでに死んでいて――」

「ちょっと待ってくれ、トレヴ」ハンクが割り込んだ。「彼の手にさわると、じっとりして冷たかったと言ったな。グラジエラ、ちょっと訊きたいことが――」

「ちょっと待ってください、ハンク。まだ確認したいことがあるんです」

「だが、これは重要なことだぞ」

「わかってますよ。ですが本筋からそれてしまいます。少しだけ我慢していただければ、あとで何でも質問して構いませんから。さて、どこまで話したんだ？　ああ、思い出した。現場には争った跡はなかった。だが、ハヴァーズリーに来客があった痕跡はたくさん残っていた――テーブルの上にはウイスキーのグラスが一つ、ソファ付近の床の上にももう一つあった。誰かが肘を置いてたのか、クッションにへこみがあった。合ってますか？」

「ええ」

「夫は自殺したに違いないと確信したあなたは、まずウォーターズのことを考えた。パニックになりながらも、あなたはハヴァーズリーに来客があったという事実を隠すことだけを考えて、部屋を片付けた。立ち止まって考えることもなく、飲み物を台所の流しに捨て、夫の葉巻まで片付けた。小屋にいたのはせいぜい十分程度で、その間一度も物音を聞いていない。小屋に来るときも帰るときも、誰にも会わなかった。ということですか？」

グラジエラはうなずいた。

「銃声も聞いていない。絶対に聞いていないと確信を持っているんですね？」

「ええ」

「十一時十分、すなわち銃が発射されたとき、あなたはどこにいたと思いますか？」

「バチェラーバンガローの外にいたのではないかと。フリッツ・ウォーターズに気づいてもらおうと数分はねばりましたから」

「銃声は聞こえなかったんですね？」

「ええ。でも、バチェラーバンガローはここからかなり離れてますから」グラジエラはいったん口をつぐむと、神経質そうに指輪をいじって言った。「保安官は、デイヴ・ジャーヴィスが十一時頃にここに来て、ヴィックを殺したのではないかと疑ってました。ですが、私の証言はデイヴの無実を証明するものですよね？　デイヴが犯人だとしたら、私は彼を見かけているはずですもの――彼がバチェラーバンガローから出て行くところか、小屋から戻るところかの、どちらかを。でも私は誰とも会わなかった」彼女はまたしても間を置いた。「あなたがフリッツの嫌疑を晴らせるというから、私は知っていることをすべて話しました。だけど、この話で本当にフリッツを救えるのかしら？　説明してください。デイヴは銃が発射されたときに眠ってたって言ったけど、私が知る限り、彼の話は本当だと思います」

ディーンは金髪の頭を左右に振った。「銃声はなかった！」

彼は眉をひそめていたが、その口元には笑みが浮かんでいた。

第二十三章

「銃声がなかった？」グラジエラは呆然としている。

ディーンはハンクを振り返った。「さあ、質問をどうぞ！」

ハンクは無表情のまま、グラジエラを見た。「先ほどあんたは、夫の手にふれたら冷たかったと言ったね」

「冷たかった、じゃありませんよ。『じっとりして冷たかった』です」とディーンが訂正した。

「じゃあ、じっとりして冷たかった、と。どっちも似たようなもんだよ」ハンクは穏やかに認めた後、再びグラジエラに話しかけた。「ヴィックは十一時五分頃に撃たれたと考えられる。あんたが小屋に入ったとき、ヴィックは死亡してから五分と経過していなかった。彼の手は、あんたのと同じぐらいあたたかかったはずなんだが」

グラジエラは狼狽して、彼を凝視した。「彼の手はじめじめしていました。とても嫌な感じでした。あの感触を錯覚するとお思いですか？」

「錯覚ではありませんよ、ハヴァーズリー夫人」ディーンがやさしく話しかけた。「あなたが夫を発見したとき、彼は亡くなって一時間以上経過していたのです」

まったく女性というものは、一つの目的にすさまじい集中力を発揮するらしい。一つのことしか考えられないのだ。ハンクとぼくがディーンの発言が意味することをあれこれ推測していると、グラジエラが歓声を上げた。「じゃあフリッツにはアリバイがあるわね。だって十時には、彼は私たちと一緒にブリッジをしてたんだから」

「十時か、それより前かもしれない」

ハンクは不快そうに眉をひそめた。物事が素早く展開して自分の理解が追いつかないと、彼はいつもこのような態度を取る。「落ち着きなさい、トレヴ！　ライダーさんの証言はどうなる？　銃声を聞いているんだぞ？　十一時五分だったと。ラムズデンさんによると、彼女は正確に時間を覚えていて、絶対に間違いないと主張しているそうだ」

「ブレイスガードル先生はどうする？」ぼくは口をはさまずにいられなかった。「ライダーさんとは別に、というかライダーさんより前に、彼はヴィックの死亡推定時刻は十一時頃だと言ったんだ。チャールズ・ラムズデンとぼくも現場にいて、彼の推測を聞いていたんだから」

スコットランドヤードの刑事は、初めて怒りを爆発させた。荒々しくめがねを取ると、それをいらだたしそうに吸い取り紙の上に放り投げた。「あのばあさんが何を聞いたと思い込もうが、構うもんか。それにあの医者ときたら、役に立たないくせに鼻を突っ込みたがる。断言してもいい、銃声はなかった」ディーンは吸い取り紙に拳をたたきつけた。「銃声はなかった。というのも、銃声がしたはずがないからです」

「ライダーさんが時間を間違えたってことか？」とぼくが訊ねた。

「彼女が聞いたとする時間だろうが、それ以前だろうが、状況から見て銃声が響いたはずがないということです。私が言う『銃声』とは、屋外にもれてしまうほど大きい音のことなんですよ。まったく」腹立たしそうに、彼はめがねを指ではじき飛ばした。「今思うと、あの愚かな婆さんと、横柄でひとりよがりの我らが友人ブレイスガードルの妄想によって、捜査全体が最初から横道にそれていたんです」

ハンクが頭を掻いた。「つまり検死が間違っていた、と言いたいのかい?」

ディーンはほっとため息をつくと、めがねをかけ直した。「あなたの洞察力のおかげで、光明が見出せそうですよ、ハンク。まさに、ぼくはそれを言いたかったのです。よく考えてみてください」感情を爆発させたせいか、ディーンは持ち前のユーモアを徐々に取り戻しつつあった。「この事件に遭遇した瞬間から、ぼくは違和感を覚えていました。深閑とした森のなかで深夜に銃が発射されたというのに、そこから一キロあまりしか離れていない家に人が大勢いながら、一人しか銃声を聞いていないなんて。ぼくが今日の午後この小屋のなかで銃を暴発させたのは、その点を確認したかったからです」

ハンクはにやりと笑って、ディーンに向かってくいと頭を動かした。「あの暴発は怪しいと思ったんだよ」

ぼくは笑い声を上げた。「ぼくもだよ。何かの実験じゃないかと思ってた」

「ロンドン警視庁では銃器は慎重に扱います。ブレイスガードルが思っているほどずさんではありませんよ」とディーン。「確かにあれは実験でしたし、成功しました。ご存じの通り、キャンプ中から人々が駆け込んで来ましたからね。遠いバチェラーバンガローからも」

「ブレイスガードル先生のことだな」とぼくが言った。「きみの銃声のせいで昼寝を邪魔されたとぼやいていたぞ」

「まさにね！」とディーン。「あの晩のライダーさんが銃声を聞いたとされる時間に、ハヴァーズリー夫人はバチェラーバンガローにいましたが、銃声を聞いていません。おまけに同時刻にこの付近にいたであろう、ウォーターズもです。この証言は、われわれがウォーターズ本人から聞き出したものです。さらにぼくも、その当時ブレイクニーの家で彼を待っていましたが、銃声に気づきませんでした。つまり、ライダーさん以外には誰も銃声を聞いていないのです！」

「じゃあ彼女が聞いたのは何の音だったのかしら？」とグラジエラが訊ねた。

ディーンは両手のひらを広げた。「わかりませんよ。密猟者か、州道を走る車がバックファイヤーを起こしたのか、何とも言えません。いずれにせよ、かなり遠くの音だったのでしょう」

「ライダーさんは、母屋のすぐ近くで銃声がしたと言ってたけど」とぼくが指摘した。

ディーンは皮肉っぽく笑った。「あなたがぼくと同じぐらい長くこの仕事をしていたら、目撃者の誤った思い込みを正すことの難しさを実感できたでしょうね。特に老いた独身女性はその傾向が強いんですよ。さらに男女を問わず、目撃者が自分の証言が重要だと思い込むとやっかいです。彼らは何だって言いますから。一種のうぬぼれですよ。例ならいくつでも挙げられます。ブレイスガードルもそうです。今回の事件では、警察医ですら死者の死亡推定時刻を正確に予測しにくい状況です。なのにブレイスガードルはためらうことなく断言した。後先考えずに首を突っ込んだあげくに、殺害されたのは十一時だと言い切った。それもきっぱりとね。ぼくは訂正できなかった。見つかったとき遺体はすでに冷えていたし、ぼくは医師ではないから、死亡時刻が一時間前か二時間前か、正確に特定できませんでした。残念なことに有能な警察医が適切な検死を行ったのは、死後何時間も経過した翌朝でした。おまけにスプリングズビルの警察医は、自信満々のブレイスガードルに圧倒されてしまった」ディーンは肩をすくめると、パイプを軽くたたいて灰を落とした。「さて、最初からやり直しましょう」

ハンクは猟師やガイドの仕事をするときみたいに静かにしておこうと決めたのか、無表情でうなずいた。「さっき、ヴィックが撃たれたのは十時かそれ以前だと言ったな。なぜそう思ったんだ、トレヴ？」

「ランプですよ」とディーンは即答した。「十時頃までは外は明るかったですし、みなさんもお聞きの通り、セーラ・カラザーズさんは九時三十五分には自分のバンガローに戻っていました。ということは、彼女はこの小屋を九時半頃に出たことになる。彼女が出て行ったとき、小屋のなかは薄暗くなっていました。セーラが帰ったあと、ハヴァーズリーが暗闇のなかで座っていたとは考えられませんよね？」

「つまり、もしもデイヴ・ジャーヴィスがセーラの後をつけたのだとすると……」保安官は話し始めたものの、そこで意味ありげに口をつぐんだ。

ディーンがうなずいた。「ダイヤのブレスレットを見つけましょう、ハンク」

「セーラが持っているはずよ」とグラジエラが口をはさんだ。

ディーンが首を振った。「少し前にセーラの部屋を調べ、その際にビーズのネックレスを見つけました。ハンクも隙を見てジャーヴィスの部屋を捜索したんです。ですが結局どちらの部屋でもブレスレットは見つからなくて」

そのとき、ドアをノックする音が聞こえた。相手はアルバートですと名乗った。ラムズデンの運転手を務めるアルバートはぼくのよき友人でもある。背が低くて率直な物言いをする男で、丸顔に小さくて丸い鼻がついている。戦争中、彼はぼくと同じニューヨークの師団に所属し海外派兵された経験もあったため、ぼくたちはよく会話を交わした。彼は何年も前からラムズデン家の運転手とキャンプ場の雑用係として働いている。

「すみません、ブレイクニーさん。ハンクに話があるんです」ぼくがドアを開けると、彼はそう言ってなかに足を踏み入れたが、グラジエラがいることに気づくと、帽子に手をあてて会釈した。

「まさか、またわしの車のバッテリーが上がったと報告に来たんじゃないだろうな、アルバート?」と保安官。

アルバートは少しにやりと笑った。この二人の間の共通のジョークに違いない。「いいえ、今回はバッテリーのことではありません。保安官が興味を持ちそうなものが湖で発見されました。ラムズデンさまは、ローフ弁護士に会いにスプリングズビルへ行かれました。ですから保安官に話しておいた方がいいだろうと思いまして」

「湖で発見されただと?」とハンク。「子どもたちに何か起きたんじゃないだろうな?」

アルバートは無表情のまま首を振った。「いいえ、そういったことではありません。いずれにせよ奇妙なものでして……」

「奇妙というと?」

アルバートとの会話は手間取ることが多い。「そうですねえ」アルバートがぎこちなく答えた。「こういう話なんです。シンシアさまとご友人のフレッチャーさまが、今日の午後魚釣りに行きたいとおっしゃいました。日光が湖に照りつける間は魚が針にかかりませんから、夕暮れ時まで待った方がいいと、シンシアさまに申し上げました。ですが私の説明が悪かったのか、おふたりはすぐに出かけるとおっしゃいまして。それで私が釣り竿を数本取りに戻ってから、おふたりをボートに乗せて湖の対岸の巨大岩にお連れしたんです――ご主人さまとブレイスガードル先生がよく釣りをなさる、あの場所です」

「ウルフ・レイクで釣ったマスのことなど、わざわざ報告せんでいいぞ、アルバート・ハント」とハンクがいらいらした様子で言った。「早く本題に入ってくれよ、な？」

「すぐに本題に入ります」アルバートはいたって落ち着いた様子だ。「その岩の反対側に係留ブイがあるんです。木箱を水に浮かべ、それに重りがついたワイヤロープをくくりつけて固定したものです。魚釣りをするときは、いつもこの係留ブイに船をつなぐんです。憶えてますか？」

「おいおい、頼むよ。チャールズに注意してもらわなければ、おまえは本題に入れんのか？　わしらが午後中ずっとおまえの話を聞いていられると思うのか？　もちろん係留ブイは知ってるさ。それがどうした？」

だがアルバートは一向に気にしていない様子だ。「ボートをつなぎ止めたときには、気づかなかったんですよ。お嬢さまたちは一匹もかからないうちに飽きてしまって、家に戻りたいとおっしゃいました。それで私がロープを外そうとすると、ブイに長い釣り糸が巻き付いてました。釣り糸を引っ張り上げると、絹油布に包まれた箱のようなものが結びつけてあったんです」

ディーンがはっと視線を上げた。「箱？」そして片手を差し出した。「見せてくれないか？」

愚鈍な運転手は用心深そうに首を振った。「そのままにしてあります」彼はどこか意味深な様子だ。

「フレッド・グッド巡査が、高価なブレスレットがなくなったと言ってたので、もしやと思って」彼は思わせぶりに口をつぐんだ。「実を言うと、土曜日の午後に私がご主人さまと岩場に行ったときには、あんなものはなかったんです。それでおかしいと思って……」

「箱の大きさは？」とディーンが訊ねた。

男は指で四角を描いた。「小さいですよ。でもちょっと重かったかな。水面下に沈んでいて見えません」

ハンクの青い目が憂うつそうにディーンに向けられた。「こいつの予想通りだと思うぞ、トレヴ。ブレスレットに違いなかろう」

ディーンはうなずいた。「日曜日の夜にジャーヴィスがボートに乗って何をしていたのか、これで説明がつきそうですね」とややためらいがちな口調で言った。

ハンクは勝ち誇ったように、片方の拳でがさがさの手のひらを打った。「いやはや、まさかそう来るとはな！」それから振り返って運転手を見た。「さあ、アルバート。おまえが見つけた箱を見に行こうじゃないか！」

「湖の対岸までモーターボートでお連れしますよ」とアルバートが申し出て、われわれ四人は黙って彼の後について小屋を出た。

第二十四章

　空き地は静まりかえっていたが、時折明るい日光が差し込む森のなかを進んで行くと、ラムズデン家の土地管理人、ジョージ・ウィルソンに遭遇した。白髪まじりの頭に半ズボンというでたちで、慌てて小道をこちらに向かって来る。彼と一緒にいるのは、かすかに見覚えのある少年だ――ラムズデン家の敷地内で働いているところを見たことがある。二人とも汗だくだった。

「ああ、ハンク」ウィルソンが顔の汗をふきながらあえぐように言った。「さっき村に行ったら、本部から来た州警察官がきみを探していたんだ。それできみはラムズデン家にいると教えたところ、これを渡してくれと言われたんだ」そう言うと、彼は保安官に黄褐色の大きな封筒を差し出し、秘密めいた口調で付け加えた。「今朝、ダニモーラの刑務所を脱獄した囚人の写真だ」

「ありがとう、ジョージ」ハンクが封筒をポケットに突っ込もうとしたとき、ウィルソンが制止した。「ちょっと待った。きみさえ良ければ、ハリーに写真を見せてやってくれないか」そういうと彼は少年を前に突き出した。「ハリーが、グリーン家のそばの道で脱獄犯を見たかもしれないと言うんだ。ほんの一時間ほど前に」

「すぐに確認するよ、ジョージ。すぐにな。今は忙しくてな！」そう言うと、ハンクは彼をよけて行こうとした。ディーンも待ちきれないのか、じりじりしている。

そこへ土地管理人の大柄な体が立ちはだかった。「頼むよ、ハンク。ハリーが見かけた男が脱獄犯だったら、どうするんだ？　道を一本横切るだけで、この土地に入れるんだぞ。おまけにあいつはここを知っているんだ」そこで彼は少年をぐいと押した。「説明してあげなさい、ハリー」「くそっ」と保安官が不機嫌そうに怒鳴った。「なんで一度にいろんなことが起きるんだ？　こっちは気が狂いそうなほど忙しいってのに、ダニモーラの刑務所長は罪人を檻のなかに閉じ込めておけんのか！　ああ、すまんな、ぼうず。おまえのことじゃない。さあ話してくれ」

少年はわかりやすく経緯を説明した。なんでも、シェフに頼まれてグリーン夫人のところへ卵をもらいに行き、キャンプ場脇の州道を歩いて帰ってくるときに、林のなかからいきなり男が出て来たという。男はジーンズのズボンに上着をはおっていたが、帽子は被っていなかった。おまけに納屋で寝ていたのか、髪には藁が数本ついていた。男は煙草をくわえていて、ハリーにマッチはないかと訊ねたので、彼はマッチをつけてやった。それから男にラムズデン家のキャンプはどこかと訊かれ、ハリーは道の反対側にあるラムズデン家の敷地を指さした。すると男は手を振って森のなかに戻って行ったという。ハリーによると「やせた白髪まじりの男で、目つきが変だった」とのことだ。

ハンクは何も言わずに封を切った。なかから出てきたのは、警察で逮捕直後に撮られる顔写真だった。正面を向いた顔が一枚と横顔が二枚で、三つの角度から撮られている。この種の写真にありがちなように、その顔も無表情で生気がない。だが、こけた頬と鳥のようにギラギラして好奇心が強そう目は、見る者に強い印象を与える。

少年はすぐに反応し、汚れた手で男の正面写真を指さした。その指先は、男の右こめかみにある傷を指している。「こいつだ！」と少年は興奮しながら保安官に訴えた。「驚いたな。ウェルズさん、こいつの額にあるこの傷を憶えてますよ。おまけにこの目つきも。見てください、相手を射抜くような目だ」

ディーンは黙って、写真に写ったお尋ね者の顔の輪郭をなぞった――「右のこめかみに、うす紫色の深い傷跡、またはくぼみ」

ハンクがうなり声を上げた。「若者たちは？」

「最後に見かけたときは、キッチンでコーヒーを飲んでましたよ」とアルバート。

「ボートを出してくれ。わしはすぐに戻る！」そう言うと、ハンクはウィルソンとハリーを急いで家に帰らせた。そのとき初めてぼくは、グラジエラがいないことに気づいた。ディーンは一人でさっさと前を歩いて行く。ぼくはアルバートと一緒にボート小屋へ向かった。

ボート小屋に着くと、グラジエラはすでに高い屋根の下に停泊しているクルーザーに座っていた。クルーザーに乗り込むと、ぼくは彼女の隣に座り、アルバートはエンジンをかけるために船首へ向かった。ほどなくしてハンクが到着し、黙ってグラジエラの向かいの席に腰を下ろして、ティラーハンドルを握った。間もなく、ぼくたちは照りつける太陽の下を滑るように進んでいた。

何とも美しい午後だった。湖面は波一つなく、日光がやさしく照りつけ、空気は森の香りを含んでいる。グラジエラとぼくに目を向ける人はいない。アルバートはエンジンをいじっていたし、ハンクは舵取りで忙しい。ディーンはというと、舳先《へさき》に座って湖の対岸をじっと見つめながら、物思いにふけっている。

ぼくはグラジエラの手を取った。「許してくれないか？」

グラジエラは頬を染めてうなずくと、ひんやりした手をぼくの手に重ねた。「賢明な判断だったわね。もっとも、初めはそうは思わなかったけど。あなたに残酷な形で裏切られたと感じたけど、今はあなたが正しかったと思ってるわ。真実を告白する時が来たのだと」

「もう一つ話したいことがあるんだ。昨日の午後にディーンが、きみの友人ウォーターズがもうすぐ釈放されるかもしれないって言ってたんだ」

彼女は息をついた。「私、彼のことが心配で気が狂いそうだったのよ。自由の身となった彼とまた会えるなんて、信じられないわ」それからぼくの手を愛おしそうに引き寄せた。「ああ、ピート。あなたって本当にいい友だちね。ずっと私を支えてくれた。どうしてそんなにやさしいの？」

「前に言っただろう、きみが好きだからだよ。今までに出会った誰よりも、心の底からきみが好きなんだよ、グラジエラ。違う状況だったら、きみともっと早く出会っていたら……」

そこでグラジエラはぼくを制止した。ぼくの声の響きや目から、ぼくの気持ちが伝わったのだろう。彼女は指をぼくの指にからませながら、やさしい声でつぶやいた。「ああ、ピート。とても残念だわ」

「それって、もっと早く出会えなくて残念だってこと？」とぼくはつい口を滑らせた。「なんてね。何が言いたいかわかってるよ。きみが愛しているのはウォーターズだってことだろ。結婚するつもりなんだね？」

彼女はうなずいた。「彼がまだ私を好いてくれているのなら。でもね、ピート。私はあなたのような人を幸せにはできないと思う。私は贅沢な暮らしに慣れてしまったけれど、あなたは――あなたは苦労して、つらい試練を乗り越えてきた。あなたを夫にする女性は幸運ね！」

無意味な励ましだ。もちろん言った本人もわかっているし、ぼくはそれを言葉でも伝えた。ここでこのエピソードを書いたのは、彼女がぼくを傷つけまいと気遣ってくれたことを読者に伝えたかったからだ。

「夫を亡くしてまだ三日と経ってないのに、まるで花嫁のような気持ちよ。このことは誰にも言う気はないけど、あなたには話すわね。他の人が私の気持ちをわかってくれなくても、あなたは違うと思うから。率直に言ってもいいかしら？　フリッツと再会して、彼の声を聞き、彼の腕に抱かれる瞬間が待ちきれないわ。もちろんヴィックのことも悲しんでるのよ。夫を愛したことはないけれど、感謝しているし、感謝するべきよね。おまけにあんな死に方をするなんて。でも正直に打ち明けると、フリッツを心配する必要がなくなったおかげで、ようやくヴィックをいい人だった、亡くなって悲しいと思えるようになったの」グラジエラは少しうろたえたようにため息をついた。「ほらね！　私って本当に嫌な人間ね、ピート。あなたにふさわしい女じゃないわ。フリッツにも！」

ぼくは声を立てて笑った。いつも笑ってごまかしている人間にとっては簡単なことだ。「ぼくとしてはその方が好都合だけどね」

しばらくの間、グラジエラは愛おしそうにぼくを見つめた。「ピートったら」小声でつぶやくと、ぼくの手を少し強く握ってから離した。そのときはわからなかったが、彼女とその話題について話したのはそれが最後となった。

彼女はため息をついた。「人生って不思議よね？　殺人事件が起きて、犯人はまだ捕まっていない。なのに私たちは湖を縫うように走りながら、何事もなかったかのようにおしゃべりしている」グラジエラはぼくの袖にふれた。「ほら、あの二人を見て！」

彼女が指し示す方向に、ぼくはぼんやりと目を向けた。ぼくたちが向かっている湖畔の林の下あたりの岸辺から、ボートがゆっくりと離れて行くところだった。ワイシャツ姿のブレイスガードル医師が、はげ頭を日光に反射させながらオールを漕いでいる。船尾には膝に編み物を置いたライダー嬢が座っていて、水に手を浸している。朝から警戒しながらあちこち赴いたうえに、この事件の謎が心にのしかかって憂うつな気分だったこともあり、ぼくはほんわかした二人の光景にうっとりと見とれた。二人の老人がくつろいだ様子でボートに乗っている、いたって平和な光景だった。

「おもしろい二人組だな」とぼくは言った。「いずれにせよ、ライダーさんが失神から回復してよかったよ。あのおばあさんはなかなかいい。実に個性的な人だよ」

グラジエラはいたずらっぽい笑みを浮かべた。「かわいそうなライダーさん。あなたのお友だちのディーンは、彼女に容赦なかったと思わない？　おまけに先生も邪魔者扱いだったし」ディーンの名前を言った途端、彼女はデイヴ・ジャーヴィスを思い出したらしい。「ねえ、ピート」グラジエラがぶるっと体を震わせた。「デイヴはどうなるの？　彼は逮捕されるのよね？」

「だろうね」とぼく。

彼女はまたもや体を震わせた。「今までずっと殺人者とつき合い、同じテーブルで食事していたのかと思うと、ぞっとするわね。早く警察が動いてくれるといいけど。もう二度とデイヴの顔を見られそうにないわ。セーラは？　セーラも逮捕されるのかしら？」

ぼくは肩をすくめた。「さあ。断定はできないよ。ディーンは一体何を考えているのやら。きみはジャーヴィスが犯人に違いないと思っているようだけど、ディーンはまだあらゆる可能性を排除していないと思う。箱のなかにブレスレットが入っていたら、この事件に決着がつくんじゃないかな」

船首にいたディーンが突然大声を上げた。「減速してくれ！」その声に応じて、波を掻き立ててエンジンは逆回転し、停止した。船は勢いのままにゆらゆらと前進した。ぼくは興奮でぞくぞくしていた。係留ブイにたどり着いたのだ。クルーザーの左舷船首方向には、灰色の岩がその尖った先端を湖に向けて突き出している。

われわれ四人は興奮しながらディーンの近くに集まった。彼は片手でブイをつかむと、もう一方の手でブイにしっかりと結びつけてある一本の釣り糸をたぐり寄せた。ハンクがナイフで釣り糸を切ろうとすると、ディーンは静かに制止した。「だめです。切らないでください。ブイも含めて全部引き上げます。ああ、見えたぞ」

彼の手に収まっていたのは小型の四角い包みだった。黄色い絹油布にくるまれ、釣り糸がしっかりと巻き付けてある。

アルバートは釣り糸をつかむと、じっくり観察した。「これは、ラムズデンさまがニューヨークからこちらにお見えになった際に持ってきた釣り糸ですね」そう言うと、彼はブイとブイに結わえつけられていた鉄の重りを持ち上げ、ボートに投げ入れた。

「ご苦労だったな、アルバート」とディーンがねぎらう。「さあ、向こう岸に戻ろう」

「何だって？　それを開けるんじゃないのか？」と保安官が包みを指さした。

「まだです」ディーンが指で包みの重さを量りながら言った。「どこなら邪魔が入らないかな？　きみのところはどうだろう、ピート？」

「構わないよ」

エンジンが音を立てた。ハンクがボートを反転させて、岸へと発進させた。二人の老人を乗せたボートト以外に誰も見あたらない静かな湖を、ぼくたちはゆっくりと桟橋に向かった。

「この包みを見つけたとき、女性たちに気づかれたかい？」とディーンがアルバートに訊ねた。

「いいえ」

「彼女たちに包みのことを話した？」

「いいえ、まさか。ディーンさん」

「なら聞いてくれ、みなさん」ディーンが全員に向かって話しかけた、「キャンプの滞在客には、誰一人としてこのことは言わないでください。いいですね？」

われわれが小声で同意すると、ディーンとハンクとアルバートは船尾に集まって何やらやり出した。ブイにくくりつけられていた釣り糸の結び目を調べているらしい。

ぼくの小屋の前にある小さな船着き場に到着したとき、あたりには誰もいなかった。夕方前のあたたかい空気に包まれて、キャンプ全体がまどろんでいるかのようだ。ディーンは手に包みを持ち、アルバートは肩に重りとブイをかつぐと、みんなでぼくの小屋に向かった。

テラスに着くと、アルバートはかついでいた荷物をどさりと下ろした。ハンクがナイフを取り出したが、ディーンは包みに巻き付いた釣り糸をほどこうと言い張った。ディーンはびしょ濡れの釣り糸の結び目をいじったり、引っ張ったりした。一日がかりになりそうな作業に、見ているこちらがじれったくなったほどだ。

彼はようやく結び目をほどくと、釣り糸を地面に落とした。それから包みを持って、先陣を切って小屋に入った。彼が絹油布の端を切り裂くと、ビリビリと小さな音がして、なかから厚紙でできた小箱が出てきた。

箱には「ニューヨーク、五番街、カルティエ」と刻まれている。

「ほうら！」保安官は勝ち誇ったように叫ぶと、箱をつかんでふたを開けた。幾重にも重なったティッシュペーパーが見えた。それを取り除いたとき、ハンクの表情が変わった。箱に指を突っ込んで中身を取り出したが、それはぼくたちが予想していた皮のケースではなかった。ダイヤのブレスレットでもない。さびた黒っぽい鉄製の小さな筒のようなものだった。

雄叫びのような声を上げると、ディーンはそれをハンクの手から奪い取った。「すごいぞ！　こういうのを探していたけど、まさか見つかるとはね！」そしてそれを勢いよくテーブルの上に置いた。

「それは何だ？」とぼくが訊ねた。

だが、ディーンは質問などまるで耳に入らない様子。興奮していても立ってもいられないようだ。

「あのばあさんが間違っていることはわかってたんだ。十一時過ぎに銃声を聞いたと証言してたけど、これがあったということは、いかなる時間帯であれ小屋から銃声が聞こえたはずはないということになる。さあ、これでようやく着手できる！」

ハンクが彼のコートをつかんだが、ディーンは気づく気配もない。「一体何の話をしてるんだ？　トレヴ、ちょっと黙ってわしの話を聞いたらどうだ？　この奇妙なものは何なんだ？」

ディーンはようやく理性を取り戻したらしい。「すまない、ハンク。これはサイレンサーですよ。まさか、サイレンサーを見るのは初めてですか？」

そのとき、ドアから声がした。「作戦会議かね？　それとも一般人も参加できるのかな？」

第二十五章

ブレイスガードル医師だった。よりによってこの瞬間にこの人が現れようとは。というのも、この医師が退屈で話が長く、おまけに詮索好きだということがわかってきたからだ。ディーンもぼくと同じように感じているのがわかった。この医師がいる間はディーンは本心を明かさないだろうと思いつつも、この若き友人に今回の驚くべき発見について説明してもらいたくてうずうずしていた。

みんなが一斉に口をつぐんだことなど一向に気にしない様子で、ブレイスガードル医師はおしゃべりしながら部屋に入って来た。「ライダーさんとボートに乗っていたら、きみらが大急ぎで岩場に向かうのが見えてね。それで、何があったのか突きとめようとここに立ち寄ったんだ。どうしてあのブイを引き上げたんだ？　それにブイにくくりつけてあったらしい、その箱は何だ？」

「どうして箱だと知ってるんだ？」ハンクがぶっきらぼうに訊ねた。「まさか、箱だとわかるほど近くにいたと言うつもりじゃないだろうな？」

老紳士はにやりと笑うと、ジャケットのポケットから双眼鏡をちらりとのぞかせた。「双眼鏡を持っていたんでね。湖に行くときはいつも持って行くんだよ。鳥を観察するためにね。ぶしつけな奴だと思われないとい……」ブレイスガードルは、テーブルの上の水たまりと筒状のものに気づいて、話すのをやめた。「おや、これは驚いたな。サイレンサーじゃないか」それから、椅子にかかっている絹油布に手を伸ばした。「絹油布にくるんで、ブイにくくりつけていたとはな。これは驚いた。実に巧妙な隠し場所じゃないか」医師はちらりとディーンを見た。「見てもいいかね？」

「ご自由にどうぞ。指紋はとっくに拭き取られてますから、さわっても構いませんよ」とディーンが丁寧な口調で言った。

医師はサイレンサーを手に取り、熱心に観察したあと、ようやく口を開いた。「まったくわけがわからないね。発見された状況を考えると、犯人はこのサイレンサーを使ったとしか思えない。だとするとライダーさんが聞いた銃声は一体何だったんだ？」

「彼女は銃声を聞いていないんですよ、先生。少なくとも、ハヴァーズリーを撃ったときの銃声はね」とディーンが穏やかに言った。「犯行は、あなたが推理したよりも一時間前に行われたんですから」

そう聞くやいなや、老人は怒りをあらわにした。「誰がそんなことを？」と不愉快そうに詰問する。

「ハヴァーズリー夫人が裏づけてくれました」

ブレイスガードルは、眉間にしわを寄せてディーンを見つめている。「ハヴァーズリー夫人だと？」

「小屋を片付けたのは彼女なんですよ。現場を見て、夫がウォーターズとやり合ったあげくに、自殺したと思ったそうです。十一時頃にハヴァーズリーを発見したとき、遺体はすでに冷たかったとのことです」

ブレイスガードル医師は後ろめたそうな表情を浮かべた。「こいつは驚いたな。こんなに大きく死亡推定時刻を外すなんて、どうしたんだろう？　医師としての評判に関わる問題だよ」

意外にも、ディーンが実に愛嬌たっぷりの笑みを浮かべた。「人間は誰でも間違えるものですよ」

「いや、しかし、私のせいでみんなを間違った方向に導いてしまった。きみに謝らなくてはね。保安官、きみにもだ」そう言うと、彼は物憂げにため息をついた。「私ももうすぐ七十歳だ。年を取ると頭も少しずつ鈍くなる。医者は、人間に備わっている活力には限度があることを知っている。その活力が枯渇すると……」ここで彼は首を左右に振った。「頭が混乱してきたよ。なんと言えばいいのやら」そして鋭いその小さな目が、ディーンを射貫くように見つめた。「とはいえ、これで事件はまったく違う様相を呈してきたな。ハンク、率直に言わせてもらうよ」淡々と続けながら、彼は保安官を見た。「きみはこう言ったな。ジャーヴィスがベッドから抜け出して、こっそりと猟師小屋に行って犯行に及んだ、しかも十一時から十一時五分までのわずか数分での犯行だろうと。その話を聞いたとき、私は半信半疑だった。だが犯行時間が十時だったのなら、彼のアリバイは吹っ飛ぶ。その時間は一人でいたとジャーヴィス本人も認めている――彼は湖にいたと証言しているんだ。これですべてクリアになった、そうだろ?」ブレイスガードルは勝ち誇った表情を浮かべて保安官を見た。

「ああ、ドブの水のようにクリアだな」保安官は不機嫌そうになった。「あの若者はギャングじゃない。ウォール街で働いているそうだ。そんな奴がこいつで悪さをすると思うか?」彼はサイレンサーを指さした。「サイレンサーは売買が禁止されている。つまりこいつを持っているのは、ギャングか殺し屋ぐらいのもんだ。密猟者を勘定に入れなければ、法を破るような連中なぞ見かけないまっとうな郡の保安官であるこのわしですら、こんな代物は初めて見たよ」ハンクは話を中断して手の甲で鼻を拭うと、大きな音で鼻をすすって話を続けた。「となれば、これはどういうことだ」彼はわざとらしくサイレンサーをコツコツと叩いた。「これを使ったということは、つまり意図的な犯行ということだ。計画的殺人だ。そうだろ? あの若者が、カバンのなかにこんなものを忍ばせている類いの人間に見えるか？　あいつはむしろカッとなるタイプに見えるし、計画的に人を殺すとは思えんのだ。あいつとハヴァーズリーが取っ組み合いをしても、ハヴァーズリーに銃を奪われるのがおちだ。先生はわしが間違っている、ジャーヴィスは嘘をついていて、実はサイレンサーを用意していたのだと言い張るかもしれん。だがな、あいつは十時半頃に湖から帰ったあと、ベッドから出なかったと主張してるんだ。そうだろ？」

「ああ、確かそう主張してたな」医師は傲慢な態度でうなずいた。

ハンクはごつごつした人差し指でテーブルをコッコッと叩いた。「あいつが犯人なら、ハヴァーズリーが撃たれたのは十一時ではないことを唯一知っていたことになる。そうだろ？」

「ということになるな」

「だとしたら、なぜ十一時にアリバイを作らなかったんだ？」

「そりゃあ、ハヴァーズリーは十一時に自殺したとみんなが思い込むと思ったからだろう」医師はつっけんどんな口調で言った。

「安全策として、犯行時間にアリバイを作っておくもんじゃないか？　何もせずに、アリバイはないと認めているんだぞ。おかしいじゃないか？」

ディーンは二人の議論に加わらなかった。彼はぼくのベッドにどかっと横たわって足を伸ばし、片方の肘をついて天井を見ていた。パイプをくゆらせながら、しきりに何かを考えている。だが話はしっかり聞いているらしく、「ごもっともですよ、ハンク！」とぼそっとつぶやいた。

「そうだろうか」とブレイスガードルがうなった。まだ食い下がるつもりらしい。「午後の収穫から考えるに、彼があの晩にボートで湖に出て行ったのは奇妙としか言いようがないがね。デイヴ・ジャーヴィスが犯人でないとすると、一体誰のしわざだと言うんだ？」

ハンクは両肩をまわした。「考えておったんだがな。日曜の夜の行動を調べた方が良さそうな人物が一人いる」

ブレイスガードル医師が忍び笑いをした。「ピートじゃないだろうな？」

だが、保安官は冗談を言う気分ではない様子だ。「いや、ピートじゃない。あなたでもないよ、先生。インガーソルさんだ」

ぼくは言葉を失った。が、保安官にそう推理するよう誘導したのはこのぼくだと気づいて、胸が痛んだ――真夜中に彼女と遭遇したことを保安官とディーンに打ち明けたが、そのせいで彼女に容疑がかかったに違いない。とはいえ、ぼくは何も言わずに黙っていた。彼女から相談された、というか仲間だと認められたこともあって、何も言えなくなったのだ。とりあえず辛抱強く成り行きを見守ることにする。

だが、退屈な老人ブレイスガードルは、ハンクが推理を展開する隙を与えなかった。「インガーソルさんだと？」と話の腰を折った。「実に興味深いね。有能で自信にあふれた若い女性とはな。赤毛の人は独占欲が強くて嫉妬深いそうだからな。言うまでもなく、彼女はハヴァーズリーに献身的に尽くしていたが、彼が自分の言うことを聞かなくなったら、カッとするタイプの人かもな」

「恋愛感情という意味では、インガーソルさんは彼を愛していませんでしたよ」とぼくが言った。

ブレイスガードルは笑った。「いやいや、女というのは、ああいう女たらしに惹かれるんだよ」

「彼女の好みなど知らんよ」とハンクがきっぱりと言った。「わしが知っているのは、彼女がシカゴかどこかの出身だということだ。イリノイ州のギャングはトンプソン・サブマシンガンやサイレンサーなんてお馴染みのものだって言うからな。おまけにあのブレスレットの件もある。彼女はブレスレットのことを知っていた。配達されてきたときに、署名して受け取っているし、ハヴァーズリーに現物も見せてもらったんだから。セーラ・カラザーズはブレスレットをもらっていないし、ジャーヴィスも手に入れていない」

「まさか彼女の名前を挙げるとはね」と医師が口をはさんだ。「最初にウォーターズが怪しいと言い出したのは、彼女だったな」

保安官は驚きもしなかった。「確かにその通りだ。おまけに最初にブレスレットのことを言い出したのも彼女だ。深夜にピートが猟師小屋にいる彼女を見つけたんだ。彼女はブレスレットを探していると言ったが、実際は請求書を探していたんだろう。破り捨てるつもりでな」

「なんてこった」老紳士は声を上げると、ぶるっと体を震わせた。「予想もつかなかった。おまけに彼女にはアリバイがない。確かあの晩は、二階の自室でタイプを打っていたと言っていたな。彼女の部屋はあたったのか？　ブレスレットを探したのか？」

「いいや、まだだ」とハンク。「だが探さねばならんだろう。だろう、トレヴ？」

「その件についてはまた改めて」とディーンは答え、開いたドアの隙間から外を見た。「ラムズデンと弁護士が来ました。ハンク、あなたを探しに来たんでしょう」

シカゴから来たローフという名の弁護士だ。そういえば、ディーンはすでに駅で彼と会っていたのだった。縁なしめがねをかけて、やや太めの体にグレーのスーツを着たきびきびした男だった。弁護士は愛想よくディーンに会釈すると、チャールズが保安官に話しかける間、脇に立っていた。

「ウィルソンから、脱獄犯が州道で目撃されたと聞いたんだが？」チャールズが慌ただしく訊ねた。

「ならず者どもがわんさとやって来てるみたいな気がするよ。この三日間で二人目だ。一体どうしたらいいだろう?」

ハンクは警官に指示した防犯対策、つまりパトロールの強化などについて詳しく語り始めた。ぼくはきちんと聞いていなかった。インガーソル嬢のことを考えていたからだ。なんだかんだいっても、ブレイスガードルの意見は正しい。ぼくが一番よく知っているのだが、彼女がグラジエラを激しく非難したのをきっかけに、事件が起きた夜にウォーターズは何をしていたのかが問題となった。さらに彼女は、ウォーターズの容疑が晴れつつあるのを見て取ると、今度はぼくを使って——今はそのことを苦々しく思っているのだが——ブレスレットの件でセーラへの疑惑をあおった。あのときのことを思い返してみよう。そうだ、ディーンがウォーターズは釈放されるだろうとぼくに話したとき、彼女は立ち聞きしていたのかもしれない——ぼくたちがテラスでその話をしていたときに、彼女がひょっこり現れたのだし。小屋で請求書を探していたとき、彼女は誰かに見つかるとは思っていなかっただろうが、ぼくに見つかったと知るや否や、状況を自分に有利にひっくり返したとも考えられる。ぼくの胸はますますざわつく一方だった。

ハンクは逃亡者の顔写真を取り出すと、それをチャールズに見せた。ローフも近づいて来て写真を見た。そして驚いたように大声をあげた。「ええっ、まさか」当惑したような声だった。「ヘンリー・クンマーですよ!」

第二十六章

ディーンは飛び上がらんばかりに驚いた。「何だって？　あなたが前に話していた男ですか？　ハヴァーズリーの遺産相続人とかいう？」

「亡くなったヘルマン・クンマーの親類かい？」とチャールズが訊ねた。「だけどこの男は受刑者、それも終身刑囚だ。人違いじゃないか」

「いいえ、人違いではありません」と弁護士がきっぱりと言った。「最後に彼を見たのは、二十年前のことです。当時よりもやせて老けましたが、ヘンリー・クンマーに間違いありません。亡きヘルマンの従兄弟で、クンマー家の最後の生き残りです。この側頭部のへこみから見分けがつくんです。彼が少年だった頃に、ポニーに蹴られてできた傷です。このときに脳に損傷を負ったせいで、手がつけられない乱暴者になったのではないかと思います。彼の消息はもう何年も聞いていませんでした。てっきり死んだか、戦死したものと思ってましたが」そう言うと、再び写真をじっと見つめた。「それでは刑務所に収監されてたんですね。終身刑で？　おまけに偽名を使っているとは。もっとも、彼は手に負えない輩でしたから驚くことはありませんがね。ヘンリーはラッキーでしたね。ヘルマン・クンマーは亡くなる三、四年前に彼のことを思い出した。でなかったら、彼の遺書は違ったものになっていたでしょう。この受刑者が遺産めあてに舞い戻ったと知ったら、亡きクンマーは墓の中でさぞかし憤慨するでしょう。ヴィックには、子どもを持った方がいいと常々言ってたんですよ」

「しかし、こいつはなぜここに来のだろう？」とチャールズ。「どういう手段を使ったのかはわからないが、ハヴァーズリーが亡くなったことを聞きつけたに違いない」

「刑務所には新聞がある。それを読んだんだろう」と保安官が推測した。

「だとしても、あえて脱獄する理由は？　遺言執行の手続きが済まなければ、ここに来ても数百万ドルの遺産を受け取ることはできないだろうに？」

「私が思うに、彼は自分がクンマーの相続人だと知らないと思いますよ。彼は外国にいたんですから。オーストラリアだったかな。クンマーが亡くなったときに手紙を送りましたが、宛先不明で戻って来ました」

「あいつは知ってたんだろう」ハンクが陰うつな表情できっぱりと言った。「刑務所内で犯行計画が練られた例は他にもある。そうだろう、ローフ弁護士？」

「だとしても彼がどうやってハヴァーズリーを殺したのか、私には見当もつきません。彼は今朝脱獄したんですから」

「あいつがやったとは言っとらんよ」とハンクは食い下がる。「クンマーの莫大な遺産を受け取るのに、障害となるのはハヴァーズリーだけだろ？　ヘンリーがダニモーラの刑務所でくさい飯を食べている間に、キャンプに共犯者を送り込んだのかもしれんぞ？」

「うちのキャンプに共犯者だと？」チャールズはショックを受けたように繰り返した。「冗談だろう、ハンク。何てことを言うんだ？」

ディーンは脱獄犯の正体を知って驚いて以降、ずっと黙っていた。彼は銅像のように立ったまま、眉間にしわを寄せて湖の向こうを見ていた。

その彼が突然口を開いた。「保安官の言う通りです。事件が起きた夜、インガーソルさんは何をしていたのか、しっかり調べる必要がありそうですね」

チャールズが後ずさりしてつぶやいた。「インガーソルさんが? ああ、何てことだ」

「犯行の際にサイレンサーが使用されたと思われますし、それを裏づける証拠もあります」とディーンは続けながらテーブルを指さした。「湖にこのサイレンサーが隠されているのを、今日の午後ぼくたちが見つけました。ハンクの言う通り、このような邪悪な道具を入手できるのはプロの犯罪者だけでしょう。サイレンサーは法律で売買が禁止されていますから、強いネットワークがあると考えられます。獄中のクンマーに直結はしないにしても、外部の共犯者とのつながりを強く示唆しています。キャンプの近くでクンマーが目撃されたという事実から、保安官の推理通り、ここに彼の共犯者がいると考えられます。インガーソルさんは当初から、次から次へと誰かに容疑がかかるような発言をしておきながら、事件の夜に自分が何をしていたか満足のいく証言をしておりません。彼女とクンマーとの関係はまだわかりませんが、ハヴァーズリーの秘書だったのですから、何らかの形でヘンリー・クンマーが彼の親族だと知った可能性がある。古くからの知り合いだったか、ハヴァーズリーの動向を監視して刑務所に情報を流していたのかもしれません。はっきりしたことは言えませんが、確信はあります。ブレイスガードル先生も同意してくれるでしょう」そう言うと、ディーンの目が真剣な表情を浮かべる老医師をとらえた。「ようやく正しい道にたどり着いた、とね」

バーバラ・インガーソルを弁護する気はなかったが、ぼくは黙っていられなくなった。孤立無援の彼女に対して、みんなが疑いの目を向けていたからだ——それぞれの顔に浮かんだ非難するような険しい表情を見ればわかる。ぼくの脳裏に穏やかで意志の強そうな彼女の顔が浮かんだ。安心を願いながら、そして幸せを求めながら、独力で道を切り開いてきた自信に満ちた女性の顔だ。ブレイスガードルが言うように、嫉妬深いかもしれないが、嘘つきではない。

「ディーン、きみの話はもっともらしく聞こえるよ。でも、きみはひどく誤解している。本当だ。インガーソルさんは大切な仕事を失ったんだぞ。彼女が捜査をかく乱するような発言や行動をしてしまったのは、警察に捕まるのではないか、次の仕事が見つからないのではないかと恐れたからだ。彼女は高潔で尊敬に値する女性だ。いかなる状況であっても、犯罪者の仲間になるような人じゃない」

すると、このスコットランドヤードの刑事は驚くほど激しく非難してきた。このような反撃を想定していなかったぼくは、すっかり圧倒されてしまった。

「いいかげんに事件から手を引けよ、ブレイクニー！　もう十分だろ。お友だちのハヴァーズリー夫人に重要な証拠について黙ってろと口止めした。きみが夜中に猟師小屋でインガーソルに会った経緯も突き止めないとね。保安官に聞けばわかるだろうが、警察の捜査を妨害することは重大な犯罪なんだぞ。ぼくからも注意しろとアドバイスしておくよ。それから、今日の午後ここで聞いた話をインガーソル嬢にひと言でももらしたら、これ以上干渉できない場所に収容されるだろうよ！」そう言い放つと、彼はくるりとぼくに背を向けた。

頭に血が上るのがわかった。何て厚かましい奴だ。あんな口調でぼくに口をきくなんて！

だが、ぼくが答える前に、誰かに腕をぐいとつかまれた。チャールズだ。「今は我慢しろ」と小声で注意された。

「でも、ぼくに対してあんな口のきき方はないだろうに」

「後生だから。な、ピート。後で決着をつければいいんだよ」

ハンクは何も言わない。こっちを見ようともしない。ディーンの批判的な態度は、自分とは関係がないと示したいのだろう。ぼくは肩をすくめると、黙ることにした。

「あのブレスレットは重要な手がかりになりそうだな」とブレイスガードルがディーンに言った。

「ブレスレットさえ見つかれば！　どこかに送ったのでなければ、彼女がどこかに隠し持っているに違いない」

「その件で、郵便局長に問い合わせたんだよ」とハンクが割って入った。「もう一週間以上、キャンプの滞在客から小包を郵送してくれとの依頼は来てないそうだ」

「じゃあ、ブレスレットはまだここにあるんだな。インガーソルの部屋を捜索するのか？」と医師がディーンに訊ねた。

主人としての責任感もあってか、チャールズは打ちひしがれているように見える。「やむを得んだろうね」

スコットランドヤードの刑事はうなずいた。「ええ。ですが、ぼくが彼女の経歴を探り出すまで、彼女に疑念を抱かれないようにしないと。今から村に行ってきます。その間、きみはどうにかしてインガーソルさんを外に連れ出してくれないか？　そしてラムズデンさんと先生は徹底的に部屋のなかを捜してください」

「わしも家宅捜索に加わろうじゃないか」とハンク。

「だめです！　ぼくと一緒に来てもらいますよ。車はまだ停めてありますか？」

「ああ」

「なら行きましょう」ディーンは振り返ってチャールズ・ラムズデンを見た。「あなたならそつなくやってくれますよね？　何はさておき、絶対に彼女に不審を抱かれないように。あとで合流しますから」

ディーンはハンクの腕をつかみ、テーブルにあったサイレンサーと箱を回収すると、勢いよく小屋を出て行った。

第二十七章

犯罪学者によると、殺人事件を引き起こす動機は三種類あるという——色恋沙汰、復讐、強欲のいずれかだ。そしてこの最後の動機は一番多いと言われている。この事件に関するぼくの推理は、ことごとく外れたと認めざるを得ない。ジョージ・マーティンという謎の男が現れ、そいつが被害者の遺産相続人であるヘンリー・クンマーだと判明。おかげでまったく新しい動機、ぼくたちが考えていたよりはるかに強力な動機が見つかった。これで自動的にフリッツ・ウォーターズとジャーヴィスへの嫌疑は晴れることとなった。というのも、真相に一歩近づくたびに、これは激情に駆られた犯行ではなく、哀れなハヴァーズリーを殺害して遺産を相続しようという、計画的かつ緻密に練られた冷酷な犯行であることが明らかになってきたからだ。

道ばたで殺人者と出会う詩を書いた詩人がいたが、彼はよくわからずにあの詩を書いたに違いない。たとえ出会っても、殺人者だと気づくことはないだろう。今ならわかるが、殺人者には際立った特徴などない。ウルフ・レイクの滞在客の一人が血を流した。ぼくたちは同じ屋根の下で食事をしたり、酒を飲んだり、休んだり、日常生活を営んだりしておきながら、犯人が誰なのか見当もつかないのだ。疑念が高まるなか、ぼくはインガーソル嬢のことを完全に誤解していたのではないかと思い始めた。どんな殺人事件にも、必ず犯人にだまされていた人が何人も出てくる。ぼくが、冷酷で良心のかけらもない女のずる賢い知恵によってだまされ、捜査の妨害すらした愚か者第一号となるのは願い下げだった。だんだん正気になるにつれて、いかなる理由であれキャンプに来るんじゃなかった、滞在客たちとも会わなければよかったと心底から思うようになった――もちろん、グラジエラにも。

チャールズとブレイスガードル医師が来たときに、アルバートは静かに出て行ったため、小屋にはぼくたち三人が残った。二人が熱心に話し込んでいるのを見て、ぼくはサイドボードに行って、ライウイスキーを一杯注いだ。ブレイスガードルはチャールズに、どうやってブレスレットを見つけるかとか、ディーンの推理に基づいて犯行が行われた時間はいつかなどと語っている。この老人は、自分が推測した犯行時間が間違いだったことを素直に認めていた。それに対して、いかにも不機嫌そうなチャールズは、ライダー嬢が聞いたという銃声が気になるようだ。銃声はしたのか、しなかったのか？　まさか妄想ではあるまいなどと話している。ブレイスガードルはあいまいに答えた。ライダー嬢は尋問されるだろう。今夜ではなく、明日にも。小屋のそばで起こした発作からまだ回復していないからだ。彼女は新鮮な空気を吸いに湖へ行こうと言い張ったそうだが、心臓は強くないという。今回の件で、すでに心臓にかなりの負担がかかっているだろうに。

チャールズがぼくに近づいてきた。「ディーンが言ったことは気にするな。彼は少し混乱しているんだよ。無理もないさ」

「グラジエラは内緒だといって、打ち明けてくれたんだ。彼女の秘密をばらすことなどできなかった」

「わかってるさ」チャールズはよき友人であるだけでなく、人間的にもすばらしいのだ。「だがなピート、今は私たちを手伝ってほしい。インガーソルさんに、きみがここで待っていると伝えてくるよ。

口実を考えておいてくれ。きみが彼女を引き留めている間に、私たちは彼女の部屋を調べるから」

「でもブレスレットが見つからなかったら、ディーンから彼女に密告しただろうと責められるだろうな。ありがたいことだ」

「ディーンは分別のある男だ。誰かは知らないが、持ち主はとっくの昔にブレスレットを捨ててしまっているだろう——私たちだけでなく、彼もそれは了解しているさ」

「チャールズ、申し訳ないけど、ぼくは関わりたくないよ」

「ディーンのことは心配するな。私を信じろ」

「ディーンじゃない。ぼくが気にしているのはインガーソルさんだ。ヴィックが彼女にブレスレットをあげたとすると、それは彼女が犯人だという証拠になるんだろうか?」

「かなり重要な手がかりにはなるだろうな。おまけに箱の件もある」

「箱って?」

「サイレンサーが入っていた箱だ。カルティエの箱だったよな? あれはブレスレットと事件が関係していることを示す証拠じゃないか? そうだろう?」

確かにそうだ。その点をぼくは見落としていた。チャールズは毅然として言った。「インガーソルの部屋を調べる。部屋にブレスレットがなかったら、母屋を探すよ。私の好きにできるのなら、彼女に白状させて、この犯罪について容赦なく非難するのだが、その役目はディーンに任せておくよ。ピート、きみは手伝ってくれるよな?」彼の目がぼくの携帯型タイプライターをとらえた。「彼女に原稿をタイプしてほしいと頼めばいいんだよ」

ブレイスガードルが口をはさんだ。「社会的義務だよ。哀れなハヴァーズリーのことも考えてやったらどうだ？　私たちにできることは、個人的な思いは二の次にして、犯人を見つけることだろうに」

「インガーソルさんに対して個人的な思いなど……」だんだん腹が立ってきたところに、ドアをノックする音が聞こえた。

ドアを開けると、引き締まった体つきのグッド巡査が立っていた。「ああ、ブレイクニーさん。保安官にブイを取って来いと言われまして」そう言いながら、彼は左目をしばたたいてぼくに目配せした。

「テラスにあるよ、フレッド。きみが大声を出さずに済むよう、釣り糸をそっちに持っていくよ」そう言うと、ぼくは長い釣り糸を持って小屋の外へ出た。

ぼくがそばへ行くと、グッド巡査はぼくの肩越しに部屋のなかをのぞき見て、手の平をさっと開いて、手のなかにあるよじれた紙片を見せると、すぐに手を閉じた。「重りはいらないそうです」そう言うと、彼は膝をついてブイからワイヤロープを外した。かがんだ際に、彼は口をわずかに動かして小声でこう言った。「ディーンさんからです。誰にも見られずにメモを渡したいので、一緒に湖に行きませんか。こっそり渡しますから」

見当もつかないまま、ぼくは言う通りにした。好奇の目が届かない木が生い茂った場所に来ると、フレッドはぼくにメモを渡して、ブイを持って桟橋へ向かった。桟橋のところで、背が高い保安官が警官たちに指示を出しているのが見える。渡されたのは、ノートを小さく破った紙片だった。学校で授業中に生徒たちがまわす手紙のように、縦に折ったあと、横に折りたたまれている。なかにはこんなメッセージが書いてあった。

彼女を擁護する気持ちはわかります。ですが、賭けてもいいけど（ドルでもポンドでも、あなたのお望みの通貨で）、彼女の部屋からブレスレットが見つかるでしょう。ぼくの予想はあたるでしょうが、このことはくれぐれも内密に。

T・D

PS　彼女は釣りをしますか？

この一風変わったメモを読んで、一種の安堵感を覚えた。スコットランドヤードの刑事は、インガーソル嬢がブレスレットを持っていることを突き止めたと、彼なりの方法で知らせてきたのだろう。あの用心深い性格からして、根拠もなしにここまで断言することはないだろう。と同時に、あの秘書に対する信頼が跡形もなく崩れ去っていくのを感じた。先ほどぼくを脅すようなことを言ったディーンが、突然こんなに愛想のいいメモを寄こしたことに当惑したものの、ぼくのなかでディーンに対する好意が回復するのを感じてほっとした。ぼくはメモを二回読むと、細かく切り裂いてうさぎの穴に押し込んだ。

チャールズと医師はいらだった様子でぼくを待っていた。「インガーソルは身支度しているところだ。あと三十分ぐらいで来る」とチャールズが言った。「夕食までに家捜しを終えてしまいたい。きみはどうする、ピート？　手伝うのか、手伝わないのか？」

「わかったよ。彼女をここに呼んでください」

それからぼくは、ウィスキーをもう一杯流し込んだ。

ここは奮起しなければなるまい。彼らに頼まれた仕事などやりたくなかったが。椅子に座りながら、庭でイエスを待っていたときのユダの気持ちがわかるような気がした。キャンプの滞在客のなかで、ぼくはインガーソル嬢にとっての唯一の友人だった。彼女はぼくに思いやりと信頼を示してくれたのに、ぼくは彼女を裏切ろうとしている——チャールズとあの老いぼれピエロのブレイスガードルが所持品をあさる間、彼女に偽りの安心感を与えてだまさなければならないなんて。だが、もう後戻りはできない。中途半端はだめだ。仕事はきちんとやり遂げなければ。どうせ彼女はブレスレットを持っているのだ——ディーンはそう確信しているし、確たる根拠もあるのだろう。これはつまり、彼女がずっと嘘をついていたということだ。だとすれば哀れむ必要などない。ぼくはもう一杯ウィスキーを飲んだ。

外から彼女の足音が聞こえたとき、ぼくはサイドボードのそばにいた。

「タイプの件で私に話があると、ラムズデンさんから聞いたんだけど」ドアのところからインガーソル嬢がぼくに呼びかけた。

「そうなんだよ。なかに入って、座ってくれないか。第三幕の前半部分なんだけど。ああ、何か飲む？」

「いいえ、大丈夫よ」彼女はテーブルに着くと、ぼくの携帯型タイプライターをじろじろ見た。「これがあなたのタイプライター？」タイプライターに挟んだ紙を見ながら、彼女が訊ねた。

「ああ」

彼女はタイプライターにさっと指を走らせた。「これ、掃除したことある？」

「ないかもしれないな」

彼女はやれやれと言わんばかりに首を振った。「あなたのような顧客がいるとメーカーはもうかるのよ。ブラシはある?」ぼくが道具箱を渡すと、彼女は袖をまくってタイプライターを掃除し始めた。

「デイヴ・ジャーヴィスはどうなるのかしら?」彼女がブラシではきながら、ぼくに訊ねた。

ぼくは肩をすくめた。「さあ。ハンクとディーンはどこかへ行ったよ」

「それはつまり、新たな発見があったってこと?」

「ぼくが知るわけないじゃないか」

「あなたのお友だちのハヴァーズリー夫人から何か聞き出したのかしら?」

「ぼくには見当もつかないね。話題を変えないか? この事件にはもううんざりだよ」

その口調からぼくのいらだちが伝わったに違いない。彼女は手元に視線を落としたまま、静かに言った。「あなたの肺の状態を考えると、ウィスキーは良くないわよ」

ぼくは声を立てて笑った。「最初は煙草で、今度はウィスキーか! ぼくの改革に乗り出そうというのなら、そう簡単には行かないだろうよ」

彼女はローラーの動きを確認しながら、口元にかすかな笑みを浮かべた。「誰かがあなたの改革に乗り出してもいい頃だと思うけど」しばらくの間、彼女は黙って掃除を続けた。「その方がいいと思うわよ。さてと、私にタイプ打ちしてほしい原稿というのは?」

ぼくはフォルダーに入った原稿を手渡した。「読んでもいいかしら?」と彼女。

「もちろん。どっちにしろ、タイプで打ち直すときに読むだろうに」

ぼくが意図したよりも、冷たい口調になってしまった。おまけにこの状況に苛立ちを感じてもいた。インガーソル嬢は振り返ってぼくをじっと見た。「煙草をもらえる?」

ぼくは煙草入れごと彼女に押しやった。「煙草は体にいいと思ってるのかい？」

彼女は笑みを浮かべた。「あら。でも私の肺は弱ってませんからね」ぼくがマッチに火をつけると、彼女は身を乗り出して煙草に火を移し、野暮ったいめがねをかけて原稿を読み始めた。

ぼくはひどく焦っていた。今頃チャールズと医師はクローゼットを開けたり、整理ダンスをくまなく調べたりしているだろう——彼らは今にもここに戻って来て、外に出ろとぼくに目配せするかもしれないのだ。緊張感に耐えられなくなったぼくは、うろうろと歩きまわり始めた。

彼女はすぐに目を上げた。「ちょっと。静かに座ってられないの？　もうすぐ読み終わるのに……」

「原稿はいいよ。後で読めるさ。話をしよう」と、そのときディーンのメモを思い出した。「きみのことを教えてよ。どんなことに興味があるんだい？」

彼女は肩をすくめた。「仕事。仕事を確保すること。どうして？」

「いや、趣味を訊いたんだよ。たとえば魚釣りとか。そういえば、きみがここで釣りをするのを見たことがないけど？」

「他の人たちと違って、私は滞在客じゃないから」と彼女は笑った。「私は働きバチなのよ。働かない雄バチとは違うの」

「でも、釣りはするのかい？」

彼女は探るような目をして笑った。「私が？　仕事しか釣ったことないわね」彼女はぼくの原稿に手を置いた。「こんな文章が書けるなんて、知らなかったわ」

「どんな文章？」

ぼくはふまじめに訊いたが、彼女は流されなかった。「序幕のラブシーンとか。とってもすてきじゃない。とてもやさしくて、本能のおもむくままって感じで。それからスティーブンがダフネに恋心を打ち明けるセリフは、心のうちをありのままに激白していて、とても熱いわね。ここを読んでいるだけでも胸がいっぱいになりそう。あなたにこんな一面があったなんて」

「妄想で自己満足しているのかもしれないよ。老いた独身女性がポルノ小説を書くみたいにね！」

彼女はため息をついた。「あなたがそんな皮肉屋でなければいいのに。あなたのような過酷な経験をした人が、理想を抱くのはすばらしいことだと——」

「若い頃の理想も、中年になったら間違いだったと気づくことがあるからね」

彼女は批判的な目でぼくを見た。「お芝居で使う分には、悪くない警句ね。でもそれは違うわ」ふと気づくと、ぼくたちは恋愛について熱心に議論していた。

インガーソル嬢はぼくをほめ、ぼくの文章をほめてくれた。おまけに彼女は落ち着いていて、話しやすくて、すぐに要点を呑み込むし、話をきちんと聞いてくれる。彼女を覆う暗い影のことを忘れたわけではないが、気づくとぼくは彼女にもっと話すよう促していた。彼女が話している間は、目覚まし時計の針が夕食を知らせる時間に向けて容赦なく進むのを見ずに済むし、呼び出されないかと耳を澄ませずに済むからだ。そんなわけで、七時ちょうどにテラスからチャールズ・ラムズデンの足音が聞こえたときは、動揺せずにはいられなかった。同じタイミングで、母屋から夕食を知らせる銅鑼の音が響き渡った。

チャールズが小屋に入ってきた。彼一人だ。表情からは何も読み取れない。彼はしっかりと自制していた。インガーソル嬢は、銅鑼の音を耳にするとぼくの原稿を集め、チャールズが現れると、急いでドアへ向かった。彼女が通り過ぎる際に、チャールズはさり気なく言った。「一緒に夕食を取ろうとピートを説得しに来たんだよ」。しかし彼女が行ってしまうと、彼は本心を現した。彼は静かに手を広げた——手のなかのそれは、夕焼けに反射してキラリと光った。

「一風変わった捜し物だったが、ようやく見つかったよ。バスルームにぶら下がっていた洗濯袋の底に隠してあった」

第二十八章

ぼくはあのはてしなく長かった夜のことを死ぬまで忘れないだろう。あらゆるディテールが記憶に焼き付いている。今でも夕食のメニューを思い出せる――レイクトラウト、チキンキャセロール、それから桃とアイスクリームにあたたかいラズベリーソースを添えたシェフの特製デザート。ブレイスガードル医師の言いつけでライダー嬢は自室で休んでいたし、もちろんフリッツ・ウォーターズの姿もなかった。だがこの二人をのぞけば、滞在客全員がそろっていた――グラジエラ、セーラ、デイヴ・ジャーヴィス、インガーソル嬢、さらには弁護士までも。ローフ弁護士はその晩泊まることになったのだ。おそらくイーディス・ラムズデンが勧めたのだろう。見知らぬ他人であるローフに愛想良く接してくれとみんなに頼むなんて、いかにも彼女らしい。女主人としての務めを果したかったのだろう。

夕食は拷問のようだった。ぼくだけではなく、全員にとっても。目を閉じるだけで、あの晩のことを鮮明に思い出せる――縦長の居間の端に楕円形のテーブルがあり、その上にはシェードつきのランプとレースのテーブルクロスが乗っている。ナイフとフォークが立てる音、それから沈黙が流れたときに、会話を始めようとする人が立てる咳の音まで聞こえてくるようだ。偶然にも、インガーソル嬢はテーブルのぼくの向かい側に座った。夕食の直前にテラスで二人でやりとりした内容を思うと、彼女もぼくと同様、こうやって向かい合うことを耐えがたいと感じていたに違いない。

チャールズに夕食に招待されたとき、ぼくは受けることにした。あの晩をインガーソル嬢と一緒に過ごしたかったからではなく、一人でいるよりも誰かと過ごしたい気分だったからだ。さらに、ハンクとディーンが帰って来たときに備えたかった。チャールズが、保安官あてにブレスレットが見つかったことを知らせるメモをしたためて、アルバートに託して村に届けさせたため、あとは彼らの帰りを待つばかりだったのだ。

ぼくが母屋に着くと、食前のカクテルは終わっていて、みんなはちょうどテラスから居間へと移動するところだった。ここに来る前に小屋でチャールズとウィスキーを一杯飲んだこともあり、アルコールはもう十分だった。かくしてぼくは喜んでカクテルを省略して、みんなの後に続こうとした。とそのとき、居間の網戸が開いて、インガーソル嬢が出て来た。彼女は取り乱した様子で訴えた。「ちょっと待って！　話したいことがあるの！」そう言うと、彼女は振り返って、開いた窓越しに明るく照らされたディナーテーブルをちらりと見ると、ぼくをテラスへと引っ張って行った。

「私の部屋が捜索されたみたいなの！」彼女は声を震わせながら何度も同じことを訴えた。「家宅捜索よ！　ああ、ピート。一体どうしたらいいの？」

ブレスレットがなくなったんだから、取り乱すのも無理はない。ウィスキーで酔っ払っていたせいか、ぼくは何も言葉が思い浮かばず、ただぼんやりと彼女を見つめた。夕暮れがテラスに忍び込もうとするなか、黒のイブニングドレスをまとった彼女は暗闇に溶け込み、顔だけが浮かび上がって見える。青白い卵形の顔にすがるような目。その目をじっと見ているうちに、彼女の瞳の奥が驚きで見開かれるのがわかった。「そのために私を家に呼んだのね？」彼女はようやく小声を絞り出すと、きびすを返して家に入って行った。

ぼくはてっきり、容疑をかけられていることを知った彼女が、口実をもうけて夕食を辞退するものと思っていた。だが、予想は外れた。居間に入ると、他のみんなと一緒にテーブルについている彼女が見えた。逃げるつもりはないらしい。この先何が起きようとも、踏みとどまって立ち向かうつもりなのだ。その勇気を感嘆せずにはいられなかった。

夕食の間、料理から顔を上げるたびに、ぼくの目は彼女の顔を探ったが、彼女は一度としてぼくの方を見なかった。ぼくのなかで再び疑念が生じた――この女性が残酷な殺人を計画して実行するはずがないじゃないか、と。不格好なめがねを外せば、落ち着いて思慮深そうな目をしているし、黒いイブニングドレスが彼女の気品を目立たせ、キャンドルライトが彼女の白くなめらかな肌を際立たせている。彼女の髪の色は、ぼくが飲んでいるシェリーグラスのなかのアモンティラード（スペイン産の辛口シェリー酒）とよく似ているな、などと考えていた。だが彼女を観察するうちに、その手首にダイヤのブレスレットが巻かれているイメージが思い浮かび、ぼくは心のなかでうめき声を上げた。ブレスレットという証拠をどうして無視できようか？

フルーツが振る舞われているとき、チャールズに電話がかかってきた。メイドが伝言を持って来たが、ぼくがいた場所は遠すぎて聞き取れなかった。だがブレイスガードルにはその内容が聞こえたらしく、すぐに席を立つと、チャールズの後から部屋を出て行った。電話をかけてきたのはハンクかディーンだろう。みんなはコーヒーを取りに席を立ったが、チャールズと医師が帰ってこなかったので、ぼくは彼らを探しに行くことにした。二人は玄関近くにあるチャールズの小さい事務所兼書斎にいた。

「困ったことになったよ、ピート。さっきディーンから電話があったんだ。彼もハンクも今夜はもう来ないそうだ」とチャールズが言った。

「ブレスレットのことは伝えたのかい？」

「もちろんだよ。だが、あの女性の調査がまだ終わっていないらしい。彼女を取り調べるのは朝になると言っていた。私はむしろ、ハンクが誤認逮捕を繰り返すのを恐れているからだと思うがね。とにかく、私たちで殺人犯に対処しなければ。とりあえず彼女の部屋の外を見張らせるよ。賭けてもいいが、彼女は監視されていると知って、自分に容疑がかかっていると感づくだろうよ。ブレスレットがなくなったことに気づいた瞬間かもしれないがな」

「いずれにせよ、彼女は家宅捜索されたことを知ってるよ。夕食前に訊かれたんだ。部屋を散らかして出てきたのでは？」

チャールズが顔を赤らめた。「ちょっと慌てて調べたからね。きみがどのぐらい彼女を引き止めておけるかわからなかったからだよ。ま、どっちも同じだよ。ディーンにも言ったが、どうせ彼女はブレスレットがないことに気づくだろうから」それから彼は憂いを帯びた口調で言った。「あの二人に何か起きたのかもしれない。ハンクはマーティンという脱獄犯が再び現れるといけないからと、三人の州警察官にキャンプ場付近をパトロールさせてくれていた。ところが、さっきアルバートが来て、この脱獄犯が鉄道を目指して南に向かっているとの怪しげな目撃情報があったため、ハンクがパトロールを打ち切ったと教えてくれた。ディーンと電話で話したとき、ハンクは近くにいなくて話せなかった。私はディーンに強く抗議したんだが、彼からは警察に口出しできないと言われてね……」

ぼくは肩をすくめた。「ということは朝までお預けか」

「まあ、そんなところだ」とチャールズが不満そうに言った。

そばに立って話を聞いていたブレイスガードル医師が、懐中時計を取り出した。「そういえば、夕食が済んだらイエローロッジに様子を見に行くと、ジャネットに約束してたんだよ。彼女の診察が済んだら、休ませてもらうよ。今日は一日目がまわりそうだったからな。おやすみ、チャールズ」「テラスまで送るよ、オスカー」とこの家の主が申し出て、ぼくたちは居間に戻った。

石造りの大きな暖炉のなかで燃えているヒッコリーの丸太を見て、夏が終わりつつあることを思い出した。広い部屋は不気味に静まりかえっている。だが静かなのは、イーディスの要望でみんながジグソーパズルを手伝っているからだとわかった。イーディスとライダー嬢が何日も前から時折ぼくたちの手を借りながら取り組んできた、千二百ピースから成る大きなジグソーパズルだ。テーブルの上のパズルを取り囲む人たちは、黙々と集中している。ブレイスガードル医師が「みなさん、おやすみなさい」と明るくあいさつしたが、みんなの返事は心ここにあらずといった感じだった。

外に出ると、気温が急激に下がった。肌を刺すような風がテラスに吹き付けてきて、落ち葉がくるくると舞い上がる。その晩は暗くて風が強く、森の木の枝がゆれるたびに、眼下にあるバチェラーバンガローの玄関の照明がちらちらと見え隠れする。そこからさらに下ると、ぽっかりと開いた暗闇のように見える湖と、小さな四角い明かりが一つ見える。湖に乗り出すようにして建つイエローロッジの窓から漏れてくる明かりだ。ブレイスガードルがそれを見て口を開いた。「おや、ジャネットはまだ眠っていないようだな。おやすみ、お二人さん！　また朝に会おう、チャールズ！」ジャケットのボタンを留めると、医師は小道を下って行った。

チャールズとぼくは居間に戻った。みんなはチームに分かれてジグソーパズルに取り組んでいる――四隅を埋めるチーム、空を埋めるチーム、人影を埋めるチームといった具合に。インガーソル嬢は、ローフ弁護士とディッキー・ラムズデンと組んでいるらしい。彼女は冷静で、いかにもジグソーパズルに夢中といった様子だ。ぼくが近づいた途端、彼女はうつむいたが、それ以外にぼくを意識する行動は見られなかった。

ぼくは、みんなの後ろに立ってむすっとしながら見守った。ジグソーパズルの一ピースがあてはまったのか、ときどき「おお！」という歓声が上がる。気づくと、ぼくはディーンのことを考えていた。ぼくたちが後にしてきたあの暗闇のどこかで、彼もまたジグソーパズルを完成させようとしている。ニューヨークやシカゴはもちろん、ダニモーラとも電話でやり取りしているに違いない。これら二つの都市の警察本部と刑務所では、職員が総出で人物照会を行なっているはずだ。そして夜が更けて報告が送られてくるに従って、ディーンのジグソーパズルは、だんだん形を成し始めるだろう——イーディスのパズルもだ。ディーンの姿が目に浮かぶようだ。彼のすらりとした手が我慢強くパズルをより分け、分析し、一ピースずつ次から次へとあてはめたり、取り外したりしながら、やがてぴったりあてはまる場所を見つけるところを。

だが、完成されたパズルから明らかになるのは、どんな絵、誰の顔だろうか？　その結果は朝まで待たなければなるまい。

それぞれの役目に熱中するみんなを見て、ぼくは邪魔する気になれず、声をかけることなく母屋を出た。

第二十九章

　ぼくは眠りという未知の海の奥深くにもぐっていたが、徐々に水面へと上ってきて目を覚ました。ぼくの口に置かれた手が、ぼくをやさしくゆり動かしている。「ピート！　ピート。起きて」ささやき声が聞こえた。小屋のなかは真っ暗で、窓の外も暗闇に覆われている。ぼくはその手をどけると、枕の下に隠し持っていた懐中電灯をつかんだ。ところが点灯した瞬間に、手から懐中電灯を奪われた。再び暗闇に覆われる。「ライトを点けないで！」と早口でたしなめられた。

　ディーンだった。

　ぼくは体を起こした。ベッドの脇に座っている人物の輪郭がぼんやりと見える。

「何時だ？」とぼくが訊ねた。

「十二時半。小声で話してくださいよ、ね？　どうしてこんな早くに寝てたんですか？」

「きみは今日は帰らないとラムズデンに言付けただろ。どうしたんだ？」

「別に。あなたさえ構わなければ、ここにいてもいいですか？　伝言を待っているので」

「何か飲むかい？」

「この暗闇のなかでウィスキーが見つかれば、一杯飲みたいですね」

「待ってくれ」ぼくは手探りでサイドボードにたどり着くと、何とかボトルとサイフォンを探し出してハイボールを作った。「ハンクも一緒なのか？」グラスを手渡しながら、ぼくは小声で訊ねた。

「もうすぐ来ますよ。じゃあ、乾杯！」ごくごくと喉を鳴らす音がして、満足そうなため息がもれた後、ひそひそ声が聞こえてきた。

「メモを受け取りましたか？」

「ああ。きみに一ドル借りができたね。一ポンドだっけ？」

暗闇のなかで忍び笑いがした。ぼくの手に彼の手の温かさを感じた。「あんなに責めたことを、根に持ってませんよね？」

「あそこまで言う必要はなかっただろうに！」

もう一度忍び笑いが聞こえた。「いや、必要だったんですよ。本当に」

「じゃあ、犯人はインガーソルさんなんだな？」

「すみませんが、その話はやめにしませんか？　眠たければ、また寝ればいいし、あるいはぼくと一緒に事件の続きが見たかったら、上着をはおってください。外はひんやりしてますから。だけど、できるだけ静かに頼みますよ」

真っ暗闇のなかで、ぼくは何とか服を集めて着替え、身にしみるような寒さに備えて、ウールのマフラーを首に巻きつけた。それからベッドの上でディーンの隣に座った。ドアの方を向いて、二人で待った。

小屋のなかが静けさに包まれるに従って、森のなかで夜行性動物が立てる音が聞き取れるようになった。水辺ではカエルがしきりに鳴き、その他にも気味の悪い鳴き声、ホーホーと鳴く声、キーキーという叫び声が突発的に聞こえてくる。夜の森のなかでは殺害と突然死は日常的に起きるが、暗闇のなかで二人で黙って待つ間、気づくとぼくはやぶのなかから何かが忍び寄ってくる姿を思い描いていた。ギラギラと光る緑色の目と、うなり声を上げる唇からのぞく鋭くて残虐そうな牙を。ハヴァーズリー殺しの犯人が夜にまぎれて犯行に及んだと思うと、ぞっとするような嫌悪感を覚える。

ディーンはピクリとも動かなかった。筋肉一つとして微動だにしなかった。てっきり彼はぼんやりしているものと思っていたが、時間の経過と共に、実際には我慢の限界ぎりぎりまで神経を張りつめているのだと気づいた。まるで競技場で位置について号砲が鳴るのを待つ短距離走者のようだ。暗闇と静けさのせいで、わずかな気配にも過敏に反応してしまうのかもしれない。すぐ脇にいる不動の人間から磁気を帯びた液体がどくどくと流れ出てきて、興奮の波となってぼくに押し寄せてくるのを感じた。そのとてつもない緊張感から、今にも叫びそうになったほどだ。だがスコットランドヤードの刑事が穏やかさを維持していたため、ぼくも何とか自分を抑制した。

そうやって座ったまま一時間ばかし経った頃だろうか。外でフクロウがホーホーホーと三回鳴いたと思いきや、すぐにまたホーホーと二回鳴いた。ディーンが立ち上がって、ぼくの太ももをぐいとつかむ。その手の圧力から「ここにいてくれ！」という彼の意図が伝わってきた。ディーンは忍び足でドアに向かうと、そのまま出て行った。

間もなくドアがきしりながら静かに開いた。ディーンはため息のような小声で「しーっ」と言った。彼が待つテラスへと出ると、芝生を横切って行くひょろりとした人影が見えた。人影は、湖の土手へと続く曲がりくねった道に向かって行く。あのやせたシルエットは見間違えようがない。ハンクだ。ぼくが彼の姿を認めたとき、彼はほんの十歩ほど先にいたが、次の瞬間には音もなく立ち去って陰鬱な暗闇のなかに呑み込まれていった。

こんな暗闇にたたずむのは、前線で過ごした時以来だ。空には月があるはずだが、上空に垂れ込める厚い雲のせいで月はぼやけ、星は隠れ、頭上の空が低く見える。黒いベルベットの布のように、夜が湖の上を覆っている。

ディーンがぼくの耳元に口を寄せた。「ハンクです。木立の向こうで明かりが灯ったら、ぼくたちが駆けつけることになってるんです。」そうささやくと、彼は桟橋を指さした。「小屋のなかからでも合図の明かりが見えるよう、ドアを開けておきましょう。重りはどこです?」

「何の重りだ?」

「ブイにつながっていた重りですよ。ここに置いていきましたよね。州警察官が持って行ったんですか?」

「いや、それはない。夕べ寝るときにはここにあった。確かに見たんだが」ぼくは床を手探りした。重りはなくなっていた。

またもやふくろうの鳴き声が聞こえた。小道の方からだ。ディーンはくるりと振り返ると、すぐさま外の階段を駆け下り、ぼくもすぐに後に続いた。小道の曲がり角で、二人の人影と危うくぶつかりそうになった。一人はハンクだ。もう一人の正体は、乗馬靴についている拍車が立てるカチャカチャという音からわかった。フレッド・グッド巡査だ。

保安官は小声でささやいた。「明かりを灯せなかったから、ここに戻って来たんだ。途中でフレッドに会った。奴らがボートで出て行ったそうだ」

「ボートだって? 誰が?」とディーン。

「何も見えませんでした。真っ暗闇だったもので」とグッド巡査が小声で返事をした。「彼らに見つかるとまずいので、あまり近づけなかったんです。あなたと保安官に注意されたことを思い出したものので。ですが、彼らがイエローロッジに戻ろうとか何とか話しているのは聞こえました。が、それからオールの音がして――」ふと、彼が片手を挙げた。「待てよ。まだ聞こえるぞ！」不気味なほどの静けさのなか、オールがオール受けにぶつかる鈍い音がぼくたちの耳にもはっきりと聞こえた。

「ボート？」スコットランドヤードの刑事が静かに聞き返した。戸惑っている様子だ。それから彼はぼくの腕をぐいとつかんだ。「わかった！　重りだ！」いらだったような小声でそう言うと、今度は保安官の腕をつかんだ。「行きましょう、ハンク。彼らの後を追わないと！」

「何の重りだ？」ハンクがいかにも鈍感そうに訊ねる。

「話している時間はありません」とディーンがどなった。「フレッド・グッド、きみは先に行ってくれ。ラムズデンの大型モーターボートのエンジンをかけてくれ」

「クルーザーのことか？」保安官が眉をひそめながらつぶやいた。「彼らに聞こえるぞ。彼らの目的が何であれ、警戒されてしまう。カヌーの方がいい。カヌーで忍び寄ろうじゃないか！」

「そしてまんまと取り逃せと？」スコットランドヤードの刑事が歯ぎしりした。「ぼくがあのクルーザーを運転しなければなりませんか？　行け、フレッド。何をぼやぼやしてるんだ？」

ディーンの叱責を機に、ぼくたち三人も小道を走り出した。もうせかされたくなかったのか、グッド巡査がすぐにぼくたちを追い抜いた。ぼくたちが桟橋に着く頃には、ボート小屋から彼が立てるブーツの音が聞こえてきた。桟橋の明かりは消えている。湖は漆黒の闇に覆われている。雨が降り出しそうな空の下、湖は細長いインクのしみのように広がっている。遠方に目をこらしたが、何の動きもとらえられない。静寂のなか、オールを規則正しく漕ぐ音だけがかすかに聞こえてくる。

暗闇のなか、ぼくたちは何とかボート小屋にたどり着いた。なかでは、クルーザーの長い船体が白くぼんやりと浮かび上がって見える。ぼくたちが駆け寄ると、グッド巡査がモーターを駆動させた。目を覚ましたモーターがすさまじい音をたてる。フレッド・グッドがすでにロープを解いていたため、ぼくたちが乗り込むや否や、クルーザーはほの暗いウルフ・レイクに勢いよく飛び出していった。

保安官はいつものような淡々とした様子で船尾に座ると、ティラーハンドルを握った。クルーザーが加速して船体が激しくゆれると、船体の真ん中に立っていたディーンとぼくは慌てて舷墻《げんしょう》につかまった。背後からゆっくり話す声が聞こえてきた。「舳先《へさき》にサーチライトがあるぞ」

ディーンとぼくは同時に前方に知らせに行こうとするも、フレッドがすでにサーチライトのスイッチをひねっていた。目もくらむようなまぶしい光が暗闇を切り裂き、夜の湖の上を左右にゆれ動いたあと、湖の中央付近に止まっているボートを照らし出した。その鮮やかな淡黄色の船体には見覚えがあった。イエローロッジに備え付けてある小型ボートだ。ライダー嬢が乗っているのを何度か見たことがある。

ボートのなかで、一人の男が背筋を伸ばして立っていた。背が低くずんぐりした体つきで、頭に縁なし帽を被っている。光がボートをとらえると男は身をかがめたが、まぶしい光に包まれると、男は背筋を伸ばしてこちらを振り返った。ボートは九十メートルと離れていなかったため、全員の目にその男の取り乱した黄色い顔とモンゴル人のような幅の広い鼻が見えた。

ブレイスガードル医師だった。しかも一人ではなかった。医師の向こうに、体を安定させようとボートの両側の手すりをしっかり握っている人がいる。ライダー嬢だった。

ボートに衝突するのを避けようとハンクが荒々しくティラーハンドルを切ると、湖が渦を巻いた。

ディーンがグッドに怒鳴った。「エンジンを切れ。早く！」グッド巡査が命令を実行しようとサーチライトを手放すと、ディーンは照明に駆け寄ってもう一度ターゲットを容赦なく照らし出した。

その次の出来事は、ほんの一瞬のことだった。モーターが止まると、ひゅうと音を立てながら何かがぼくの耳をかすめ、水しぶきが上がる音がした。木造の船体に銃弾が一発撃ち込まれ、銃声がさらに三発轟いた。岸を出てから、クルーザーは猛スピードでボートを追ってきたが、サーチライトが敵を見失うことはなかった。ディーンのおかげだ。銃弾の雨が降り注ぐなか、彼は甲板室でうずくまりながらもサーチライトをしっかりと相手に向けていた。その照明のおかげで、クルーザーがボートを追い越した際に、ブレイスガードルの顔がはっきり見えた。彼の手に握られた銃から立ち上る煙、怒りに燃える顔、照明によって浮かび上がるしわの一本一本まで、怒りに満ちあふれていた。次の瞬間、ぼくの耳元で爆発音がして、耳が一瞬聞こえなくなった。サーチライトがほんのわずかにボートを見失った瞬間、ブレイスガードルは漕ぎ手座から崩れ落ちて、ぼくたちの視界から消えた。

ぼくはさっと振り返ると、ハンクが立っていた。膝でティラーハンドルを操作しながら、その右手にはリボルバーが握られている。空に向けられた長い銃身からかすかに煙が立ち上っている。サーチライトの反射光に照らされて、ハンクの精悍な顔が塑像《そぞう》のように見え、あごがリズミカルに動いていた。

ハンクが再びティラーハンドルを動かすと、ぼくたちの体ががくりと内側へゆれた。「みんな、銃を構えろ。わしも一緒に行く」とハンクが無表情で指示を出した。

ディーンがサーチライトを放すと、光条が大きく流れた。クルーザーがボートに寄せる間に、彼は自動拳銃を握り、ボートをつかまえようと待ち構えた。

ぼくは船首に移動すると、サーチライトをつかんでボートを照らした。ブレイスガードルはずた袋のように船底に横たわっている。縁なし帽は吹き飛んだらしく、はげ頭が照明にあたって象牙のように輝いていた。船内には血だまりができている。

ライダー嬢は膝に置いた手を軽く握りしめ、背筋を伸ばし、女教師のようにとりすました様子で座っていた。表情はこわばり、唇は固く結ばれている——彼女が動くのは、まぶしい光にまぶたをしばたたかせるときくらいだ。「おい、おまえ。こっちへ来い」ディーンが乱暴に話しかける。ライダー嬢はすっくと立ち上がると、いたって落ち着いた様子でスカートの裾をたぐり寄せた。それからうつぶせに倒れている医師のそばの座席に足をかけると、ディーンの手を取ってクルーザーに乗り移ってきた。

ディーンが肩越しに言った。「フレッド、手錠を！」ぼくが身を乗り出してボートを安定させると、ディーンはボートに乗り込んだ。現場は昼間のように明るい。ディーンは倒れている男にかがみ込んで、頭を持ち上げたかと思いきや、突然作業をやめた。

「どうした？」ぼくのそばに立っていた保安官が言った。

「目玉を貫通してます」そう言うと、ディーンは医師の体を抱きかかえて、ボートの端へと引きずってきた。「どなたか手伝ってください。見せたいものがあります」ハンクとぼくは身を乗り出して医師をクルーザーに運び入れて、シートに横たえた。医師の顔はつぶれていた——明らかに死んでいる。

「ハンク！　ちょっとこっちに来てください」ディーンが静かに呼びかけた。

そのとき、医師の体の下に隠れていたものの正体がわかった。レインコートで半分覆われているものの、床の上には男の遺体が仰向けに横たわっていたのだ。両目は飛び出し、舌はだらりと口からはみ出ている。その首には、光沢のある絹のような細い紐が肉に食い込まんばかりにきつく巻きつけられ、手首にはワイヤーが巻かれている。しかもそのワイヤーの一端には、ぼくの小屋から消えたあの重りがついていた。

ディーンはひざまずいて遺体の首を動かして、顔の右側をこちらに見せた。「見てください」とこめかみを指さす。

サーチライトに照らされて、紫がかった傷跡がはっきり見えた。

背後からしわがれ声が聞こえてきた。ライダー嬢が沈黙を破ったのだ。ライダー嬢はクルーザーの中央に立ち上がった。両手を握り合わせ、猿のような顔には冷酷な表情が浮かんでいる。「ふん！身から出たさびってやつだよ、この薄汚いゆすりめ！」

第三十章

ディーンはくすっと笑うと、ボートのもやい綱をグッド巡査に投げた。「さあて、それはどうかな、アギー」そう言うと、彼はクルーザーによじ登って船内に乗り込んだ。

「アギーなんてどっから出てきたんだい？」とライダー嬢がしわがれ声で言い返した。「私の名前はジャネットだよ」

ぼくは興味を持って彼女を観察した。友人が銃撃されて死んだことなど気にしていないように見える。日焼けした小さな顔は無表情で、その小さな黒い目は、イエローロッジから母屋に食事にやって来るときと同じように穏やかで鋭い。だが、その態度には微妙な変化が見られた。その仮面の下には、冷酷で挑戦的で用心深い本性が隠れている。それをぼくが見抜いたのは、昨日の午後に一瞬だけ彼女の仮面がはがれて、非情で意地悪な老婆の一面が見えたからだ。今なら、あのとき彼女が卒倒した理由がわかる。みんなはディーンが立てた銃声が原因だと思ったが、そうじゃない。ジョージ・マーティンがダニモーラを脱獄したと、チャールズが言ったからだ——そしてその不運な悪党は、今や絞殺されてボートに横たわっている。

ディーンは首を振った。「ずっとジャネットだったわけじゃない。本名はアグネス・ボネットで、ダンベリーという盗品売買業者と結婚した。そしてその時に、シカゴ郊外で医者をする傍らで、ひそかに密売組織を動かすブレイスガードルと出会った。二十年前にダンベリーが逮捕されて刑期をくらうと、おまえは時々ブレイスガードルと組むようになった。それが一九三〇年のことだ。ところが世界恐慌で景気が悪くなり、医薬品の密売がもうからなくなったため、ブレイスガードルは東海岸に引っ越して貸金業を始めた。なかなかの名案だったな。ペラムの静かな別荘に住む元医者の老人と、その年上の女友だちが、まさか『投資家相互支援』だの『ブルックリン再保険会社』などの貸金業者と関係しているとは、誰も思わないだろうから」

「確かに先生とは古くからの友人さ。それは否定しないよ。だけどね、私は先生の仕事とは無関係だし、先生がどうやってお金を稼いでいたかなんて見当もつかないよ」

「ブレイスガードルが今も犯罪者に融資していたことは？　または、彼が経営する怪しげな銀行が、東部にある大規模な犯罪組織を支援していたことは？」

「知らないって言ってるだろ？」

「おまえ自身も何度か刑務所に入れられたことは否定すまい？」

彼女のしわだらけの顔が、陰影を濃くしたような気がした。「だとしても、それがこの事件と何の関係があるんだい？　こけおどしは効かないよ。あんたは私に不利な証拠を持っちゃいない。それは自分でもわかってるだろ」

ディーンは眉を寄せて首を振った。「あんたはもう若くないんだよ、アグネス。記憶が衰えている。『ジャネット・ライダー』は、あんたの偽名の一つにすぎない。それを忘れてたんだろう？　だがおまえの夫、エド・ダンベリーは忘れてはいないぞ。知っての通り、彼は今もシンシン刑務所にいるし、何もかも憶えている」

それを聞いて、彼女は押し黙った。ディーンは振り返った。湖畔では明かりがいくつもゆらめいている——銃声を聞いて、キャンプのみんなが起き出して来たのだ。床にはシートにくるまったブレイスガードルの死体が横たわり、あのぞっとする荷物を積んだボートを牽引しながら、クルーザーは桟橋へと向かった。

ぼくが甲板室のそばに立っていると、誰かの腕がぼくの腕にあたった。

「仲直りしませんか？」とディーンが言った。

ぼくは笑い声を上げた。「きみがぼくをあんなに非難したのは、単なるカモフラージュだったんだな。今夜は戻らないとにおわせたかったんだろ？　でも、どうしてインガーソルさんを利用したんだ？」

「彼女も容疑者だったし、ブレイスガードルは彼女が怪しいと言い張ってましたからね。それに、チャンスがあれば、あいつがすぐさま彼女の部屋にブレスレットを仕込むだろうと思ってましたからね」

「じゃあ、あのメモの文面は何だったんだ？　あのときにはすでに、ブレイスガードルがブレスレットを持っていると気づいてたんだろ？」

「あいつが持っていなかったら、ぼくの推理は間違っていることになりますからね」

「どうしてぼくを怒らせたあとに、メモをくれたんだ？」

ディーンが笑った。「プロとしてのプライドですよ——インガーソルさんのようなすてきな人が、こんな極悪非道な陰謀を企てた張本人だと思うほど、ぼくは浅はかではありませんよ。それをあなたに知らせたくてね」ぼくは顔が赤らむのを感じたが、薄暗かったおかげでディーンに気づかれずに済んだ。

「おまけに、気さくなメモを書いておけば、友情にひびが入っていないと伝わるだろうと思ったんです」彼はくすりと笑った。「まったく、ぼくが小屋に忍び込んだときのあなたの顔ときたら！　あの瞬間、あなたに殴られるかと思いましたよ！」

「どうして、インガーソルさんが釣りをするかを知りたがったんだ？」

「彼女は共犯者の可能性がありましたからね。ブイのワイヤロープは『テグス結び』で結ばれてましたし」

「ブレイスガードルは釣りをしてたな——だからあいつに疑いの目を向けたのか？」

ディーンは首を振った。「いくつか推理は立てていました。推理が具体的化したのは、サイレンサーが見つかってからです。あれを見て、この事件には黒幕がいるとわかったんです」

「どうやって？　説明してくれよ」

ディーンは笑った、「またあとで。今は時間がありません」

ぼくはグッド巡査の隣に座っているライダー嬢に目をやった。「彼女、自白すると思うか？」

彼は憂うつそうな表情を浮かべた。「しゃべるでしょうが、真実は話さないでしょう。ぼくの推測が正しければ、あのばあさんは組織の参謀だった。ブレイスガードルは大ざっぱな性格だった。だから失敗したんでしょう。ライダー嬢の唯一の失敗は、古い名前を使っていたことです。今の彼女は死刑を逃れることしか頭にないし、運がよければ逃げおおせるでしょう。抜け目のない女ですからね。隙間を埋めていくことでしか、真相にはたどり着けないでしょうね」

それ以後のぼくの記憶は、ゆれ動く懐中電灯、怯えたような声、クルーザーを停泊させたあとにボート小屋の高い屋根の下で響き渡る靴音などのイメージで混沌としている。毒々しいだけのあいまいな記憶のなかで、あのなつかしいチャールズが恐怖で目を見開きながら顔をこわばらせていたのを憶えている。だがチャールズの簡素で小さな事務所で、ディーンが白い顔を紅潮させながら話してくれたことは、ぼくの記憶に鮮明に刻まれている。ディーンの手には、村の州警察官が保安官あてに持ってきた電報が握られていた。彼を取り囲んでいたのは、ハンク、チャールズ、ロープ弁護士、そしてぼくだった。

ディーンは、電報を見せて説明してくれた。「今夜、ニューヨーク市警がブレイスガードルの秘書、マニー・ベンソンからこんな陳述書を受け取ったそうです。陳述書によると、何年か前にアル中のやくざ者だったジョージ・マーティンがお金を貸してくれと頼み込んで来たそうです。シカゴにネットワークを持つブレイスガードルが彼の身元を照会したところ、マーティンがヴィクター・ハヴァーズリーの遺産相続人だと判明しました。もっとも、マーティン本人はそのことを知りませんでしたが。彼は酒やドラッグで酩酊状態にあることが多かったからです。そのせいか、わずかな金額の見返りに、ヘルマン・クンマーの遺産相続権をブレイスガードルに委譲しないかと提案されると、彼は嬉々として書類に署名したそうです。次に正気を取り戻したとき、マーティンはあらぬ罪を着せられて刑務所に入れられていたそうです。その陰謀の首謀者が誰なのかは、言うまでもないでしょう」

ディーンは一呼吸おいた。「この情報をもっと早くつかんでいれば、この哀れな男の命を救えたかもしれません。マーティンはブレイスガードルに会うためにここへ来たのだとぼくは確信していたものの、彼をブレイスガードルの仲間だと思っていました。まさか被害者だったとは。パトロールを解除したふりをして、彼らをまとめて捕まえようとしたんですが。残念ながら八時半に保安官が州警察官を招集したときは、マーティンはすでにイエローロッジにいたのでしょう――夕暮れ時に忍び込んだものと思われます。われわれは、夕方頃からブレイスガードルの部屋とイエローロッジの両方を見張る計画でした。マーティンの正確な殺害時間は、ライダーさんが教えてくれるでしょう。グッド巡査が、今日の午前一時半にブレイスガードルが自室を出てイエローロッジを訪れるのを目撃したのですが、その頃にはマーティンは死んでいたに違いありません。ライダーさんを連れて来ましょう。ハンクが彼女を連れて来る間に、あなたは――」ディーンはチャールズを振り返った。「彼女の犯罪歴をお読みになりますか。ニューヨークとシカゴの警察から送られてきたブレイスガードルに関する記述もあります」ディーンはポケットから電報の束を取り出すと、チャールズの目の前で広げた。

警官たちがライダー嬢を連れて来た。手錠はかかっていたが、堂々として威厳がある。おまけに打ちひしがれたチャールズなど眼中にないといった様子だ。ハンクはお決まりの警告を伝えたが、ライダー嬢は落ち着いた様子で、陳述する準備はできていると言い放った。

「私の過去はとっくに洗い出したんだろ」とライダー嬢がしわがれ声で話し始めた。「どうせ否定するだけ無駄だろうね。でもね、私が最後に問題を起こしたのは十年も前のことだし、それ以来まともな生活を送ってきた。偽名を使ったからといって、犯罪にはならないだろうに。私は無実だよ。むしろ邪悪な悪党の被害者なんだ。先生はいつもまんまと捕まらずに逃げおおせた。だけど先生は私の犯罪歴を知っていたから、私は先生の言いなりだったんだよ」ここで彼女は深く息を吸い込むしぐさをした。「神はすべてご存じだろうけど、今回の件は最初から最後まで先生が考えたことさ。あの卑劣なマーティンを絞め殺したのは先生だし、もちろん能無しのハヴァーズリーを殺したのもね」

ぼくはしげしげと彼女を観察した。このような状況のせいか、彼女の仮面はもろくも崩れ去っていた。その口からは、裏社会で使われている隠語が滑らかに出てくる。蛇が脱皮するように、彼女は仮面を脱ぎ捨てていた。そこにいるのは、セントラル・パーク・ウエストに住む上品な独身女性ではなかった。犯罪者の妻にして別の男の愛人でもある、アギー・ダンベリーというぼくたちの知らない人物だった。

第三十一章

ディーンの言う通りだった。ライダー嬢は、二つの殺人事件の詳細を含めて、自分にとって都合がいい話は実に正確かつ鮮明に憶えていた。彼女の供述によると、ブレイスガードルこそが張本人で、彼女は無理やり陰謀に加担させられていたのだという。陰謀など何も知らなかった。ブレイスガードルからウルフ・レイクではこう振る舞えと指示されたので、その通りにした。彼が企んでいるのは投資詐欺か何かだと思っていた。実のところ、彼女が事態の深刻さに気づいたのは、ハヴァーズリーが死んだと聞かされたときだった。事件があった日曜の夜九時四十分頃、二人で一緒にテラスでチェスをしていると、ブレイスガードルがちょっと行ってくると言って席を立った。そしてもしも誰かに訊かれたら、「ずっと先生と一緒にいました」と答えるようにと約束させられた。ブレイスガードルが帰って来て、ハヴァーズリーが自殺したと聞かされたとき、彼女は彼を救うためにもっともらしいアリバイをひねり出さねばならなかった。すべてをやったのは彼で、彼女がこの事件で唯一関わったことは、ブレイスガードルの命令通りに嘘の供述を繰り返すことだけだった。サイレンサーのことなど何も知らなかったし、ブレイスガードルがブレスレットを盗ったことも聞いていないと主張した。

彼女がジョージ・マーティンに会ったのは何年か前のことだ。ブレイスガードルの家で見かけたのだが、「まれに見るほどの飲んだくれ」だったそうだ。マーティンとブレイスガードルは口げんかになり、その結果マーティンは刑務所に収監された。ライダー嬢は、マーティンがヴィクター・ハヴァーズリーの遺産相続人だと知らなかった。マーティンが脱獄してキャンプ付近で目撃されたと聞いて、彼女はマーティンが先生と決着をつけに来たのだと思い、警戒していたのだという。

「九時ぐらいの、辺りが暗くなり始める頃だったか」とライダー嬢が言った。「イエローロッジのベッドで横になっていると、居間から誰かの足音が聞こえた。なかにジョージ・マーティンがいたんだよ。白髪が増えてやせて、おまけにしらふだったから、別人のように見えた。でもすぐにマーティンだとわかったし、向こうも私を憶えていたよ。『何も訊かないでくれよ、アギー。ちょっと食べ物をくれ、それから二、三日ここに泊めてほしい。おれの食事を用意したら、オスカー・ブレイスガードルを連れて来てくれ。奴とちょいとビジネスの話がしたいんでね』とマーティンは言った。そんな話をしている間に、ブレイスガードル先生が部屋に入ってきた。マーティンを見た途端、凍りついてたよ――まさに、口もきけないほど驚いてたね。マーティンは大声でこう言ったんだ。『おや、これはこれは、なつかしき友よ！　こっちに来て大金持ちと握手してくれよ、先生！』それから先生は、私に席を外せと言った。少しすると、先生が居間から出てきた。マーティンのために、自分の部屋からウィスキーを取って来ると言ってた。私の部屋には酒は一滴もなかったからね。先生はすぐに戻って来て、居間に入ってドアを閉めた。私が眠っていると、先生が寝室に入って来た。先生は『ジョージは眠っている。起こすなよ』と言いながら、私に鍵を渡した。ジョージを閉じ込めたんだよ。『もめてるのかい？』と私が訊くと、『かなりね』と言われたよ。ジョージは先生を脅迫しようとしたらしい。あいつはそういう悪党なんだよ。先生は、あとで戻って来る、ジョージを少し休ませたあと話し合うと言った。それから先生はさっさと出て行き、私も眠ったんだよ」

ライダー嬢は、ここで初めて一息ついた。それからその小さな目の隅からみんなの様子をうかがい、ぼくたちがどう思ったかを推しはかろうとした。誰も何も言わないのを見て、彼女はすぐに話を再開した。「どれだけ眠ったかわからないけど、目が覚めるとブレイスガードル先生がそばにいたんだよ。着替えろと言われた――湖に行くから、手伝ってくれってね。時計を見ると一時半だ。そんな時間に外へ出るなんて、どうかしてるって言ってやったさ。すると先生は居間のドアの鍵を開けて、こっちを振り返った。『ちょっとこれを見てくれ』ってね。部屋のなかで、マーティンがソファの上で死んでたんだ。喉元には先生の赤と青のネクタイが巻きつけてあった。私はへたり込みそうになったよ。これはあんたが自ら招いた問題だ、自分で何とかしなさい。あんたのせいでこっちの身まで危ないじゃないかって叱ってやったよ。だけど先生は仕方がなかったって言ってた。ジョージがしゃべったら、二人とも電気椅子送りだったんだってね。物音一つたてずにどうやって殺したんだって訊いたら、ジョージの飲み物に何かを入れた、そのあとは簡単だったってさ。先生は鉄の塊を持って来てた。これを死体にくくりつけて沈めるんだと言って、私にマーティンをボートに運ぶのを手伝わせたんだ」

ライダー嬢がこの身の毛もよだつような話を無表情でよどみなく語ったために、さらに恐ろしさが増した気がした。ディーンは正しかった――射すくめるような目をしたこの冷酷な老女こそ、この陰謀を計画した張本人に違いない。彼女の話を聞くうちに、これまでの経緯を思い出し、いろんな段階で見えない手によって捜査がかく乱され邪魔されていたことに気づいた。事件があった日曜の夜、ぼくたちが居間でブリッジをしていると、ライダー嬢が冷たい水を取りに来たっけ。そのときに暖炉の上の時計を見ると十時だったのを鮮明に記憶している。あれは、ブレイスガードルが小屋で残虐な任務を終えて帰って来て、すぐのことだったと考えられる。彼女はぼくにピッチャーをテラスに持って来させ、先生は駒を一回動かすのに二十分もかかると言って、ぼくの前でブレイスガードルをからかっていた。二十分――ということは九時四十分にブレイスガードルがテラスを出て、戻って来たということか。これで彼女が水を取りに来た理由がわかった。正確な殺害時間が明らかになった場合に備えて、ブレイスガードルがチェスをしていたというアリバイを作ろうとしたに違いない。

犯行が練られたのは何カ月も前だろう。彼らは絶好の機会が来るのを虎視眈々と待っていた。ぼくの芝居のリハーサルで一悶着あったのを見て、殺害を実行する日が決まったのだろう。そう思うとショックだった。自殺が偽装だとばれた場合は、ウォーターズが一番有力な容疑者に見えただろうから。実際にウォーターズが怪しいと最初に指摘したのはインガーソル嬢だったが、あれは単に二人の主犯より先に口出ししたに過ぎないとぼくは思う。

今思い返すと、彼らの痕跡が見えてくる。ディーンが自殺説を否定すると、ブレイスガードルはディーンの信用を傷つけようとした。ライダー嬢がぼくの小屋に来たのは、ディーンがどこまで突き止めたのかを探り出すためだ。ブレイスガードルがやたら首を突っ込んできたことや、チャールズと親しいのをいいことに、あらゆる捜査現場に居合わせていたこと。デイヴ・ジャーヴィスに罪をなすりつけようとしたこと。そしてうまくいかないと知ると、今度はインガーソル嬢をターゲットにしたこと。サイレンサーを箱に入れて湖に沈め、その直後に彼女の部屋でブレスレットを発見して、彼女に容疑をかけようとしたこと――イーディスが取り組んでいたジグソーパズルのように、一つ一つの陰謀が適切な場所にあてはめられていく。

だが、ぼくが何よりも思い知らされたのは、ブレイスガードルのやり口ではなく、女のずる賢さだ。といっても実行面ではなく、計画面においてだ。ブレイスガードルはライダー嬢の操り人形だった。彼女はずっと背後から彼を操っていた。ディーンが言ったように、彼女はへまをするような人間ではない――それは彼女の強く抜け目のない断固とした表情からもうかがえる。彼らが破滅したのは、医師が間違いを犯したからだ。「テグス結び」で結んだことと、ディーンがしかけた罠にはまってブレスレットをインガーソル嬢の部屋に仕込んだことだ。どういうわけか、ライダー嬢がそんな罠にはまるところはぼくには想像できなかった。

ライダー嬢がわれわれに訴えようと手を動かしたとき、手錠がカチャカチャと音を立てた。「これが事件の一部始終だよ。嘘偽りのない真実。だから私を助けておくれ！」

ドアをノックする音がして、グッド巡査が顔をのぞかせた。「保安官、スプリングズビルからお電話です。地方検事が彼女を引き渡してもらえるのか確認したいそうです」

「すぐに連れて行く」とハンク。「フレッド。彼女を車へ連行してくれ」

ライダー嬢がすくと立ち上がった。「ニューヨークの弁護士に電話をかけさせておくれ」と威厳を漂わせながら言った。

「刑罰から逃れるために、やり手の弁護士がほしいんだな」と保安官が淡々と言った。

「真実を話したじゃないか――私に他に何をしろと？」

「あんたの供述が正しいかブレイスガードルの意見を聞きたいところだね」

ここで初めて、彼女のしわだらけの顔が怒りで真っ赤になった。「彼が死んだのは私のせいじゃないよ、この大間抜けが！　あんたの運が悪いからだろうが」

「わかったよ。フレッド！」そう言いながら保安官が親指でドアを指さすと、グッド巡査がさっさと彼女を部屋の外へ連れ出した。

「彼女は運が良かったな」彼女の後ろでドアが閉まると、ディーンがつぶやいた。

「いやいや、保安官の弾が運良くあたったからですよ」とローフが言った。

ディーンが笑った。「彼女が無罪を勝ち取ったら、ハンクに借りができますね」

「待てよ、トレヴ。あの男はこっちに撃ってきたんだぞ。だから撃ち返すしかなかったんだ」

スコットランドヤードの刑事は、保安官の背中を軽くたたいた。「その銃弾じゃありませんよ。二発目の銃弾の話をしてるんです」

「だが、わしは一発しか撃っとらんぞ」

「だからですよ」とディーン。

「もう一発撃つべきだったと言いたいんでしょう」とローフ弁護士がまじめな顔で言った。

第三十二章

その後、ぼくたちは解散した。他の人たちはハンクや容疑者と共にスプリングズビルへ向かったが、ぼくはこっそり小屋へ戻った。疲れていたし、肺も痛かったからだ。居間には煌々と明かりが灯っている。滞在客たちが集まっているらしい。ぼくは彼ら、特にインガーソル嬢と会う気になれなかったこともあり、寝ることにした。

その晩はひどい目に遭った。咳がなかなか止まらず、ようやくうとうとしたかと思ったら、今まで一番恐ろしい戦場の悪夢を見た。死体が幾重にも重なった塹壕を襲撃する夢。独軍の鉄カブトを被ったブレイスガードルらしき男から、マシンガンで攻撃されつづける夢。遠くの物音で目覚めると、部屋は日光で明るく照らされていた。開いた窓から、ディーンのボートがうちの小さな桟橋に近づいて来るのが見えた。時計を見ると、九時半だった。

ぼくは疲労でぐったりしていたし、肺の調子も最悪だった。間もなくディーンが現れた。ぼくは起き上がると言ったが、ディーンは聞き入れず、朝食を二人分作ると言い張った。彼は一睡もしていないと言ったが、青のサージのスーツとおしゃれなグレーの帽子を被ったその姿は、花婿のようにさわやかだ。朝食を取りながら、ディーンが最新情報を教えてくれた。ウォーターズはすでに釈放されており、スプリングズビル駅でグラジエラとローフ弁護士と落ち合って一緒にシカゴに戻ることになっている。そのグラジエラとローフ弁護士だが、ヴィクターの遺体を埋葬するために、キャンプを八時に出発したそうだ。ライダー嬢は供述書に署名して、郡刑務所に収監されている。現在は、地方検事による反対尋問を待っているところだという。

「検事にとってはやっかいな仕事ですね」とディーンが達観したように言った。「あの老嬢には腕のいい弁護士も顔負けだろうし、死ぬまであの話を主張し続けるでしょうね」

「ってことは、ハヴァーズリーとあの男を殺したのがどちらなのか、わからないってことか？」とぼくはぜいぜいとあえぎながら言った。

「マーティンは二人で殺したのだと思います。飲み物に薬を入れるという天才的なアイデアはあの女の思いつきでしょう。ぼくが思うに、ハヴァーズリーはブレイスガードルが一人で殺したのでしょう。ライダーさんだったら、絶対にインガーソル嬢の部屋にあんなやり方でブレスレットを仕込まなかったでしょうからね。彼女はブレイスガードルがブレスレットを持っていることも知らなかったんじゃないかな」

「つまり、ブレイスガードルが戦利品としてこっそり盗んだってことか？」

「まさにね。ライダー嬢は、セーラかインガーソル嬢のどちらかがブレスレットを持っていると思った。ブレイスガードルは、箱しか見つからなかったと嘘をついたに違いない。ここで我らが友人アギーは、ブレスレットが入っていた箱にサイレンサーを入れるという、巧妙なアイデアを思いついた。こうすれば、サイレンサーとブレスレットを関連づけて、ブレスレットの持ち主を犯人に仕立て上げられますからね」

「今回やっかいだったのは」ディーンがコーヒーを飲みながら続けた。「ぼくたちが最初に立てた前提が間違っていたことです。それも一つではなく、二つも間違っていました。ハヴァーズリー殺しは偶発的な犯罪、少なくとも痴情のもつれによる犯罪だと思ったこと。それから、利害関係がなさそうな目撃者の証言を鵜呑みにして、犯行が十一時過ぎに行なわれたと信じてしまったこと。ぼくは、最初からブレイスガードルを怪しいと思っていたわけではありません。だけど、彼が死亡推定時間を判断したときはびっくりしましたよ――そう簡単に判断できないものなのに。銃声を聞いたというライダーさんの証言を考慮すると、驚くほど正確に言い当てましたからね」

「だからランプで実験をしたのかい？」

ディーンは笑った。「実を言うと、それは関係ありません。いつもの手順に従っただけです。ブレイスガードルとライダーさんが間違っていると確信したときですら、急いで彼らのアリバイを調べようとは思わなかったし。これは痴情に駆られた犯罪だと思い込んでいたから、気づかなかったんです。だけどランプの実験が示すように、殺害がもっと早くに起きていたのであれば、サイレンサーでも使わない限り銃声が聞こえたはず。だけどぼくは、このギャングの小道具であるサイレンサーと、このキャンプの豪華な雰囲気とを関連づけることができなかった。ここでぼくは、最初の前提は正しかったのかと疑問を抱くようになった。それでハヴァーズリーを取り巻く環境をもっと調べようと思い、ローフ弁護士に会いに行ったんです」

ディーンはパイプを取り出して煙草を詰めた。「弁護士の話から、この殺人事件にまったく新しい動機があることがわかりました」ディーンは灰皿にマッチを押しつけながら続けた。「ぼくのなかで埋もれていたブレイスガードルへの疑惑や、ライダーさんの証言との奇妙な一致が、気になり始めたんです。そこでまず、銃声を聞いたというライダーさんの話が正確かどうかテストしようと思いついた。その結果はあなたも知ってますよね。それからハヴァーズリー夫人の証言がありましたが、こちらもぼくが正しいことを裏づけるものでした。それでも、ぼくはまだ真犯人に思い至らなかった。目撃者は実に変わったことを思い込むことがありますからね。ぼくの方向性が間違っていないと確信させてくれたのは、ブレイスガードル本人だったんですよ」ディーンは煙草の煙を吐き出した。

「どうやって？」

「昨日の午後、ぼくたちがサイレンサーを見つけたあと、ブレイスガードルはあなたの小屋まで様子を見に来た。最初はぼくたちに探りを入れている感じでした——もっとも、詮索好きな老人だから、いかにも彼らしいと思いましたがね。次に、彼はすぐにあれをサイレンサーだと見抜いた。これはつまり、彼がああいった道具を知らないわけではないことを示しています。サイレンサーを知っていたからといって、容疑が固まるわけではありません。だけどブイにテグス結びがされているのを見て、注意深く彼を観察するようになったんです。しばらくの間、彼はジャーヴィスが犯人だと言い張った。だけどハンクがインガーソルさんに不利な事実を見つけると、彼はまたたく間に主張を翻して、ウォーターズが怪しいと最初に言ったのはインガーソルさんだと言い出した。彼の発言を聞いて、ぼくは何となくこれまでのやり取りを振り返ったんです。この事件は、ある種のリズムに乗って展開されていることに気づき始めた、と言ったらわかってもらえるでしょうか」

「わかるよ。昨日の晩、ライダーさんの供述を聞きながら、ぼくも同じことを考えた。容疑者が消えるたびに、新しい容疑者が浮かび上がる——そう言いたいんだろ？」

彼はうなずいた。「話がスムーズに展開しすぎたんですよ。物事はそううまくはいかないのに。ジャーヴィスへの容疑が濃厚になったと思いきや、サイレンサーが見つかった。しかもそれがカルティエの箱のなかに入ってたから、事件とセーラとの関係が浮上。だが、ハンクがインガーソルさんへの疑惑を口にした途端、ブレイスガードルはその推理を支持した。また新しい事実が見つかるに違いないとぼくは確信した。そして、ブレイスガードルがインガーソルさんの部屋を捜査しようと言い出したとき、ぼくは、彼が彼女の部屋にブレスレットを隠すと確信しました。犯行の現場が目に浮かぶようだった。ぼくは彼を泳がせておいて、すぐにハンクの電話を使って、ニューヨーク、シカゴ、ダニモーラなど、思いつく限り片っ端から電話をかけた。全員が尽力してくれたんですよ。そして結果は知っての通りです」ディーンは一息つくと立ち上がった。「さてと、ピート。お別れの時間です。ぼくは午前発の列車に乗ってニューヨークへ向かい、明日の午後にイギリス行きの船に乗るつもりです」

咳の発作が起きて、呼吸困難で何も話せなくなった。

「まったく、ひどい咳ですね」

「煙草の吸いすぎだ」とぼくは息を切らせて言った。

ディーンはまじめな表情でうなずいた。「さっきインガーソルさんもそう言ってましたよ。ここに来る途中、桟橋で彼女に会って立ち話をしたんです。すごくすてきな女性じゃないですか、ピート。彼女と結婚して落ち着いた方がいいですよ！」

「ぼくなんてご免だろうよ。昨日あんなことがあったしね」

ディーンは笑った。「ばかを言わないでください。今となっては彼女も、悪いのはぼくだって理解してますよ。いずれにせよ、彼女はすべての男は弱くて無力な生き物だと思ってますよ。それじゃあ。急がないと、列車を逃してしまう！」

ぼくたちは握手を交わした。突然胸の痛みがひどくなったため、ぼくは目を閉じた。

再び目を開けたとき、ディーンはすでにいなくなっていて、代わりにインガーソル嬢が立っていた。

「タイプした原稿を持って来たわ。昨夜やっておいたの」

「ありがとう」ぼくは何とか小声でお礼を言った。「これで戯曲に取りかかれるよ。執筆が大幅に遅れてててね」ぼくは掛け布団をどけようとした。

が、彼女が力強くぼくを押し止めた。「動いちゃだめよ。咳が治ったら、私が口述筆記を手伝うわ。まずはこの部屋を片付けて、あなたの肺の通りがよくなるようにレモネードを作るわね」

遠くの方から、ディーンのボートが遠ざかっていく音が聞こえる。今日の朝は静かでさわやかだ。開いた窓から、ウルフ・レイクの水が無数の銃剣のようにきらきら輝いているのが見える。ベッドに横になって、小柄な女性が室内を静かに動き回るのを見ているうちに、この数日間の恐怖と緊張の日々のあと、ようやく平和を実感できた気がした。彼女がドリンクを持ってベッドに近づいて来て、ぼくの目をのぞき込んだとき、ディーンのアドバイスも悪くないなと思った。

彼女の手がぼくの手に絡まった。芝居が成功したらアドバイスを実行しようと決心しながら、ぼくは眠りに落ちていった。

訳者あとがき

生きていると、たまに「これって運命かな？」と思うような出来事に遭遇する。『月光殺人事件』の翻訳を依頼されたときの私は、まさにそんな感じだった。

私が推理小説を読み始めたのは中学生の頃。最初は江戸川乱歩の少年探偵団シリーズや、モーリス・ルブランのアルセーヌ・ルパンシリーズを読んでいた。だが、もっと読書の幅を広げたいと思っていた私は、ある日『推理小説大百科』（だったかな？）といったタイトルの本を手に入れた（タイトルはうろ覚えです。すみません）。大百科といっても文庫サイズのぶ厚いムック本で、なかを開けると日本と海外の有名な推理作家とその代表作が紹介されていた。

記憶がややあいまいなのだが、この本のなかでクロフツの『樽』やヴァン・ダインの『グリーン家殺人事件』が絶賛されていたと記憶している。「へぇ〜。ちょっと読んでみようかな」と思い、早速本屋で『樽』を買ったものの、中学生の私にはちょっと難しくて、途中で挫折したのを憶えている。そして『月光殺人事件』もその本のなかで紹介されていた。といっても、残念ながら私はあらすじも作者名もすっかり忘れていて、憶えていたのは『月光殺人事件』というちょっとロマンチックなタイトルだけだったりするのだが……。

その運命の出合い（？）からン十年。あのムック本を読んだことなどすっかり忘れていたところに、論創社から『月光殺人事件』の翻訳の依頼をいただいた。「ええええー！　うそでしょ！」とひっくり返りそうになったが、なんだか「呼ばれている」ような気がして、「わかりました！　ぜひやらせてください！」と原書を読まずに即承諾。何十年も前に「印象的なタイトルだなぁ」と思った本を、読んで訳す機会までいただけるなんて、人生何が起きるかわからない。

The Clue of the Rising Moon（1935,Hodder & Stoughton）

こうして待望の『月光殺人事件』を手にしたのだが、翻訳を引き受けて良かったと思える傑作だった。事件の舞台となるのは、アメリカのニューヨーク州北部にあるアディロンダック山地。この山地にあるキャンプ場では、大勢の宿泊客が夏の休暇を過ごしていた。彼らは夜になるとキャンプ場の経営者であるチャールズ・ラムズデンの家に集まって、一緒に食事したり、トランプやパズルで遊んだりして、和気あいあいと過ごしている。が、ある晩、森のなかの小さな小屋で一人の宿泊客が死んでいるのが見つかった。こめかみを撃ち抜き、右腕に拳銃を握ったまま、机に突っ伏して死んでいたのだ。てっきり自殺かと思われたが、たまたまこの地域に滞在していたスコットランドヤードの刑事、トレヴァー・ディーンが疑念を抱く。そしてディーンの調査が進むにつれて、宿泊客たちの人間関係や秘密が次々と明らかになる……。状況は二転三転し、最後に意外な動機と犯人が浮かび上がるのだが、その推理過程がおもしろく、読みごたえがある。

ちなみに、日本で初めて『月光殺人事件』の翻訳版が出版されたのは、一九三六年。日本公論社から伴大矩氏による抄訳版が、『英米探偵小説新傑作選集』の第六巻として出版された。その後、抄訳版『月光殺人事件』は絶版となったが、二〇一四年に湘南探偵倶楽部によって復刻版が出された。私はこの復刻版を読ませていただいたが、文体はちょっと古めかしいものの、情感たっぷりの描写で引き込まれるような魅力がある。抄訳版だけあって、ちょっとしたディテールや風景描写などが一部省略されているが、この本とはまた違った雰囲気でなかなか興味深いので、機会があれば読者にも読んでいただければと思う。

遅くなったが、筆者の紹介をしておこう。ヴァレンタイン・ウィリアムズは一八八三年生まれのイギリス人作家だ。多才な人物で、ジャーナリストや脚本家としても活躍した。二十一歳のときにロイター通信に特派員として入社したが、その三年後にタブロイド紙のデイリー・メールに転職。第一次世界大戦が勃発すると、戦争特派員として西部戦線に派遣されたが、陸軍の厳しい検閲にあって思うように記事が書けなかったようだ。その不満からか、一九一五年にはイギリス陸軍近衛師団の一つ、アイリッシュガーズに入隊した。兵士となった彼は、フランスのソンムに送られたが、ソンムは第一次世界大戦中に激戦地となり、一九一六年に重傷を負って除隊。このときの体験は二冊の自伝にまとめられている。

その後は『デイリー・メール』紙のジャーナリストに復帰し、世界中を旅して記事を書くかたわらで、ミステリー小説を執筆し始める。一九二六年にデイリー・メールを退社し、小説の執筆に専念した。やがて第二次世界大戦が勃発すると、今度は英国秘密情報部（ＳＩＳ）や、ワシントン州にある英国大使館で働いたが、一九四一年に退職すると、ハリウッドに引っ越して、映画の脚本を執筆。一九四六年に亡くなった。

本書のなかで探偵役として活躍するトレヴァー・ディーンのシリーズだけでなく、「蟹足男（クラブフット）」の愛称を持つアドルフ・グラント博士を主人公とするシリーズなど、スパイ小説やサスペンス小説が合計で三〇編ほどある。

最後に、本書の翻訳にあたっては多くの人々のお世話になりました。特に日英翻訳者のジム・ハバート氏からは、意味のくみ取りにくい表現や、こまかいニュアンスなどについて、丁寧な助言をいただきました。いつも助けていただき、感謝しております。その他の関係者の皆様にも、この場をお借りして心よりお礼を申し上げます。

二〇一八年七月

福井久美子

恋愛群像劇と謎解きが融合したドイル風味クリスティー型ミステリ

野村宏平（ミステリ研究家）

作者について

ヴァレンタイン・ウィリアムズという名前を聞いてピンとくるようであれば、相当のミステリ通といっていいだろう。戦前には『月光殺人事件』のほか二つの長編と短編数作が紹介されたものの、戦後の翻訳はセイヤーズやクロフツらと共作したリレー小説『ホワイトストーンズ荘の怪事件』があるのみ。筆者は本稿執筆にあたって、日本で発行された海外ミステリ作家事典の類を十種あまりあたってみたのだが、「ヴァレンタイン・ウィリアムズ」の項目を見つけることができたのは、中島河太郎の『推理小説展望』（東都書房〈世界推理小説大系〉別巻、一九六五年）に収録された「海外推理作家事典」のみだった（※1）。そのほか、ハワード・ヘイクラフト『娯楽としての殺人　探偵小説・成長とその時代』（林峻一郎訳、国書刊行会、一九九二年）の訳註や長谷部史親の『探偵小説談林』（六興出版、一九八八年）などで紹介されてはいるが、現代の日本では完全に忘れ去られたといっていい存在である。

とはいえ、けっしてマイナーな作家だったわけではなく、本国イギリスでは戦前を中心に三十冊以上の著作が刊行されている。ウィリアムズの経歴については本書の「訳者あとがき」に詳しいのでここでは省くが、彼の小説で代表作とされているのが、ゴリラのような巨体を持つドイツのスパイ、アドルフ・グラント博士のシリーズである。

グラントは第一次大戦中、ドイツ皇帝直属の秘密探偵長としてあらゆる邪悪な計画を実行した怪人物で、片足が蟹の足のように曲がっていることから「クラブフット」と呼ばれる。日本では昭和初期、シリーズ二作目の長編 The Return of Clubfoot だけが『蟹足男の再現』『海老足男の復活』『蟹足男』というタイトルで三度も訳されているが、その内容は、イギリスの快男児デズモンド・オークウッド少佐が南海の孤島で宝探しに挑む通俗的な冒険スリラーで、グラントは敵役として登場する。グラントが登場する作品は全部で七作あるが、フレイドン・ホヴェイダは『推理小説の歴史はアルキメデスに始まる』（三輪秀彦訳、東京創元社、一九八一年）のスパイ小説の項でこのシリーズに触れ、「追跡とサスペンスとはかなりうまく処理されている。しかしバカンやアンブラーからは遠いものだ」と評している。

このシリーズの影響もあってスパイ・スリラー系の作家に分類されることが多いウィリアムズだが、謎解きを主眼とした本格ミステリもいくつか残している。本書『月光殺人事件』もそのひとつだが、邦訳された短編のなかでは、「状況証拠」「マーレス嬢の失踪」「見えざる刺客」などにも本格マインドが感じられる。逆に、小酒井不木が訳した長編『真夏の惨劇』は展開こそ本格ものを装ってはいるが、最終的にアンフェアな形で解決されるので、あまりお薦めできない。

シリーズキャラクターも多く、グラントやオークウッドのほか、本書で探偵役を務めるスコットランドヤードの若き刑事トレヴァー・ディーン、生真面目な努力型探偵のマンダートン警部、仕立て屋としての顔も持つ私立探偵トレッドゴールドらがいる。彼らはそれぞれ単独で主役を務めることもあるが、共演するケースもみられ、たとえば短編「虹の秘密」ではトレッドゴールドとマンダートン警部が協力して捜査にあたり、オークウッド少佐がトレッドゴールドの友人としてゲスト出演している。

恋愛要素を積極的に取り入れているのもウィリアムズ作品の特徴だ。『蟹足男の再現』はロマンス色が濃厚だし、『真夏の惨劇』や短編「裁判長の悩み」では痴情のもつれがモチーフになっている。『ホワイトストーンズ荘の怪事件』で恋愛要員として新キャラクターを投入したのもウィリアムズだった。それら諸作品のなかでも、謎解きと恋愛がもっともうまく融合しているといえるのが『月光殺人事件』だろう。

『月光殺人事件』について

本作『月光殺人事件』はクローズドサークルというわけではないけれども、舞台と容疑者が限定されるシチュエーションで発生した殺人事件を天才型の名探偵が解き明かすという、きわめてオーソドックスなスタイルの本格ミステリである。大きな事件はひとつしか発生せず、動きのあるシーンも少ないので地味な印象は拭えないが、それでも物語に引き込まれてしまうのは、個性的なキャラクターたちが織りなす複雑な恋愛模様が牽引力となっているからだろう。

物語の語り手である四十五歳のピーター・ブレイクニーは元軍人で第一次大戦中に毒ガスを浴びて肺を患い、後遺症に苦しんだ経験を持つ劇作家——同大戦中に重傷を負って除隊した作者の姿が多分に投影されていると思われる――で、アメリカのアディロンダック山地にある風光明媚な避暑地ウルフ・レイク湖畔にあるキャンプ場の小屋を借りて戯曲の執筆に専念している。

そんな彼が心惹かれているのが、気立てがよく、独特の気品を備えた滞在客グラジエラ・ハヴァーズリーだが、彼女にはヴィクターという資産家の夫がいる。ただし二人のあいだに愛情は感じられず、ヴィクターは同じくキャンプ場に滞在中の美女セーラ・カラザーズの尻を追いかけまわしている有様だ。このセーラにはデイヴ・ジャーヴィスという婚約者がおり、当然ながら彼はヴィクターのことを快く思っていない。いっぽうヴィクターには、彼を信奉し、誰よりも理解していると自負する秘書のバーバラ・インガーソルが同行しており、彼女はグラジエラに反感を抱いている。

そんなとき、新たな客としてキャンプ場にやってきたのが、グラジエラの友人フリッツ・ウォータ―ズだった。じつは彼は以前からグラジエラと相思相愛の関係にあり、到着早々、ヴィクターと一触即発の事態を招いてしまう。

メインとなっているのは、この七人の男女による恋愛模様だが、ほかにもキャンプ場の経営者であるラムズデン夫妻、その二人の子どもと友人たち、元医師のオスカー・ブレイスガードルと老嬢ジャネット・ライダーというなかなか微笑ましい高齢者カップルもおり、ひと夏の恋愛群像劇といった趣がある。

最終的に誰と誰が結ばれるのかという興味だけでもひとつの物語ができそうだが、そんな状況のなかでヴィクターが自殺に見せかけて何者かに殺害されるという事件が発生。登場人物たちの恋愛感情に起因する思惑や行動が事件を複雑化させ、容疑者は二転三転する。本作における恋愛要素はたんに彩りを添えるためのものではなく、ミステリとしてのおもしろさを引き立たせる重要なファクターとなっているところにも注目したい。

そしてこの事件に挑むのが、ブレイクニーがキャンプ場対岸の村で知り合ったイギリス人青年トレヴァー・ディーンだ。黄褐色のぼさぼさ髪の下からのぞく、べっ甲斑の眼鏡が印象的な几帳面そうな若者だが、ほんの少し話しただけで、ブレイクニーが戦争中、英軍とともに戦ったことや、いつどこで毒ガスにやられたかまでピタリと当ててみせるシャーロック・ホームズのような観察力と推理力の持ち主である。その正体はスコットランドヤードの部長刑事で、非公式ながら事件の捜査に介入してくることになる。

天才型の探偵だけあって、意図不明の行動や質問をすることがたびたびあるのだが、そういった小さな疑問が徐々に明かされていく展開も読者を飽きさせない。大きなトリックが仕掛けられているわけではないが、さりげない描写のなかに重要な伏線が隠されていたり、巧妙なミスディレクションが用意されていたりするなど、真相を知ったあとでもう一度読み返してみると、作者のテクニックにあらためて感服させられることだろう。そのあたりはアガサ・クリスティーの作品を彷彿とさせるし、さらにコナン・ドイルの風味も加えられて、クラシックミステリ愛好家を十分楽しませてくれる内容になっている。

旧訳版との比較

本作の初訳は一九三六年に日本公論社から〈英米探偵小説新傑作選集〉の一冊として刊行されている。訳者は、江戸川乱歩から「翻訳工場式に拙速翻訳をやった人で、学生などに下訳させたものもあったのではないか」「拙速の商業主義で信用できない」（桃源社『探偵小説四十年』一九六一年）と批判された伴大矩。悪訳の代名詞の感すらあるジョン・ディクスン・カーの『魔棺殺人事件』（『三つの棺』の抄訳）はとりわけ有名だが、日本公論社版の『月光殺人事件』も全体の三分の一ほどがカットされている。

前半はほぼ原書に忠実だが、後半になると、登場人物たちの会話や語り手の心情などが大幅に削られ、章割りも第十章以降は二〜三章分が一章分にまとめられて、本来の全二十二章が十九章構成になっている。各章には独自の章題が付けられているので、参考までに紹介しておこう。

第一章　遠乗りの途上
第二章　悩むグラヂエラ
第三章　烱眼なる青年
第四章　脚本朗讀
第五章　戀人
第六章　月夜の自殺
第七章　脅迫狀
第八章　銃聲の謎
第九章　元に戻つた花瓶
第十章　ギヤング（本書の第十章〜第十一章に該当）
第十一章　動かせぬ動機（本書の第十二章〜第十三章に該当）

第十二章　戀人の計畫（本書の第十四章に該当）
第十三章　木乃伊の青玉（本書の第十五章〜第十六章に該当）
第十四章　ダイヤの腕飾（本書の第十七章〜第十八章に該当）
第十五章　森に響く銃聲（本書の第十九章〜第二十章に該当）
第十六章　未亡人の言葉（本書の第二十一章〜第二十三章に該当）
第十七章　意外な獲物（本書の第二十四章〜第二十六章に該当）
第十八章　深夜の湖（本書の第二十七章〜第二十九章に該当）
第十九章　湖畔の晨（本書の第三十章〜第三十二章に該当）

伴大矩は日本公論社版の序文で「ウヰリアムズの探偵小説は、パズルそれ自体を重視しないで、ストーリの構成と雰囲気に重点を置いている」と述べているのだが、にもかかわらず、抄訳のためにその雰囲気が損なわれ、登場人物に感情移入しにくくなっている感があるのは否めない。また、重要な伏線を削ってしまうという重大なミスも犯している。それに関しては物語の核心に触れるので後述するが、八十余年ぶりに出た完訳版によって、作者が意図した本来の雰囲気と仕掛けを味わえるようになったことを、まずは喜びたい。

本書の評価（※これより先は物語の核心に触れていますので、本作読後にお読みください）

本作では恋愛要素そのものが目眩ましとして使われている。第三十二章でトレヴァー・ディーンは、

「今回やっかいだったのは（中略）ぼくたちが最初に立てた前提が間違っていたことです。（中略）ハヴァーズリー殺しは偶発的な犯罪、少なくとも痴情のもつれによる犯罪だと思った」と語っているが、これこそ犯人のもくろみであると同時に、作者の狙いだったのではないだろうか。作者は被害者のヴィクター・ハヴァーズリーをめぐる複雑な恋愛関係を綿密に描くことによって、犯行の動機を痴情のもつれと思わせ、そこから外れる人物には嫌疑の目が向かないように仕向けている。

最初は恋愛とは無関係のエド・ウォートンという無法者も容疑者の一人と目されるが、早い段階で彼には犯行が不可能だったことが判明し、物語から退場する。これもまた作者が用意した罠のひとつだろう。ほかの動機もいったん提示しておき、適当なところでそれを切り捨ててみせる。そうされることによって読者は、残る動機はやはり恋愛がらみしかないと思い込んでしまうのだ。

ディーンは前述の台詞に続けて、「利害関係がなさそうな目撃者の証言を鵜呑みにして、犯行が十一時過ぎに行われたと信じてしまったこと」も間違いのひとつだったと語っている。実際、銃声を聞いたと証言したのはジャネット・ライダーただ一人である。ブレイスガードルが下した死亡推定時刻が後押ししているとはいえ、ほかの人間が誰も銃声を聞いていないというのはあまりにも不自然なのに、いつのまにかそれを前提にしてアリバイが検証されていく。そんなことがまかり通ってしまうのも、ライダーが恋愛の輪の外にいる人間だからにほかならない。

死亡時刻が間違っていたことは後半で指摘され、ほぼ同時に恋愛以外の新たな動機が浮上してくるが、その頃になると、多分に主観的なブレイクニーの語り口も手伝って、ライダーやブレイスガードルはすっかりオブザーバー的な立ち位置に定着し、完全に嫌疑の外に置かれている。誤った発言で事態を混乱させたのも、高齢ゆえの勘違いや腕の衰えということで納得させせられてしまうのだ。まさか彼らが嘘をついていたとは思いもせず、同情すら抱いた読者も多いのではないだろうか。

本作ではその手のミスディレクションが随所に散りばめられているが、なかでも印象深いのは、第二十章でディーンによる銃の暴発騒ぎがあった直後、ジャネット・ライダーが心臓の発作を起こすくだりだろう。その時点では、突然聞こえてきた銃声に怯えたかのようにミスリードしているが、本当の原因は、チャールズ・ラムズデンが発した言葉によって、ダニモーラの刑務所から終身刑囚ジョージ・マーティンが脱獄したことを知ったためだった。ひとつの出来事の裏側にまったくべつの意味が隠されていたという、絶妙なダブルミーニングである。このシーンを注意深く読み返してみると、銃声を聞いたあと、ライダーはいったん落ち着きを取り戻しており、発作の原因が銃声ではないとわかる書き方がされているのに気づくはずだ。

じつは戦前の日本公論社版の伴大矩訳では、この部分の伏線が台無しにされている。刑務所の場所であるダニモーラ（表記はダネモラ）とジョージ・マーティン（表記はジヨオヂ・マーチン）の名前がカットされ、ラムズデンが「脱獄囚がこの附近の森に逃げ込んだと聞いてゐたので、心配だつた」としか言っていないのに、ライダーが発作を起こしてしまうのだ。これでは、どこの刑務所から誰が脱獄したのかわからないわけで、ライダーがショックを受けた真の理由が成立しなくなってしまう。

それでいながら、彼女が犯人の一人であることが判明した第十九章（本書の第三十章）では、「失神するほど驚愕したのは、ダネモラから脱走した囚人がジヨオヂ・マーチンだと云つたラムズデンの言葉を耳にしたからだつた」と書かれている。読み直してみても、ラムズデンのそんな言葉は記されていないのだから、作者に対して「アンフェアだ！」と怒りをぶつけた読者もいるかもしれない。

ただ、完訳版においてもアンフェアと受け取れる箇所がある。ディーンは第三十章と三十一章で、犯人を特定した手がかりのひとつとして、ブイにテグス結びがされていたことを挙げているが、犯人が判明する以前、読者にはその情報が与えられていない。「ブイにしっかりと結びつけてある一本の釣り糸」「ブイにくくりつけられていた釣り糸の結び目を調べているらしい」（いずれも第二十四章）と書かれているだけで、「テグス結び」という具体的な記述はどこにもないのである。

もっとも、それが前もって明示されていたとしても、決定的な証拠にはなりえないだろう。特殊な結び目が手がかりになるというのはドイルの影響と思われるが、本作では、テグス結びをできる人間が少なくとも二人以上存在する。釣りをする人間ならテグス結びを知っているという論理であれば、ブレイスガードルの釣り仲間であるラムズデンもその範疇に入るし（実際には、釣りをしなくてもテグス結びができる人間はいくらでもいるだろうが）、ブイに結びつけられていた釣り糸はそもそもラムズデンの所有物だった。たしかにラムズデンにはアリバイがあるが、共犯者がいたか、もしくは誰かをかばおうとして、サイレンサーを湖に沈めたと考えることもできるのではないだろうか。

これはおそらく作者の勘違いだろうが、第八章でヴィクターの死体が発見されてディーンがやってきたあと、ラムズデンは「哀れなハヴァーズリーを除くと、キャンプ場に滞在しているのは十三人だ」と言っている。しかし、その勘定のなかには、なぜか彼の妻イーディスが入っていない。事件発生時、寝室で寝ていたとされるイーディスには確固たるアリバイがないわけだから、うがった見方をすれば、そこに目を向けさせないためにラムズデンが故意に妻の名前を外したのではないかと勘ぐることもできるのだ（※2）。

それはともかく、ブレイスガードルに関してはほかにも、死亡推定時刻を誤認したり、箱の中に入っていた品物をひと目見ただけでサイレンサーと見抜いたり、彼がおこなったインガーソルの部屋の捜索（これときはラムズデンも一緒だった）で問題のブレスレットが見つかったりするなど、状況証拠はいくつか示されるものの、どれも決め手とするには弱すぎる。結局、湖上の銃撃戦という力わざで事件は終結し、最終的にはライダーが主犯格だと目されるが、これもまた推測の域を出ておらず、説得力に乏しい。

伏線の張り方やミスディレクションの使い方には見るべきものがあるのに、ヤマ場であるはずの解決編にカタルシスが感じられない——そこが本作最大の難点だろう。そのあたりが納得のいく形で処理されていれば、本作は埋もれることなく、読者の心に残る作品になっていたかもしれない。

『月光殺人事件』のもうひとつの功績

最後にもうひとつ、ミステリとしての評価とはべつの観点から、本作には注目すべき点があることを述べておきたい。ヴィクターの秘書であるバーバラ・インガーソルのキャラクター設定だ。序盤における彼女は八角形に縁どりされた悪趣味な眼鏡をかけた、地味な風貌の陰気な堅物といった印象だが、その内面が見えてくるにつれて好感度がアップしていき、容貌に関しても、「めがねを外すと、そう悪くない顔立ちだ」（第十四章）、「不格好なめがねを外せば、落ち着いて思慮深そうな目をしている」（第二十八章）というように描写が変化していく。いってみれば彼女は、〈冴えない女子が眼鏡を外したら、じつは美人だった〉という、まるで漫画やアニメに出てくるお約束ごとのようなキャラクターなのである。

この演出パターンは、アイザック・アシモフが一九五六年に発表したエッセイ「無学礼賛」（早川書房『生命と非生命のあいだ』所収）で、「ハリウッドのお定まりのやつなのだが、これはあまり始終使い古されて陳腐になってしまった」（山高昭訳）と述べているほど古典的な手法なのだが、最初にどの作品で使われたのかははっきりしない。

インターネット上ではそのルーツがどこにあるのか、たびたび議論・検証されているようだが、暫定的な結論として、もっとも古い例として挙げられているのが、ハワード・ホークス監督のハリウッド映画『三つ数えろ』（一九四六年公開）でドロシー・マローンが演じた古書店の女性店員だ。登場時は野暮ったい眼鏡をかけて髪の毛を後ろで束ねているのだが、眼鏡を外して髪をほどくと印象がガラリと変わり、聞き込みにきていたフィリップ・マーロウ（ハンフリー・ボガード）があらためて挨拶しなおすという演出がある。ちなみに、原作であるレイモンド・チャンドラーの『大いなる眠り』（一九三九年）にも眼鏡を外す女性書店員が出てくるが、それによって彼女の印象が一変したというような描写はない。

『月光殺人事件』が初刊行されたのは一九三五年だから、『三つ数えろ』の公開より十年以上も早い（※3）。もちろん、それだけで本作を〈眼鏡を外すと美人〉パターンの元祖だと断定するわけにはいかないが、その筋の研究者からすれば、路標的作品のひとつとして記憶にとどめておく必要はあるだろう。作者のウィリアムズは一九四〇年代にはハリウッドで脚本家としても活躍しているので、彼のアイデアが映画に採り入れられて広まったという可能性もあるのではないだろうか。

（※1）筆者が調べたその他の海外作家事典は以下のとおり。江戸川乱歩『海外探偵小説作家と作品』（早川書房、一九五七年）／九鬼紫郎『探偵小説百科』（金園社、一九七五年）／中島河太郎・権田萬治監修『世界の推理小説総解説』（自由国民社、一九八二年／一九八七年）／鎌田三平編『世界の冒険小説総解説』（自由国民社、一九八五年）／『最新海外作家事典』（日外アソシエーツ、一九八五年）／藤野幸雄監訳『世界作家事典I ミステリ・冒険・スパイ』（日外アソシエーツ、一九九三年）／森英俊編著『世界ミステリ作家事典【本格派篇】』（国書刊行会、一九九八年）／権田萬治監修『海外ミステリー事典』（新潮選書、二〇〇〇年）／森英俊編『海外ミステリー作家事典』（光文社文庫、二〇〇〇年）／早川書房編集部編『ミステリ・データブック ハヤカワ・ミステリ文庫――作家と作品』（ハヤカワ文庫、二〇〇一年）／森英俊編『世界ミステリ作家事典【ハードボイルド・警察小説・サスペンス篇】』（国書刊行会、二〇〇三年）

（※2）事件当夜の滞在者についてさらに追求すれば、第七章でラムズデンは、死体発見直後、保安官を呼ぶために運転手を向かわせたと言っているので、それまではアルバートもキャンプ場にいたことになる。また、マーサとアグネスという小間使いやハリーという少年がキャンプ場で働いていることがあとになって読者に知らされる。彼らは通いの使用人で事件当夜はキャンプ場にいなかった可能性もあるが、そういった人間の存在があらかじめ示されていないのも気になる点だ。

（※3）『三つ数えろ』は一九四四年十月から撮影が始まり、翌年に最初のバージョンが完成。その後、一部のシーンをリテイクしたのが一九四六年に公開された正規版である。眼鏡を外す古書店員のシーンは一九四五年版からすでに存在するが、それを考慮しても『月光殺人事件』のほうが先行している。

ヴァレンタイン・ウィリアムズ著作リスト

シリーズキャラクター
#アドルフ・グラント（クラブフット）／＊デズモンド・オークウッド／◆マンダートン警部／★トレヴァー・ディーン／☆ミスター・トレッドゴールド

【長編小説】
#＊1 The Man with the Clubfoot（1918）※ダグラス・ヴァレンタイン名義
＊2 The Secret Hand : Some Further Adventures by Desmon Okewood of the British Secret Service（1918）［米題：Okewood of the Secret Service］※ダグラス・ヴァレンタイン名義
#＊3 The Return of Clubfoot［米題：Island Gold］（1922）「蟹足男の再現」藤村良作訳（『新青年』一九二八年八月号）／「海老足男の復活」鈴木彦次郎訳（改造社〈世界大衆文学全集50〉『ガリバアの旅 他一篇』に収録。一九三〇年）／「蟹足男」水谷準訳（春陽堂〈探偵小説全集22〉『緑の自動車 蟹足男』に収録。一九三〇年）
◆4 The Yellow Streak（1922）
◆5 The Orange Divan（1923）「真夏の惨劇」小酒井不木訳（以下同）（『新青年』一九二四年九

月号～一九二五年四月号）／『真夏の惨劇』（博文館〈探偵傑作叢書〉、一九二五年）／「真夏の惨劇」（改造社『小酒井不木全集 第十四巻 探偵小説集』に収録。一九三〇年）／『謎の短刀』（博文館〈名作探偵〉、一九三九年）※改題版／「真夏の惨劇」（本の友社『小酒井不木全集 第八巻 翻訳集（3）』に収録。一九九二年）※『小酒井不木全集』の再編集復刻版

#6 Clubfoot the Avenger（1924）
7 The Three of Clubs（1924）
8 The Red Mass（1925）
9 Mr. Ramosi（1926）
10 The Pigeon House（1926）［米題：The Key Man］
◆11 The Eye in Attendance（1927）
#12 The Crouching Beast（1928）
13 Mannequin（1930）［米題：The Mysterious Miss Morrisot）
◆★14 Death Answers the Bell（1931）
#15 The Gold Comfit Box（1932）［米題：The Mystery of the Gold Box］
★16 The Clock Ticks On（1933）
17 Fog（1933）※ドロシー・ライス・シムズとの合作
18 The Portcullis Room（1934）
★19 Masks Off at Midnight（1934）

★20 The Clue of the Rising Moon（1935）『月光殺人事件』伴大矩訳（日本公論社〈英米探偵小説新傑作選集〉、一九三六年）／『月光殺人事件』伴大矩訳（湘南探偵倶楽部、二〇一四年）※日本公論社版の復刻版・私家版／『月光殺人事件』福井久美子訳（論創社、二〇一八年）※本書

☆21 Dead Man Manor（1936）※『新青年』一九三六年四月特大号に「死人荘《デド・マン・マナー》の秘密」として長めの梗概（犯人まで明かされている）が掲載

#22 The Spider's Touch（1936）

23 The Fox Prowls（1939）

24 Double Death（1939）「ダブル・デス」宇野利泰訳（『EQ』一九八三年一月号～五月号）／『ホワイトストーンズ荘の怪事件』宇野利泰訳（東京創元社〈創元推理文庫〉、一九八五年）※ジョン・チャンスラー、ドロシー・L・セイヤーズ、フリーマン・ウィルス・クロフツ、F・テニスン・ジェス、アントニー・アームストロング、デイヴィッド・ヒュームとのリレー小説

#25 Courier to Marrakesh（1944）

☆26 Skeleton Out of the Cupboard（1946）

【短編集】

27 The Knife Behind the Curtain : Tales of Secret Service and Crime（1930）
The Knife Behind the Curtain

The Amateurs
The Pigeon Man
The Popinjay Knight
The Thumb of Fat'ma
Circumstantial Evidence「状況証拠」坂本義雄訳（『新青年』一九二五年新春増刊　探偵小説傑作集）
The Alibi
The Blonde in Blue
The Witness for the Defense
The Continuity Girl
Finale
The Pearl
At the Shrine of Sekhmet

☆28　Mr. Treadgold Cuts In（1937）［米題：The Curiosity of Mr. Treadgold］
The Red-Bearded Killer
The Singing Kettle
The Blue Ushabti
The Dot-and-Carry Case
The Case of the Black "F"「虹の秘密」訳者不明（『新青年』一九三八年五月号）

The Strange Disappearance of Miss Edith Marless「マーレス嬢の失踪」妹尾アキ夫訳
（『新青年』一九三七年秋季増刊 探偵小説傑作集）
Donna Laura's Diamond
The Murder of Blanche Medloe
The Man with Two Left Feet
Homicide at Norhasset

【原題不明邦訳短編】

「裁判長の悩み」訳者不明（『新青年』一九三〇年夏季増刊 新選探偵小説傑作集）
「盲人が裁く」上野三郎訳（『新青年』一九三九年新春増刊 探偵小説傑作集）
「見えざる刺客」瀧一郎訳（『新青年』一九三九年特別増刊 探偵小説傑作集）

【脚本】

29 Screenplay : Land of Hope and Glory（1927）※アドリアン・ブルネルとの合作
30 Berlin（1931）※アリス・クロフォードとの合作

【その他】

31 With Our Army in Flanders（1915）
32 Adventures of an Ensign（1917）※ヴュデット名義

33 Gaboriau : Father of Detective Novels（1923）※エミール・ガボリオの研究書
34 World of Action（1938）※自伝

〔著者〕
ヴァレンタイン・ウィリアムズ
本名ジョージ・ヴァレンタイン・ウィリアムズ。別名義にダグラス・ヴァレンタイン。1883年、英国ロンドン生まれ。ロイター通信や『デイリー・メール』紙のジャーナリストとして活躍し、第一次世界大戦中は戦争特派員として西部戦線に派遣された。1915年にイギリス陸軍近衛師団のアイリッシュガーズ連隊へ入隊するが、フランスのソンムで戦闘中に重傷を負い除隊。除隊後はジャーナリスト、作家、秘密情報部員を経て英国大使館職員となる。退職後、46年に死去。

〔訳者〕
福井久美子（ふくい・くみこ）
英グラスゴー大学大学院英文学専攻修士課程修了。英会話講師、社内翻訳者を経て、フリーランス翻訳者。主な訳書に『無音の弾丸』、『墓地の謎を追え』（ともに論創社）、『PEAK PERFORMANCE　最強の成長術』（ダイヤモンド社）、『ハーバードの自分を知る技術』（CCC メディアハウス）などがある。

月光殺人事件《げっこうさつじんじけん》
——論創海外ミステリ 216

2018年8月20日　初版第1刷印刷
2018年8月30日　初版第1刷発行

著　者　ヴァレンタイン・ウィリアムズ
訳　者　福井久美子
装　丁　奥定泰之
発行人　森下紀夫
発行所　論 創 社
〒101-0051 東京都千代田区神田神保町 2-23 北井ビル
電話 03-3264-5254　振替口座 00160-1-155266

印刷・製本　中央精版印刷
組版　フレックスアート

ISBN978-4-8460-1731-6
落丁・乱丁本はお取り替えいたします